—— 犯罪長篇小説 ——

THE CRIME OF LOVE

罪案是解不完的方程式。
有的時候好解，有的時候難解。
但歸根到底還是有解。

目次

第一章 衝鋒陷陣

蘋縣位於山東半島魯中腹地，四面環繞著青山翠嶺，城西郊南北縱貫一條靜水深流的大河，盆底似的城中心和絕大多數沿海縣城一樣，到處是擁擠不堪的街道、學校、商場、賓館，還有各式各樣密密麻麻正在拔地而起的電梯高樓。

爬上蘋城北面不遠著名的栓馬山，佇立在險峻至極的馬頭崖頂鳥瞰整座縣城，視野開闊處只見樹木如煙，河似白練，樓像積木，人同螻蟻。

天地寂寥，耳畔清幽，山風徐來，神清氣爽。這是縣城內無需走遠，卻可以盡情遣散壓力和憂煩的好地方。

此時正值嚴冬，顧天衛站在馬頭崖的極頂處，面南背北任憑寒風吹搖著自己的身體。剛才一路攀登流出的汗水早已風乾涼透，可顧天衛仍然沒有離開風口。

山下的景象在冬日裡又有著極大不同。天空陰霾，遠山肅殺，河流冰封，樹林黯淡，房屋青灰，飛鳥迷離，狂風凜冽，人跡杳然。

整個蒼穹天地像是一個喑啞了喉嚨的病人，被籠罩進一片虛無飄渺的靉靆中，氤氳在一個悲情淒厲的寓言裡——

驀地，岑寂的長空中傳來一陣低迴的鐘鳴聲。

顧天衛像突然中蠱似的渾身戰慄，腳下猛地一滑，身體已向懸崖外深不可測的谷底墜落！情急中，顧天衛右手就勢抓住一棵荊棘枝，下滑速度驟減時腳底猛踩崖壁，伴隨著大片碎石的崩塌，顧天衛手臂青筋暴起，用盡最後的氣力終於攀上來就勢一滾，跌趴進懸崖裡側的乾草叢中。

閉上眼睛，天地間只剩下劇烈地喘息。與此同時，顧天衛感到一股鑽心的疼痛。抬起手來，他發現滿掌心裡都是深扎的棘針，這才意識到剛才的走神是多麼凶險！

顧天衛緩緩翻轉身體，筋疲力盡地朝山下望去。透過乾枯參差的茅草，他只能看到山下那座最高的建築——新長途汽車站的西式尖頂鐘鼓樓。

鐘聲就是從那裡傳來的。

「咚、咚、咚、咚。」

又是四記鐘聲過後，彷彿天幕也被扯落下來。

天，馬上就要黑了……

顧天衛從栓馬山上下來，回到家洗了個痛快的熱水澡，然後走進廚房煞是忙活了一陣，自己卻沒怎麼吃，之後便提起一個保溫桶徑直開車去了醫院。

顧天衛是在醫院昏暗的走廊上接到電話通知的：晚上七點一刻，刑警大隊集合開會，統一領槍外出抓捕。

為使本次行動保密，蘋縣公安局黨委委員、刑警大隊長高山河是親自一個個給手下打的電話。在電話裡，高山河對顧天衛格外關照：「天衛，在哪呢？醫院？能參加晚上的行動嗎？實在抽不出時間就說，別硬撐，這邊也不缺人手。」

顧天衛沒有絲毫猶豫：「請高大隊放心，我一定準時趕到，沒問題！」

「好，具體任務過來時我們再說，你路上慢點。」

顧天衛接完電話，拉開病房門進去，輕輕推醒了還在沉睡的蘇珊，問道：「媽呢，還沒吃飯吧？」

蘇珊一臉惺忪，但立即半撐半坐起來。「是姐夫來了？她可能去廁所了。我，什麼都不想吃……」

「今天冬至，又是周末，我閒著包了幾個餃子，剛下的，你嚐嚐。」顧天衛邊說邊把餃子往桌上一個飯盒裡撈，「單位上還有事，你趁熱吃吧，必須吃。」

說完，顧天衛闔上桶蓋，提起保溫桶轉身就走。

「姐夫。」蘇珊在背後輕聲地叫道。

顧天衛在門口處頓了頓，轉過頭來，望見蘇珊盯著他的眸子裡正晶瑩翻滾，兩片蒼白的嘴唇微微地顫動著，像是有千言萬語要說。

顧天衛急忙錯開眼神，卻朝桌子上熱氣騰騰的餃子揚了揚下巴，沒說話就走出了病房。

從縣醫院出來，時間還早，顧天衛在門口的路燈底下點上一支煙，默默站了很久才意識到，天上正飄著雪。

雪花越來越大，淋得顧天衛仰望的視線裡昏花一片。甚至稍一躊躇間，手指間的半截煙竟也滅了。

顧天衛索性彈掉煙頭兒，掏出遙控鑰匙來，迅速走向不遠處的SONATA警車。

警車發動了，車輪右後軸承顯然是有毛病，還未挪動便接連發出一陣「嘎嘎」吃力的悶響。隨後，油門的轟鳴聲響起來，車屁股後面那兩盞醒目的後車燈很快就消失在了雪地上。

顧天衛在刑警大隊院子裡停好車，跟著前來開會的幾個同事迅速走上樓去。此時，會議室裡燈火通明。高山河正在桌角懸掛一塊白板，等回過頭來意識到人齊了，馬上朗聲說道：「大家的餃子都吃上了吧？」

見眾人除了搖頭，就是苦笑。高山河接著說：「沒吃也不要緊，很正常，我也空著肚子呢。咱們晚點吃，吃多點！告訴大家一個好消息，據可靠情報，兀龍回來了！現就在乾莊村他一個遠房表叔家裡。這人我想大家都太熟悉了，籍貫就是咱們蘋縣松莊鎮人，江湖人稱『龍哥』。他打架鬥毆、尋釁滋事、放高利貸、故意傷害、敲詐勒索、盜竊搶劫、強奸婦女，等等等等，無惡不作。尤其是這幾年流竄到外地混『場面』了，跟他混的小嘍嘍也多起來，開始涉足走私販賣槍枝、毒品等一系列嚴重違法犯罪活動，不光在蘋縣本地有厚厚的案底，就是在外地也作騰得不輕，是咱們縣迄今為止潛逃時間最長的通緝犯。

「同志們，快有五年了，我們花費了多少心血和代價，可還是沒把這塊硬骨頭給啃下來，我們心中有愧啊！形勢每一天都在變化，尤其是現在兀龍手上有了槍，成了一個徹底的有恃無恐、膽大妄為的亡命徒，如果再讓他在社會上多待一秒鐘，咱們的兄弟姐妹就隨時會多一秒鐘的危險，我們就多一秒鐘睡不踏實！因此，今晚的行動，任何人都不能粗心大意出半點紕漏，一定要在注意個人生命安全的情況下，不惜一切代價把他抓獲歸案！一會兒會議結束後，大家統一到縣局槍庫領取槍枝和防彈服，具體分組和抓捕方案，大伙請看白板！」

說完，高山河先用簽字筆在身後的白板上進行分組，然後就兀龍藏身處的地形地貌特徵進行詳細分析，逐一明確行動車輛路線、警便服穿著打扮、槍械使用原則、具體分工任務，最後公布抓捕方案。

顧天衛聽完責任分工，深感責任重大，望著高山河不禁投去感激的一睹。作為刑警大隊一中隊的中隊長，他所在的小組向來都擔任著衝鋒隊的角色。這次也不例外，由他帶領五名年輕民警與高山河大隊長一起執行最危險的任務：直接破門進入，短兵相接實施肉搏抓捕。

領完槍枝，隨即出發。高山河特意將顧天衛叫到自己的車上一起走。路上，氣氛緊張，但高山河不忘打趣說：「天衛，說實話，你多久沒摸槍了？上次開槍是什麼時候？」

顧天衛低頭摸索著手中的「六四」說，「得快仨月了，不過使起來照樣順手！開槍也是半年多前的事兒了吧。」

高山河也抽出腰間那把槍，反覆掂量著說：「是啊，幹刑警這行的，槍就像咱的女人，時間長了不親自上點油擦擦摸摸，還真想得慌！」高山河邊說邊轉頭望著面無表情的顧天衛解釋：「天衛，我這麼比喻，你不反感吧？我這人是個直腸子——扒開嘴就能看見地板磚，只想說咱們跟槍親，可沒別的意思啊。」

顧天衛聽了倒有些不安：「高大隊，你放心，你的意思我都明白。蘇甜的走，對我的打擊實在太大了。這仨月來，大傢伙一直都對我非常關照，我感激不盡。但人死確實不能復生，活著的人不能總是沉湎於過去拔不出來，我知道自己該在什麼時候幹什麼事情，也需要忙碌的工作來充實自己！更何況，現在是荷槍實彈地抓捕兇犯。我保證一定完成好任務，讓你放心！」

高山河聽了，笑出一臉褶子。「說得好！為什麼十年前，我一眼就從你們那伙畢業生中挑中了你？你聰明、勇敢、堅強，天生就是幹刑警的料！」

顧天衛很少聽到高山河當面如此稱讚自己，心中再次湧出一陣感動，連忙一邊謙虛，一邊對高山河多年的栽培表示感謝。隨後，倆人似乎很快都意識到這不是他們現下想要談論的話題，於是立即轉而討論案情。

抓捕人馬悄然出了蘋縣城區，趁著夜色飛速抵達城西十五里路外的乾莊村。乾莊村的農房排列儼然一個巨大的鳥巢，密密麻麻聚集在一條山溝中。

根據線索，兀龍此刻就躲在他表叔家。而兀龍的表叔家，就窩在村子的最深處。為防走漏風聲，高山河他們事先沒有聯繫任何村幹部，民警們在村頭陸續下了車，冒著漫天飛雪悄悄沿一條窄路向村內疾走。

正在這時，路邊一棵大柿子樹背後突然竄出一條人影，邊緊張地回頭看著民警、邊跌跌撞撞地向著村內疾跑！

這情形令所有人感到意外，高山河見狀更是急得直吼：「他娘的，這是個望風的！快上去抓住他！」

話音剛落，高山河就覺得身邊一陣風過，顧天衛已像頭豹子一樣衝了出去。

眼前是條陡峭狹窄的羊腸小道，前邊是分散開來追擊的民警，高山河卻見顧天衛在人縫中飛快地扭動著身子，很快就衝到了最前面。

等高山河喘著粗氣趕上來時，那黑影早已讓顧天衛牢牢地壓在身下，雙手被反剪著銬了個結結實實。

顧天衛扯住那人頭髮，將他的臉猛拽起來喝問：「說！你跑什麼？」

那人滿臉泥雪，狡辯道：「你們抓我幹什麼？我沒跑……」

這時，離他最近的一個青年民警上前「啪唧」一聲，狠狠甩了那人一記耳光：「還不說實話？給誰望風呢？嗯?!」

顧天衛更是直奔主題：「說，兀龍在幹什麼？」

那人滿臉恐懼和痛苦：「兀龍？我不認識誰是兀龍，我根本就不知道有這個人！我也沒給誰望風，我是在樹底下尿尿來著……」

高山河聽了怒斥：「胡說八道！這麼大冷天你跑到野地裡來撒尿？」

那人回答：「今天冬至，我一個親戚來串門剛吃了飯回去，我這是出來送他……」

「那你跑什麼?!」

「我看見穿警服的……實在是嚇壞了，以為出了什麼事兒呢！我真沒給人望風！我要是望風的，埋伏在樹下打個手機不就行了？就不用跑了……」

這時，此前打過嫌疑人一耳光的年輕民警正翻動著一部搜獲的手機說：「他確實沒打過電話。」

高山河聽了，低聲指令：「那你，米臣，還有你們幾個，把他押上給我們指路。這傢伙見了警察就跑，不是望風也是做賊心虛！先看他實際表現，回去再慢慢審理。其餘人按照分工，繼續行動！」

米臣就是那個年輕民警，腦子快動作也俐落，迅速和另幾個年輕人將嫌疑人提溜起來跟在大部隊後面。

這時候，高山河才注意到，顧天衛臉上流血了。

「怎麼搞的？天衛臉上有血！」

顧天衛隨手一抹，看看手掌心說：「沒事，剛才叫這傢伙撓了一爪子，指甲劃的。」

高山河拍拍顧天衛的後背，示意他小心提防意外。顧天衛點點頭領會，掏出手槍還是幾步就走在了隊伍的最前方。

儘管天黑雪大，但因意外有了指路者，民警們很快摸到了兀龍的遠房表叔家。

這是兩間普普通通的瓦房，但不同的、也是和情報中大有出入的是，這家的院牆高得有些離譜。牆頂上還密密麻麻插滿了荊棘、碎瓦和玻璃渣。

這種房子，在農村實在太少見了。

若翻牆進去，顯然難度太大，但要破門而入，首先要對付的是第一道院門，那樣又會打草驚蛇。

很快，包圍組和接應組民警均已到崗到位，但高山河和顧天衛還在高牆下猶豫。

「讓我進吧，我身子輕，這院子裡正巧有棵梧桐樹。我有信心能跳起來抱住它，然後滑下去給你們開門！」

高山河和顧天衛一起轉頭，發現說這話的正是米臣。兩人眼睛裡頓時寫滿驚喜。的確，比起大多數人的高大和健壯，要論爬牆和跳樹，身材勻稱且身手矯捷的米臣是再合適不過的人選。

但這可行嗎？太危險了！

不光爬牆有可能發出動靜，還有往院中梧桐樹上那縱身一跳，都有可能驚動有槍在身猶如驚弓之鳥的亡命徒！

然而還有別的更好的辦法嗎？高山河和顧天衛迅速對視一眼後，幾乎同時做出了一個動作：下蹲。

米臣見狀，大受鼓舞，立即手扶牆壁，兩腳穩穩地踩上兩位領導的肩膀。隨著高山河與顧天衛的默契起立，米臣身子逐漸上升，就在所有人都在擔心米臣伸出手臂依然搆不到牆頂時，米臣竟然就勢一躍，輕輕掛在了牆上。

「啪嗒」，一聲輕響。

一塊碎瓷從牆頂掉下來，顧天衛急忙抬手接住，所有人立即抱槍貼壁，蓄勢待發、萬分緊張。

米臣戴著防割手套，靜靜地懸在半空，緊張地聆聽著牆內的情況。

等確認牆內安全，米臣這才一個引體向上，脖子探出牆頂觀察一番，然後雙腳輕輕一蹬上牆，再迅速一個鴿子翻身跳向梧桐樹！

牆外抓捕組民警見狀迅速撲到門口集結，只聽大門門閂從裡面沉悶地響了一聲，門開了。抓捕民警迅速湧入。顧天衛第一個衝進來，隨後進入的高山河示意顧天衛隱蔽，自己猛地助跑後，飛起一腳踹向內門！

門開的一瞬間，顧天衛轉身持槍猛衝進去，只聽「轟」地一聲巨響，顧天衛倒在了地上。

隨後，「砰砰」、「砰砰」一陣槍響，濃煙散盡，空中瀰漫起嗆人的霰彈氣息。屋內，一具穿著羊皮毛大衣的屍體橫在地上，胸膛和頭上汩汩流血，看年齡足有六十歲，顯然不是兀龍，而在他屍體旁是一把雙管獵槍。

高山河迅速持槍搜遍了另一間屋子，並沒有發現兀龍。而等他回來，眾人已經攙起了顧天衛。顧天衛全身上下居然完好無損，臉上半是苦笑。

「幸虧進門就跌了一跤，不然我的頭早就被打開花了，這老傢伙使的霰彈！怎麼樣，兀龍呢？」

高山河無比沮喪地搖搖頭。

顧天衛望著地上的屍體說：「難道情報不準？」

高山河轉身招呼米臣，「快叫外面那個撒尿的進來，確認一下這人的身份。」

顧天衛趁機環視屋內，發現屋內電視、電腦、微波爐、洗衣機應有盡有，冰箱在冬天居然還是開著的。

米臣押著先前抓住的那人進門，那人進門見狀嚇得噗通一聲跪下，傻豬樣地嚎起來：「這個人我認識，叫劉當，是個老光棍，從年輕時就胡打狗幹不正經，他在外面打工好多年都不見了，大概是去年夏天才回村翻蓋了房子，好吃懶做一般很少出門，我發毒誓，我可跟他真的沒有半點關係啊！」

「先押回去！」高山河一聲怒吼。

這時，顧天衛忽然指著打開的冰箱說：「高大隊你看！」

高山河走過來，一眼就發現冰箱裡有盤餃子，用手摸摸竟有餘溫，而且這盤子上擔著兩雙筷子！

「他在這！他來過！他現在藏在哪兒呢？」顧天衛發出一串疑問。

高山河喃喃道：「這屋裡沒有後門，窗子封得嚴絲合縫，四面又都是咱們的人，他不可能溜走……來的時候，我們也看了，門前門後根本沒有腳印。」

「難道兀龍會飛？」顧天衛也陷入冥想。

「不好！」高山河突然吼一嗓子，跑向裡屋。裡屋雜物凌亂不堪，根本藏不住人，可地上橫著一根竹竿。

高山河指指竹竿，又抬頭望著屋頂的隔層說：「狗娘養的，他是從這裡跑出去了！」

顧天衛快步過來一看，果不其然，牆壁上還留有幾個呈不規則狀排列的腳印，而狹窄隔層的上方就是一個通向屋頂的木天窗。

「他娘的，這小子還會撐竿跳！」

高山河迅速扭頭帶人奔出屋子。

緊隨其後的顧天衛追到院子裡，抬頭查看著遠近屋頂上正漸漸被大雪重新覆蓋上的腳印感嘆：「怎麼辦？高大隊，那狗日的看來是跑遠了。」

高山河眉頭緊皺，不發一語。只一會兒功夫，竟被淋成了一個雪人。

第二章　節外生枝

顧天衛終於堵住了兀龍。

兩個人互相用槍指著，隔著不到五十米遠，站在空曠的雪地裡。遠處，長途汽車站高鐘鼓樓頂上的壁鐘正響起鏗鏘的報時聲。

兀龍輕蔑地挑釁：「敢和我賭一把嗎？現在是晚上十一點整，等鐘聲響到第十下的時候，我們一起開槍！」

顧天衛兩眼鼓脹，似要瞪出血來，一字一句回答：「就怕你槍法不準，現在開始！」

兀龍冷笑：「不是現在，已經開始了！」

宏大沉悶的鐘聲已經響了四下，緊接著，第一聲……第兩聲……第三聲還未結束，顧天衛就扣動了扳機。

他知道，跟兀龍這種歹徒講道義誠信簡直就是天方夜譚！

可顧天衛的槍並沒有打響，顧天衛的手槍卡住了。

兀龍的淫笑越來越放蕩，伴隨著大笑，兀龍得意地扣響了扳機。

顧天衛眼睜睜看著子彈向自己飛來，可奇怪的是倒下去的是兀龍。

那顆子彈奇蹟般地偏離了方向，沒打中自己，卻打中了身後自己正日思夜想的蘇甜！顧天衛匪夷所思地四處環顧，發現站在一側開槍擊中兀龍的是沉穩老練的高山河。

從惡夢中醒來，天已放亮，雪猶未停。

顧天衛從宿舍床上坐起來，發現身上除了被子，還蓋著件警服大衣。顧天衛掃了一眼上面的警銜，發現是三級警司，再看警號，才知道是米臣怕屋子裡冷，趁自己睡著了給披上的。

此時，米臣正在另一張床上熟睡。那張年輕的臉上似乎寫滿了沉醉，連呼嚕聲都沒有。

顧天衛給米臣輕輕蓋上大衣，抬頭看到對面鏡子裡的自己竟然嚇了一跳。那是一張憔悴得無以復加的臉：擁擠的門頭溝，密集的魚尾紋，烏青的眼眶，斑駁的白髮，乾燥的皮膚，滿嘴的黃牙……

顧天衛擰著眉頭拉開門來到走廊裡，此時寒氣肆虐，正是一天中最冷的時刻。他對著牆角點上一支煙，剛抽了第一口就見高山河和一隊民警從會議室裡魚貫而出。

顧天衛忙走上前去打招呼：「高大隊，你們一夜沒睡？」他顯然看到了高山河滿眼的血絲和仍沒有舒展開的眉頭。

「沒事，打通宵對咱們不就是家常便飯？順便和你說一聲，我聯繫市局當夜監控劉當的手機，結果發現了一些新線索。我得馬上帶隊去趟東北。兀龍一天不落網，我是一天也睡不著覺！」

顧天衛又驚又愧又急，「本想瞇一會兒，沒想到睡著了。高大隊，為什麼不帶我去……」

「你就留下吧，這段時間夠累的，昨晚還差點就壯烈了，這次你就不要去了。」

「高大隊，算我求你了，我必須去！」

「必須去？憑什麼？你是大隊長還是我是？我可告訴你，諸葛超那案子覆核結果這幾天就下，你還是老實給我在家待著！假如兀龍是殺害蘇甜的凶手，而不是諸葛超的話，我說什麼也不會攔著你！」

「高大隊，我……」

「這是命令！」

臨出大門時，高山河又不忘回過頭來叮囑顧天衛：「天衛，你今天負責把在家民警的槍枝收起來登記交庫，順便好好挖挖昨晚那個做賊心虛的主兒！沒事兒快放人，有事兒就辦他！」

顧天衛心有不甘地點著頭，高山河忽然又想起什麼似的補充道：「對了，近期你還有個特殊任務，我發現一棵幹刑警的好苗子，聽說還是咱們縣局現在唯一的一個『九十』後？你可一定給我帶好嘍！知道我說的是誰吧？」

顧天衛脫口而出：「米臣！」

高山河走後，顧天衛一個人站在刑警大隊的一樓走廊裡，腦子遲鈍得像臺空間不夠的硬碟，混濛一片。直到穿堂風將他凍得渾身僵硬，他才下意識邁開步子向審訊室走去。

此時，民警賀斌和賈汝強正哈欠連天地審著那個蔫頭耷腦的嫌疑人，估計初步的資料記得差不多了，三個人都處在極度疲倦中。

顧天衛見狀雖有些不忍，但對手下的懈怠還是沒用好口氣，甚至話裡還有些著急上火。

「你們倆都打起精神來！這是在哪兒？平時我是怎麼跟你們講的？在崗一分鐘，警惕六十秒！找罵是吧？去——回宿舍把米臣叫起來，你們趕緊找被窩裡躺下，一會兒我喊你們起來吃飯。」

賀斌和賈汝強疲憊地起身，一個說不吃飯了，另一個說吃飯時千萬別叫。

顧天衛搖頭苦笑，心說有句順口溜說得好，人間四大香：「雞骨頭、羊腦髓、東方白的瞌睡、小女子的嘴。」這「東方白的瞌睡」，說的不就是眼下天乍亮的這一陣？於是，他擺擺手放倆人去了，轉頭開始盯著桌子上的手提電腦看。

原來這嫌疑人名叫楊易金，一直在乾莊村務農，家裡有幾畝好地，這幾年靠種植烏克蘭大櫻桃賣水果掙了點錢，因為離縣城近，於是就買了輛二手紅色夏利車，農閒時抽空去縣城跑幾趟黑出租。

開黑出租能掙錢嗎？——資料上寫得很清楚，一個月能賺三千多塊！趕上颳風下雨天，比這還多。這數目有些出乎顧天衛的意料，自己一個幹警察當公務員的，月收入還不到三千塊，眼前這個抽空跑黑出租的傢伙，第二產業竟也掙得比自己還多！

從訊問資料上看，楊易金果然是有問題的。

事情發生在大概半年前，應該是在六月下旬，具體時間不詳。那天早上下了點小雨，楊易金還沒出門就接了個好活兒，原來同村一個姓李的鰥夫要去外地給剛生了孩子的閨女賀喜。因為路太遠，又因為喝喜酒得擺擺譜兒，所以就打算雇著楊易金的夏利車去。

楊易金正閒得沒事，一聽當即答應拉上這人就走了。讓楊易金沒想到的是，那人閨女家住的地方不好找，是在鄰縣一個偏僻的小村裡，楊易金去的時候在鰥夫的指點下總算找對了地方，可回來時鰥夫喝醉後住下了，說是到第二天女婿親自往回送。

楊易金獨自往回走時麻煩就來了，本來開出租車他就不是職業的，這回七拐八拐怎麼都回不去了。迷了路的楊易金有些惱火，家中老婆又一個勁兒打電話催他早回去，生怕他掙了幾個小錢就在外面花天酒地。

楊易金對著電話和老婆吵了一陣兒，只能每走一段路就下車去問路。終於在路邊一家木器廠問到了個明白人，哪料對方說楊易金走反了方向，繞得太遠了，想回去要麼原路返回，要麼就走近路，不過是條山路。

楊易金性子急要走近路，那人順勢從耳朵上摘下墨筆來，沒找到紙就在楊易金手背上畫了一張簡易地圖。

楊易金如獲至寶，開上車沿一條土路進了山。這時候，雨早停了，太陽很毒，偏偏楊易金的二手夏利車拆除了空調，平時都是開著窗子吹自然風。

楊易金全身濕透，一個勁兒擦著滿頭大汗往前開，等快開到山頂沒路可走時，抬手一看，手上的地圖早就花了……

那天直到天傍黑，油箱裡的汽油眼看就要耗盡時，楊易金才總算將車開進了蘋縣縣城。可剛一進縣城，他就撞上了一個人！

資料上，楊易金是這麼說的：「那段路其實很好走，都是柏油路，但是路邊有片蘋果園，我正迷迷糊糊開著車，可能開得太快也太靠路邊了，突然我眼前一花，一個東西『噗』地一聲就被我撞飛了！我的夏利車前擋風玻璃當時就全碎了，但沒掉下來，裂得跟蜘蛛網似的，糊住了視線。我當時心驚肉跳嚇得要命，頭腦一熱根本就沒敢停車，憑著感覺把車開進了縣城一個地下停車場裡的死角，在那待了大半天都沒緩過勁兒來，生怕有人追上我。」

民警問：「你怎麼知道是撞了人？」

楊易金回答：「一開始我也安慰自己是撞了隻羊，或者是隻狗、馬、牛之類的畜生，可是我的車上全是血啊！尤其是前擋風玻璃裂開的地方還黏住了一大片黑頭髮，雨刷器上夾住了一個銀色的蜻蜓髮夾……我就知道完了，我是撞了人了，我撞了一個女人。」

「後來呢？髮夾現在在哪兒？」

「後來，我越想越害怕，車是沒法再開了，開出去誰看見了都知道我的車出事了，我只好簡單擦了擦車上的血，然後把車上的證件、衣服、水杯什麼的都裝進個袋子拿走，我就逃回家了。至於那個髮夾，我當然不敢拿著，記得是當時順手扔進護城河裡了。」

「這麼說，你是肇事逃逸。」

「是……是逃逸……這幾個月來，我哪天晚上都睡不著覺，天天做惡夢！其實我當晚就想去那片蘋果園看看，看看我是不是真撞了人？她還有救嗎？但我又一想，如果真撞了人，那女人肯定是被我撞死了，去了也沒救，說不定他家裡人和警察就在那裡等著我。我去了非叫人家揍個半死不行！我那個矛盾，又想去投案……一開始我還想和老婆撒個謊，說我出了個小車禍，車放在修車廠裡修理沒開回來，可後來實在瞞不住了跟她一說，她更不讓我投案，說投案判了刑她和孩子沒依靠了她也不想跟我過了，再說我們也沒那錢……聽說現在一條人命，值好幾十萬了……」

顧天衛看完資料，再次點上一支煙。這時候，米臣推門進來，顧天衛頭也沒回地問：「小米，電警棍拿來了嗎？那根高壓的。」

話音未落，坐在對面的楊易金忽地抬起頭來，滿臉肌肉開始急遽顫抖。

「領導，我求求你們了，我說的都是實話！我是個老實人……我發毒誓，你們可以去調查，如果有一個字對不起來，我情願吃槍子兒！」

米臣邊關門，邊默契地回答：「顧隊，正充著電呢。那玩意太耗電，昨天讓他們用得太猛了。」

顧天衛望著驚恐的楊易金，輕輕地嗯了一聲，明白自己的招數有效，而且他對米臣的反應速度也很滿意。

米臣在顧天衛身邊坐下，開始迅速滑動滑鼠看資料。

顧天衛緩緩吐出一個煙圈，並不理會楊易金的解釋。等他終於抽完一支煙，接上第二支，才繼續開口，而對方卻不是楊易金。

「小米，快行了吧？」

米臣默契地點點頭說：「快了，應該馬上就能用。」

楊易金坐在對面，嗓子都沙啞了：「兩位警官，我只是肇事逃逸，我又沒殺人放火、強奸殺人，你們不能電我！我……我受不了……」

顧天衛仍不理會楊易金的求饒，再問米臣：「我在這等著，你去把電警棍拿來！」

米臣正好看完了資料，這時抬起頭來，眼睛裡不禁有了輕微的疑問。

顯然顧天衛還在表演，因為用所謂的電警棍輔助審訊早就是幾十年前偶爾才會有的老皇曆了，如今執法辦案正規化推行已多年，公安機關實行依法、嚴格、科學、文明辦案，決不允許刑訊逼供，眼下連訊問犯罪嫌疑人都要實行同步錄音錄影，如果不是因為攝影機器暫時沒開，連過火的話都不好講，所以隊上根本就沒有什麼電警棍。

但這一次，米臣從顧天衛眼睛裡，沒有看到戲謔和表演的成分。那裡面除了司空見慣的疲倦，還有一種難以壓抑的憤怒。

也正是這種憤怒，讓米臣有些猶疑。

「快去！我讓你去拿你就拿！還磨蹭什麼？」顧天衛的腔調都因為憤怒破音了。

米臣無可奈何地站起來來，拉開門走出去。準備在走廊裡玩一會兒他自己的iphone 4手機，可無奈走廊裡天寒地凍，而且米臣的ＱＱ好友此時根本無人在線。

米臣正覺得實在無處可去。突然，想起一個好地方來。

米臣快步走進監控室。這間屋子裡整整碼放了二十六臺監控螢幕，從螢幕裡不僅可以看到刑警一中隊門口外面的街道、中隊門口、中隊院子、中隊的各樓層走廊，更主要的還能清晰地看到所有審訊室裡的情形。

審訊室裡，顧天衛還在抽煙。

楊易金低著頭似在懺悔，又似在挖空心思地頑抗。

米臣越發有些不解，這個楊易金看上去很莊戶，綜合現有的各種證據分析，也實在看不出他和兀龍有任何關係。這次抓到他實屬意外，應該說是他這隻驚弓之鳥，自己不小心撞到了獵人的槍口上。

難道他，還另有隱瞞？

米臣實在看不出來。

不過作為一名刑警，米臣心裡明白，審案決不能靠主觀臆想，更不能想當然。決不能冤枉一個好人，但也決不能輕易放過一個惡人。

正因如此，米臣更加佩服顧天衛。這個年富力正強的中隊長頂著新近喪妻的巨大悲傷，忘我工作在刑偵一線。就在昨夜，是他第一個衝上去抓住了做賊心虛的楊易金，臉上還被抓傷了。後來，又是他第一個衝進兀龍藏身的屋子裡，險些中彈喪命。在他身上，米臣感覺到了一種拚命三郎似的強大氣場，這種氣場既讓米臣由衷傾佩，又讓米臣稍感畏懼。

或許，這才是一個未來必將挑起刑偵工作大樑者的魅力和魄力？

可話又說回來，米臣此刻很想和顧天衛打個賭。

米臣覺得老實巴交的楊易金，經過大半夜審訊，不會再有什麼猛料了。

可剛一這麼想，米臣就發現自己很可能錯了。

此時，在監控裡，楊易金忽然抬起頭來，開始說話，情緒顯得非常激動。

米臣立即意識到：審訊時，法律有明文規定不能只有一個民警單獨在場。米臣必須得立刻回到審訊室，可自己拿什麼完成顧天衛交代的任務呢？

米臣突然靈機一動，去宿舍裡摸出一把制式警用手電，飛快地跑回審訊室裡。

此時，顧天衛臉上帶著一絲淺笑，手指間的第二支煙眼看也將燃盡，煙灰來不及彈，已彎成了一條鈎子。

而楊易金滔滔不絕交代的居然是他的豔遇：什麼洗頭房、按摩店、租賃屋，就連辦那種事兒的過程都說得很詳細。米臣聽了一段，萬分噁心。

顧天衛突然往煙灰缸裡狠狠摁滅煙頭，手中接過米臣遞過來的警用手電，一邊睥睨著楊易金。

楊易金的交代戛然而止，上下嘴唇再次開始哆嗦。

「繼續講，挺會講故事！啊？楊易金，你知道自己是在什麼地方？交警隊？事故處理科？還是治安拘留所？你泡洗頭房、按摩店的故事可以先放放，揀主要的說！你這麼大個人，難道連什麼是犯罪還用我提醒你?!」

楊易金繼續哆嗦著嘴唇搖頭。

米臣霍地一聲站起來，作勢用力挽著兩隻袖筒。

楊易金忽然啞著嗓子放聲大哭：「我說！我說……我還和一個人打過架，搶過他一個錢包！其實我不是搶劫，因為我一開始沒想搶……錢我也沒用，我什麼東西都沒動！別的，就真沒有了……」

隨著這陣扭曲的哭聲，顧天衛和米臣都看到楊易金的襠部和褲腿濕了，一股尿騷味直衝而來。

顧天衛搖搖頭站起來，掏出手銬鑰匙上前給楊易金鬆綁。

「我說老楊，你說你這是幹啥？我都問過你好幾次了，要不要去撒尿？可你每次都搖頭，你看看，濕身了吧？走，咱撒尿去，回來再慢慢說！別的真沒有，這個可以有。」

顧天衛和米臣一左一右夾著楊易金從辦案區的廁所回來，顧天衛又親自把楊易金銬起來，回身坐下。這邊米臣已經把填充式的新筆錄開頭寫完了。

「楊易金，我們是蘋縣公安局刑偵大隊民警，我叫顧天衛。」顧天衛說著邊掏出警官證來亮給楊易金看，一邊指指米臣說，「這位警官叫米臣，我們現在繼續就有關問題對你進行訊問。你要如實交代問題，聽明白了嗎？」

「聽明白了，我這次保證有啥說啥，一點不落！」楊易金這次頭略抬高了些，比先前明顯放鬆了許多。

「現在知道你為什麼被抓嗎？」

「知道，因為我撞了人，我還搶了錢……」

「說得詳細點！」

「我撞人應該是在半年前，也就是今年陽曆六月份，具體時間我忘了，反正那天一大早，我們村一個姓李的老漢租我的夏利車去她閨女家……」

「撞人的事情還有什麼保留的沒交代嗎？」

「絕對沒有！我全說了，上半夜那兩位警官問我時，我都說了，說了好幾遍，不信你們可以查……」

「那撞人的事情先放放，搶錢是怎麼回事？」

「我哪裡是搶錢？我沒有啊！其實……我那根本算不上搶劫……」

「注意你的態度，是不是搶劫你我說了都不算，法律上有明文規定，不要老想著狡辯，說詳細點！」

「是！那天晚上……我太慌張了，連驚帶嚇，魂不守舍地往家跑……」

「哪天晚上？從頭開始講！你這傢伙講黃色笑話頭頭是道兒，怎麼交代起別的來就顛三倒四的?!」

「我不是說了嗎？就是那天晚上啊，我撞了人以後……」

「你是說那是同一天晚上？」

「對對對，就是那天晚上！我那天晚上……太慌張了，魂不守舍地往家跑……車子讓我丟在那個地下停車場了，因為怕被別人發現，我心虛地拐到縣城南外環，想沿著南外環路一直下步跑回家，結果還沒過彩虹橋就和一個人迎面撞上了……」

「又撞上了？」顧天衛厲聲問道。

米臣也停下敲打資料的手，戲謔似地問：「趙本山小品怎麼說的來？豬撞樹上了，你撞豬上了吧？怎麼又撞了，是你逆行啊還是那人沒長眼睛？」

楊易金嘆了口氣：「唉，兩位領導，別提了，人倒楣的時候喝涼水都塞牙，放個屁也砸腳後跟兒！我是跑得很快，但是我沒逆行啊，那個人就跟喝醉了酒似的，也跑得很快，但是不知道怎麼回事他突然從路南側斜著向我衝過來，我躲沒躲過去，叫他撞得我渾身骨頭跟散了架似的，他也摔倒了。

「我當時很生氣，問他你怎麼回事？這麼寬的路你非跑過來撞我？可那人不但不道歉，反而瞪著眼睛老盯著我看，也不說話。

「我心裡一下子就毛了。心裡說別是我撞了人遭報應了吧？這人就是那個被撞的女人的家屬？他來抓我來了！

「可那個人光是氣洶洶地盯著我看，還用手指著我，嘴唇哆嗦著，就是不說話。我更害怕了，心思要不就是我撞的不是個女人，而是眼前這個男人，男人死了變成鬼來找我算帳了?!

「我一害怕，腿也跟著發軟，偏偏想跑也跑不動了。於是，我拚命壯著膽子朝那人喊，你瞎了眼敢撞老子?你算什麼玩意?你是從哪裡冒出來的鬼，老子不怕你!

「我罵完他就見他開始到處翻找身上的口袋，把所有口袋都掏空了，最後從上衣內口袋裡掏出一個錢包來，然後手拿錢包伸過手來好像是要賠償我，又好像是向我炫耀他有錢!但他還是不說話。我更害怕了，以為碰到了個不好惹的啞巴。我的手剛一碰到錢包——我以為是他撞了我想賠償我，我才伸手去接的。可那個人忽然又用力往回抽手，我們倆就在那裡一人攥著錢包的一半較著勁，最後錢包被我拽過來了，他也就勢撲上來開始打我。

「我只好跟他打。我本以為自己一點勁也沒有了，誰知道他衝上來以後我才發現我的勁又都回來了。我力氣大啊!幾拳頭就把他打翻了，他也不示弱，爬起來也把我摺倒在地上。當時我也不知道是怎麼了，他只要打我我就瘋了一樣還手，尤其是我找準機會爬起來後，趁他還趴在地上，我狠狠踹了他的左肋骨幾腳。我早年當過民兵，跟人學過幾招，幸虧是我年齡大了，要不然我那幾腳估計他的肋骨早就斷了，也跑不了他了。

「那人叫我踹了以後，在地上蜷縮了一陣，最後爬起來指著我的鼻子，一邊擦著嘴角的血，一邊咬牙切齒地罵我：『你這個傻×!』說完，扭頭就跑了。

「我這才知道他不是個啞巴。

「我也覺得他的穿著不像是個啞巴。他走了，我也想快點回家，可我一低頭，發現他的錢包就丟在地上。我的第一反應是不拿，可是那個錢包躺在地上很明顯，鼓囊囊的好像有很多錢……我一時頭腦發熱，心想自己不拿，別的過路人肯定也會拿，到時候那個掉錢包的人回過神來發現自己身上一分錢都沒了，也肯定以為是我拿的，那還不如我拿回去……我，我……這不算搶劫吧？」

「別打岔，繼續說！」

「不是，……我是真沒想搶人家的錢啊！我搶錢包是因為那個人無緣無故撞我，他不就理所當然地該賠償我嗎？而且是他先動手打的我！我是自衛……」

「你懂的名詞還不少，你想說你是正當防衛吧？」顧天衛續上第三支煙說，「就你這行為還算正當？繼續往下說！」

楊易金的聲音一下子低下去，「沒了，錢包裡有不少錢，我記得清清楚楚，一共是六千三百元，我至今一分也沒動。」

「為什麼沒動？」

「我就怕有一天你們說我搶劫，我說不清楚。」

「那人長什麼樣子，是幹什麼的，哪裡人？」米臣問道。

「我不認識啊！到現在這麼長時間過去了，我還以為自己那晚撞見的真是鬼呢！」楊易金回答。

「別以為你不說，我們就找不著受害人！就沒有對證！你不說，照樣能定你的罪！」顧天衛聲音提高了八度，「那錢包你現在放哪兒了？」

「在我家衣櫥櫃子裡，用一塊黃頭巾和一塊塑膠紙包著。我說的都是實話……我這輩子就幹過這麼兩件壞事！不是的話你們槍斃了我，我給你們壓子彈……」

「閉上你的臭嘴！說說你的車，後來怎麼處理的？」米臣繼續記著筆錄，而顧天衛接到一個電話，看看來電顯示，拉門走了出去。

電話是高山河打來的。

「天衛，吃飯了吧？你那邊什麼情況？」

顧天衛向著半空呼出一團白氣，渾身輕鬆地說：「飯還沒吃呢，一會兒跟嫌疑人一起吃吧。這邊小有斬獲，這個人叫楊易金，交代了一起交通肇事逃逸，一起搶劫還有待認定，別的似乎只剩下嫖娼案了……我想今天就發協查通告，讓各單位留心半年前的肇事逃逸案，這個應該很好查；另外，我和米臣再去趟乾莊村，把贓物起回來。至於人，先拘起來再說？」

高山河笑笑說：「成果不小嘛，找你就為這事兒。已經有說情的找到我這裡來了，你說現在這案子我們還怎麼辦？我本來想堅決頂住，可對方是個縣領導，跟這姓楊的有點拐彎抹角的親戚，說姓楊的老母親八十多歲了最好照顧一下別拘留他，看來不拘留是不可能了，我的意見是繼續挖空他，果然沒背什麼特別要緊的大案，過幾天爭取辦取保候審，但是筆錄資料都要弄扎實！」

顧天衛說：「聽領導安排！你說咋辦，我們就咋辦。」

高山河說：「別整這套，咱這麼做，既頂住了外部壓力，又不違反原則。我這幾天不在家，有事情多和大隊王文慶教導員彙報溝通，至於姓這楊的犯的事情，還是要一查到底，絕不姑息！」

「是！」顧天衛衝著話筒高聲回答，這聲回答在寂靜的大院裡傳出很遠，甚至在碰到對面的牆壁後還產生了回音。

顧天衛招呼米臣上車，米臣回辦公室拿上棕色的公文包斜背著跑出來。

「隊長，要不我來開？」

顧天衛擺擺手。米臣會意，迅速跑到SONATA警車另一側，拉開副駕駛門坐進去。

車子緩緩開動，地上發出陣陣「噗噗」的聲音。看來，大雪一夜未停。

顧天衛開著車，忽然扭過頭來問米臣：「看什麼？我臉上有花？」

米臣訕笑說：「不是，隊長，我之前在監控室跟你打了個賭，以為楊易金這傢伙除了那起交通肇事逃逸案，榨不出什麼別的『油水』來，沒想到他果真還有下文。我輸了。」

「你輸了嗎？這算什麼『油水』？『油水』現在可能正往東北流呢！」顧天衛打著方向盤說：「不過我發現你很機靈，也很勇敢，身體又好，我剛畢業時也像你這樣，你可得好好幹！」

米臣一臉歡喜：「謝謝顧隊關照，不過我哪能跟你比啊？我需要學習的東西太多了。」

「嗯，知道謙虛和低調就很難得！聽說你是咱們縣局唯一的一個『九十』後？畢業還不滿一年，不錯啊！」

米臣有點羞澀地說：「沒辦法，小學時跳了一級，二〇〇八年上的大學又是專科，所以比同齡人工作提前了兩年。」

顧天衛點點頭：「看到你們，感覺時間過得真快啊！『九十』後是個什麼概念？記得我上初中時，隔壁家的叔叔剛有了第二個閨女，那孩子正好跟你一年出生，幾乎是跟在我屁股後邊兒長大的，是個十足的小不點！轉眼間，小不點們都到了工作年齡了！」

米臣附和說：「是啊，所以在你們老前輩面前，我只有謙虛好學的份兒！」

顧天衛大概感覺話題有些嚴肅，自己又不喜歡好為人師，於是擰開了音響。ＣＤ機裡播放著一首劉歡的《從頭再來》：

昨天，所有的榮譽，
已變成遙遠的回憶。

勤勤苦苦，已度過半生，
今夜重又走入風雨。
我不能，隨波浮沉，
為了我致愛的親人。
再苦再難，也要堅強，
只為那些期待眼神。
心若在，夢就在，
天地之間，還有真愛。
看成敗，人生豪邁，
只不過是，從頭再來。
……

一曲唱完，米臣正聽得心血豪邁，歌曲又開始從頭唱起。顧天衛笑問：「你們『九十』後也喜歡這歌嗎？」

米臣答：「我還是更喜歡超女張靚穎和捲毛陳奕迅，不過劉歡的歌我們也愛聽，上警校時我還登臺唱過他的歌呢！」

「看不出來，也是這首？」

「不，是那首叫什麼〈昨夜下了一場雨〉。」

「昨夜下了一場雨……」顧天衛隨即開口哼唱，米臣就用食指敲著操作臺為他打著拍子。

走起路來腳掛泥。
天上有幾絲雲彩，
依然是好天氣。
不是雲彩不下雨，
不是蓮藕不掛泥，
不是汗水不覺鹹，
鹹也是甜的兄弟。
哦，一個人一首歌，
一家子一臺戲，
那戲也可不是好演的。
噢，苦的要變成甜，
甜的要釀成蜜，
那甜可是苦泡的。
……

一曲唱罷，米臣看顧天衛的眼神都直了，他想不到顧天衛能一句不落地唱下來，而且唱得有腔有調有滋有味。

「怎麼樣，小米？」

「太棒了！你比我嗓音渾厚，我的缺點就是嗓子太尖！」

「那是你還小，還沒變音呢，快了。哎，喉結長了嗎？」

「你摸摸。」米臣笑著回答：「顧隊你可別小瞧人，我這人除了年齡小，其他哪個地方也不小！」

「真的？」顧天衛忍住沒笑，卻將一隻手果真朝米臣腰下伸過來。

米臣趕緊閃開，岔開話題：「對了，顧隊，CD裡怎麼老是這首歌？我怎麼按鍵都沒法聽下一首！」

「放心，這裡頭既沒有張靚穎也沒有陳奕迅。這還是前幾天賀斌給我在網上下載了以後燒的碟，就這一首歌。」

「就一首歌，一張碟？」

「當時我告訴他燒張碟，他問燒什麼歌？我說〈從頭再來〉，等我拿到碟子一聽，上面就這一首。」

米臣笑得直搖頭：「老賀也太不會過日子了，不知道一張空碟成本兩塊多嗎？」

顧天衛也搖頭笑道：「這就是你誤會他了，其實賀斌就是按我的意思辦的！你想想〈從頭再來〉，可不就是唱完這一遍，從頭再唱嗎？」

「嗯。隊長，人要是真能從頭再來就好了。」米臣人年輕，思維也跳躍得厲害：「你說楊易金要是知道早晚有一天會被抓住，而不是心存僥幸肇事逃逸，說不定被他撞了的那個人還真的有救呢！」

顧天衛沉默了一陣，再開口聲音裡也有了分量：「不可能，人要真能說從頭再來就從頭再來，那還要我們警察幹麼？還要監獄有什麼用？像兀龍那樣的人渣如果能輕易就漂白了自己，那犯罪不就成了享受？」

米臣覺得有道理，正要開口，忽聽SONATA右前輪一滑，警車往路邊一條深溝裡陷去，顧天衛急忙左打方向，但已經晚了，車子「噗哧」一聲陷進去半個身子，右後輪軸承發出一聲清脆的斷裂聲，車身頓時矮了下去。

顧天衛急忙打上R檔，猛踩油門，排氣管發出陣陣轟鳴，可SONATA仍紋絲不動。兩人只得下車查看，地上因為積雪太深，車子根本再也無法動彈。

兩人無奈，只能鎖好車門一前一後沿著村道往前步行。估計走了近一個小時，才摸進了楊易金的家門。

楊易金的老婆一看就不是盞省油的燈，得知丈夫事發被抓正要撒潑，顧天衛和米臣根本沒給她機會，一句開場白就把她唬住了。

「知道什麼是包庇罪嗎？我們警告你，不是看你孩子還小，老人需要照顧，馬上就帶你回刑警隊接受調查！希望你先爭取個好態度，配合我們辦案！」

楊易金老婆雖然長著一臉橫肉，但從這番話裡還是聽出了輕重緩急。雖不情願，但還是開始慢騰騰地配合。顧天衛讓她去打開衣櫃的抽屜，翻找那個錢包。事實和楊易金交代的一模一樣，那個鼓鼓囊囊的錢包正靜靜地躺在衣櫃裡。

一見錢包，楊易金老婆的剽悍終於有了發洩的地方：「好啊，姓楊的敢瞞著我藏這麼多錢！這個殺千刀的！日子沒法過了……」

米臣及時喝住她，警告說這是贓款，好不容易才使她消停下來。顧天衛打開錢包，抽出裡面那疊現金交給米臣點數。米臣動作嫻熟地點著，數完了一分不差正好是六千三百元。

這時，米臣轉頭望見顧天衛手裡正捏著一張銀行卡，隨即樂了，問：「上面寫名字了嗎？沒寫回去上銀行一查，事情不就水落石出了！」

米臣話音剛落，見顧天衛又從錢包裡捏出一張二代身份證來。米臣還來不及興奮，就見顧天衛的手開始劇烈地顫抖。米臣覺得不對頭，急忙湊上去一看，卻突然被身份證上的照片嚇了一跳！

——這個人的面孔太熟了。熟到刑警大隊的每個人都恨不能親手拿槍斃了他！

為了確認這個人的身份，防止看走了眼，米臣再次靠近顧天衛，仔細看清楚了身份證上的名字。

沒錯，就是那個人。

那個畜生！

他的名字，叫諸葛超。

第三章 法不容情

漫天大雪，視線極差。

米臣和顧天衛一前一後，一言不發，橐橐地行走在崎嶇的山道上。

等終於走近那輛拋錨的SONATA警車，米臣先停住步子，回頭查看著顧天衛的臉色。

顧天衛滿臉風雪，看不出任何表情。步子沒做停留，只是朝米臣低低問了句：「還不走？」

米臣說：「咱不能把車留下，在這荒郊野外的不安全。」

顧天衛終於止住步子，再問：「是命值錢，還是車值錢？」

米臣嘆口氣，說：「要不這樣吧隊長，你先回去，我再想想辦法，看能不能找到人幫咱們把車拖出來？」

「你是說在這麼大冷的天？又下著這麼大的雪？」

米臣撓撓頭：「就是啊，這鬼天氣，估計出高價也沒人願意賺。」

「哎，都說到這了，怎麼沒人願意？」顧天衛忽然折返回來，拍拍米臣的肩膀說，「有的是這樣的傻瓜啊，趕緊打電話，報警！」

米臣心想對啊，平時都是自己出警救助服務別人，現在輪到警察自己有困難了，也打回一一〇求助唄！這種天氣，出警照舊是風雨無阻的！

米臣剛掏出手機想撥號碼，哪料顧天衛又制止了他。

「乾脆別費那勁了，打一一〇也是轉到下邊的派出所來就近出警，還不如給乾莊派出所的劉永平所長打個電話，他離這近，興許還能管頓午飯。」

顧天衛很快打完了電話，和米臣一起鑽進車裡等救援。車裡暖風溫度一時提不上去，凍得兩人手腳僵麻。

儘管如此，顧天衛和米臣都沒說話，各自疲憊地躺在靠椅上想著心事，車裡安靜得能聽見外面的落雪聲。

不知過了多久，米臣覺得自己瑟縮在靠椅上斷斷續續迷糊了一陣兒，睜開眼時依稀聽到車窗外有警笛響，正準備坐起來查看，身邊的顧天衛先自一步打開車門鑽了出去。

是劉永平所長親自帶了一個協勤[1]過來，給SONATA警車後屁股上拴好了纜繩，發動開來的警車在前面拉著，三五下就把SONATA給拽了出來。

顧天衛和米臣還來不及下車道謝，劉永平已經下車大步流星走過來，拉開車門鑽進來說：「走，大白菜粉皮還有乾莊的嫩豆腐，正在柴火爐子上燉著呢，都是綠色食品，絕對沒有地溝油！趕緊的，兄弟們都等著你們呢！到咱地盤上了，說什麼也一定要吃了再走！」

顧天衛不說話，扭頭望望米臣。米臣悄悄向顧天衛俏皮地豎起一根大拇指。

因為有公安機關的禁酒令，顧天衛和米臣在派出所裡沒有喝酒，不過午飯嚼著煎餅捲，就著香噴噴的大鍋菜都吃了不少。

---

1 協勤：中國協助正式民警工作的、沒有公務員編制的臨時工作人員，也叫「輔助警察」。

其間，劉永平有意無意地問顧天衛：「顧隊長冒這麼大的雪蒞臨我們乾莊村，除了拖車外，還有沒有需要我們服務的？」

顧天衛知道這是劉永平起疑呢，但沒辦法，昨晚的抓捕行動是祕密抓捕，外人一律都不通知。眼下的調查又很簡單，已經完成了。於是笑笑回答：「一點小事兒，都辦好了。」

劉永平收了笑，說：「動了槍，死了人，顧隊長覺得這種事兒還小？」

顧天衛心中一凜，也知道昨夜這麼大的動靜根本就不可能瞞過一個耳聽八方的派出所所長。

「實不相瞞，劉所長，我們昨夜是來抓捕兀龍。這小子，昨晚就隱藏在乾莊村他一個遠房表叔家裡。至於行動，我也是臨開始才接到的通知，全部人員都是大隊上的，沒有別人，這個你應該理解。」

「我理解，抓兀龍當然不是小事兒。但有件事兒，我覺得很頭疼。你說他表叔劉當怎麼會有獵槍呢？」

「我想這個劉所長倒不用擔心，他一個老光棍兒人都死了——槍肯定是兀龍的東西。我個人倒覺得你真要擔心，得擔心他家的牆是什麼時候墊高的，你們進去過沒有？」

劉永平聽了，點點頭，深以為是。

「咱們都是好兄弟，以後有事還望你這在縣城當領導的多多關照我們！常言道，家家有本難念的經。我們在基層幹，很多時候相當不容易，有機會還望在領導面前多多美言。至於你個人和中隊上有什麼事需要幫忙，儘管招呼一聲！」

顧天衛說：「劉所長太客氣了。我就是個幹活的，憑的是力氣，論的是感情，沒啥大用處。不過這次來，我還真有點事必須向你們打聽清楚。」

「啥事？說！」劉永平很乾脆。

「村裡有個叫楊易金的你認識嗎？這個人有沒有劣跡，平時怎麼樣？」

劉永平張口即來：「這人我認得，沒有啥案底，眼睛色瞇瞇的，略微馱著腰，有點勢利，說話囉嗦，會拍馬屁，這幾年真沒辦過他的案子。怎麼，犯事兒了？」

「嗯，一般會拍馬屁的人，早晚得犯點事兒。尤其是敢拍派出所所長馬屁的人，就得早注意。」

顧天衛有意把話題弄得輕鬆些。

劉永平一拍大腿，嘆口氣：「兄弟啊，咱這叫啥官？整天窩在這兔子不拉屎的窮鄉僻壤，有拍馬屁的就權當精神鼓勵啦！他犯得啥事兒？」

「交通肇事逃逸。」

「這不是交警部門的事兒嗎？你也分管這塊了？」

「我就知道，什麼事情到你地盤上都得交代清楚！」顧天衛又把楊易金涉嫌搶劫的事情簡單一說，但楊易金搶劫的對象是誰，他隻字未提。

往縣城走時，米臣打著飽嗝，想方設法跟顧天衛套話。

「隊長，這劉所長看著年齡不小了，還挺巴結咱的，是不是還想往上爬拉選票呢？」

「你有所不知，劉所長的為人不錯，業務也好，但求勝心強了些，原來他在縣城巡警大隊幹大隊長，跟上任局長走得近了些，大前年被調到乾莊所來任職——其實都一樣，正常輪崗嘛，可能他心裡多少有點落差，都是人之常情……」

「隊長，這鄉下的飯菜還真挺香的。」

「嗯，天然有機食品。」

「隊長，車回去趁空得修修了。」

「嗯。」

「隊長，我打開CD了？」

……

米臣直說得沒話了，見顧天衛其實毫無交談興致，只好悄然放下靠椅，瞇上眼睛，作勢要迷糊一陣兒。

這時，顧天衛皺著眉宇自說自話：「我眼睛都快雪盲了，也不說替替我？」

米臣騰地一下就坐直了，根本沒什麼睏意。他望著顧天衛，一臉誠懇地說：「隊長，我早就想換你了。你太累了，需要休息。」

「累？」顧天衛望著前方，沒有馬上停車的意思。「你說幹咱這行的誰不累？估計這會兒高大隊他們還沒出市呢，這天氣連高速都上不去！但他們能因為累就不去嗎？」

米臣沉默地聽著。

顧天衛也陷入沉默。

良久，顧天衛才又喃喃說出一句話來：「小米，放心吧，車我能開。說吧，我知道你心裡頭有事兒。」

米臣嘴倔：「隊長，我能有啥事兒。」

顧天衛說：「叫你說你就說，現在我們倆算是搭檔，你這個狀態可不對頭，跟我年輕時差遠了。」

米臣聽了說：「隊長你可千萬別對我期望太高，我永遠都是你的小跟班兒。」

顧天衛扭過頭來問：「跟班兒？」

米臣反應迅速：「是！」

顧天衛說：「哪能是跟班兒呢？從你昨晚上第一個跳進劉當的院子，外加在我睡覺時記得給我蓋上一件警大衣，我早就把你當成親兄弟了。雖然你是個『九十』後！」說著，顧天衛睹了米臣一眼。

「隊長，能做你的兄弟，我很榮幸，也很願意！」米臣眼睛裡神采奕奕。

顧天衛乾脆側過頭來問：「那好兄弟，你說，案子該怎麼往下查？」

米臣不看顧天衛，卻望著窗外紛揚的飄雪，頓了頓說：「隊長，我不太明白，你說的是什麼案子？」

顧天衛口氣瞬時就硬了：「楊易金的搶劫案！」

米臣接得很快：「隊長，我回去就下協查通報，到事發地附近跑跑，再去翻翻肇事記錄，爭取三天之內找到受害人！」

「你小子驢唇不對馬嘴！」顧天衛火了。

「隊長……」米臣聲音突然變得哽咽，一個字也再說不出口。

「說！你是個警察嗎？你還算個爺們嗎?!」顧天衛聲色俱厲。

米臣喉結上下滾動一番，抹去了眼中溢出的幾滴淚水，努力平靜著自己的情緒。然後開始說話：「隊長，這案子，沒法查了……你想，隊長，諸葛超那個王八蛋已經被判了死刑，這幾天高院的覆核就下來了，那是個喪盡天良十惡不赦的死人啊！死人的事情你還要去管？還要查？」

說著說著，米臣的眼圈又紅了。

「更何況，他是強奸殺害蘇甜的兇手！隊長，嫂子她死得太慘了！我們都知道你的心現在還在滴血，你的兄弟我們也是……」

「別說了！」顧天衛突然打斷米臣。

「不！是你讓我說的，隊長，如果你真把我當兄弟，把我們一中隊的全體民警都當成兄弟，我建議這案子就到此為止吧，沒有人願意查下去！這是那個畜生咎由自取！照我看，楊易金下手太輕了，如果當時就揍死那個狗日的，那該多好……」

顧天衛猛地一踩剎車，SONATA輪子突然在雪地中打滑，直接來了個超過一百二十度的漂移才停下。

米臣嚇了一跳，側臉去看顧天衛。顧天衛握著方向盤的雙手青筋暴起，雙目緊閉，胸膛劇烈地起伏著。

很久之後，顧天衛才緩緩說道：「小米，我謝謝你！但這案子，我們還得查，必須查下去！你想過沒有，我們是警察，不是俠客，我們得為法律說話！這個案子中，諸葛超就是受害者。只要他一天還沒死，那顆子彈還沒打進他的腦袋裡去，我們就得為他挽回公道！」

「隊長！……」米臣呆呆地望著顧天衛。「難道你就不恨那個喪盡天良的王八蛋？」

「我恨不得將他碎屍萬段，然後剁碎了餵狗！」顧天衛憤怒地吼著，忽然抬起手臂狠狠砸下去，但就在拳頭快落到操控臺時，又痛苦地收住了。

「可仇恨終究是仇恨，法律畢竟是法律。從個人角度講，我恨不能親手槍斃了他，可是法不容情，也許上天就是故意讓我在這種節骨眼上，跟他以這樣的方式面對面……」

米臣不知道該怎麼接話，再次沉默不語。

而顧天衛也竭力想從深陷的情緒中拔出來，沒做停頓就迅速扭轉了話題：「要拘留楊易金，有那起交通肇事逃逸案子就足夠了。但是這起搶劫案，是否成立，是否是那麼回事，我們必須得查。其實，劉永平來接我們以前我說要步行回去，那是我在考驗你，你堅持不把警車留在雪地裡，那樣做是對的，因為警車不同於便車，它頭上頂著警燈，無論在哪兒都是一種象徵，決不能讓它出問題！就像眼前這起案子，我們也絕不能撒手不管！」

說著，顧天衛朝米臣伸出一隻手來。

「知道嗎小米？也許老天如此安排，才是對諸葛超那個畜生最厲害的懲罰！」

米臣望著顧天衛炯炯的目光，突然一下徹悟了似的，連忙激動地伸出手去，和顧天衛的右手緊緊攥在了一起。

「最厲害的懲罰！」再往回走，米臣心中熱血澎湃，百感交集。他不禁感嘆，這世上的事情真是太複雜太微妙又太矛盾和太艱難了。但比起任何一件事情，人心其實又是最複雜最微妙又最矛盾和最艱難的！

一個背負著殺妻之恨的警察，居然要強忍著刻骨的悲痛去為仇人征討公道？

這在常人聽來，是不是有些天方夜譚？

至少，曾是警院高材生的米臣，感覺特別匪夷所思和蕩氣迴腸！

「隊長，我可不可以說剛才我也在考驗你呢？有人說，考驗一個人，不要光看平時，而要看他在最關鍵的事情上是如何表現。」米臣大膽抖了個並不存在的包袱。

「不可以，不是我小瞧你。你也不是不敢考驗我，而是你壓根兒就沒想考驗我。當諸葛超的名字一出現時，別說是你，就連我都懵了。我是怎麼想的，都在大腦中混沌了老半天，更別說是你。好兄弟，我瞭解你的心思，你人雖年輕，但很聰明，也很善良，但我不希望你自作聰明。這人哪，往往小聰明，最能壞大事情。這方面，我是過來人，如果你認我這個師傅，你需要學的東西真的還有太多。」

米臣聽著這番話，不得不打心底裡更加敬佩顧天衛。他的那點心事，讓顧天衛輕而易舉就全說破了。

米臣索性真的閉上眼睛，細細琢磨著顧天衛的每一句話。任由心中波瀾起伏，久久難以平靜。

——眼下，人們處在一個什麼年代？經濟飛速發展，生活水平大幅提高，可人與人之間隨處可見拙劣的表演，到處充滿了金錢的銅臭，或者是譁眾取寵，急功近利，爾虞我詐，誠信缺失，違法不斷，犯罪頻發。有時候真讓人充滿了厭倦和憎惡，沮喪和絕望。

然而，正因為這世上還有許多像顧天衛一樣的硬漢，世界才仍舊有清正和公平可言，才依然有誠實和信用存在，才會讓人感覺到踏實和溫暖，希望和快樂。

米臣一路想著這些，不覺SONATA已開進了刑警隊院裡停下。顧天衛拉起了手剎車，順勢問道：「小米，能幫我個忙嗎？」

米臣回答乾脆：「隊長，咱們還客氣啥？什麼叫幫忙？」

「這案子，還是我倆查，說實話，我很喜歡你！」

「這是領導安排工作，我不幹能行嗎？隊長，你也不用拿『喜歡』之類的肉麻詞兒來激我，我保證給你幹好！」

顧天衛搖頭：「記住，工作可不是給我幹的。我真正想說的是，這案子在向領導彙報以後，能不能讓我去辦?!」

米臣恍然大悟：「隊長，你是說你會被指令『迴避』？我記得法律上有關『迴避』的規定：偵查人員如果與案件或案件的當事人具有某種利害關係或其他特殊關係，可能影響刑事案件的公正處理，就不得參加辦理該案。可是，你現在是為仇人說話，為一個將死之人做善事！這完全是兩碼事啊……」

顧天衛說，「如果我記得沒錯，《刑事訴訟法》第二十八條對迴避的理由作出過明確規定，有六種人在辦案時需要迴避，否則訴訟就不具備法律效力：第一種是本案的當事人或是當事人近親屬的；第二種是本人或者其近親屬和本案有利害關係的；第三種是擔任過本案的證人、鑑定人、辯護人或者訴訟代理人的；第四種是違反規定會見當事人及其委託人或接受其請客送禮的；第五種是在本訴訟階段以前曾參與辦理本案的；第六種則是與本案當事人有其他關係，可能影響案件公正處理的。」

「厲害啊，隊長！就像剛從學院裡畢業一樣，記得可真清楚！」米臣再次豎起大拇指。

顧天衛沒理會米臣的恭維，說：「我顯然不屬於前五種情況，可最後一種『與本案當事人有其他關係，可能影響案件公正處理的』需要迴避，小米，你說呢？」

「社會生活是十分複雜的，法律不可能將公安司法人員與當事人之間可能發生的各種社會關係全部列舉出來。因此，偵查人員除去存在上述情形以外的其他關係，以至無法使案件得到公正處理的，也應當迴避。當然，偵查人員與當事人之間存有其他特殊關係這一事實本身尚不足以單獨構成迴避的理由。只有在這種特殊關係的存在導致案件無法得到公正處理時，才應迴避。」這下，米臣終於也有機會狠狠過了一把吊書袋的癮。

「隊長，如果我記得沒錯的話，這就是法律對『其他關係』的解釋，你還擔心什麼呢？你和諸葛超沒有半點親屬關係，只不過那個王八蛋是你的仇人，他的死刑案跟被搶劫案是兩起案件，如果你和他之間的『特殊關係』會影響搶劫案的公正處理，你完全可以不辦這案子，犯不著！而事實恰恰相反，你現在是來給他討還公道的！因此完全用不著迴避！」

顧天衛滿意地點點頭，「『九十』後真讓人驚豔，記性就是好！嗯，我也是這麼想的，可現在的事情很難說。讓不讓去，領導的意見很關鍵，所以我儘量去做工作。你，小米，一定要和我搭檔好。」

「是，隊長！」

第四章　昨日夢境

高山河帶隊到達省城，無奈中改變了主意。去東北，這麼大冷的天，開車去實在太慢。他豁出去了，直接叫人把車開進機場，並且聯繫機場的老戰友，幫忙買了幾張特價票。過了安檢，高山河正召集手下湊在候機廳的靠椅上開會，顧天衛的電話打過來了。

很顯然，顧天衛是經過了深思熟慮的，所以在電話裡他幾句話就說服了高山河，可高山河遠比顧天衛想像得謹慎。

高山河在掛電話前，再三叮囑顧天衛：「天衛，我是瞭解你的，但是關於這起案子，別人不一定都像我這麼看。所以，你一定要找找周興海副局長，向他詳細彙報一下案情和你的想法，他是分管咱們刑偵工作的老局長了，見多識廣，又有威信，你只要獲得他的支持，這案子就一定是你的沒問題，否則你就趁早放手。」

顧天衛明白，這的確是高山河的肺腑之言。

午後的太陽出來了，隔著窗玻璃耀得顧天衛有些頭暈。米臣和賈汝強他們押送楊易金去了看守所，賀斌幾個去了交警隊肇事科。而顧天衛就那麼斜倚在沙發上沉思，不一會兒便沉沉睡去。

顧天衛實在太累了。他本意並不想睡，而是要思考，可那種濃重的睏意一旦冒了出來，他又實在無力抵抗。在潛意識裡，他很肯定地以為自己一旦睡去，將睡得一場糊塗天荒地老，就像掉進一個深邃的陰冷的、看不到也感覺不到任何光芒的黑洞裡。

可是，顧天衛卻被一聲輕微的響動驚醒。

他醒過來的第一反應是迅速站起來環顧四周，被強光長時間照曬過，他眼前一片昏花。帶著似是而非的恍然和愕然，有一瞬間他錯把暖陽當空的下午，當成了寒冷清冽的黎明。

那種輕微響動來源於一條手機簡訊。

顧天衛動作遲緩地掏出手機，用手掌遮在螢幕上方打開來看，是蘇珊發來的。

「姐夫，我想出院。」

顧天衛望著這一行字，愣愣地傻在那裡。

他能想像出此刻，在醫院裡，在那張雪白的狹窄的單人床上，蘇珊一張蒼白的臉上寫滿了淒涼和苦楚。

他還能想像到旁邊坐著的老母親，一臉皺褶，身心倦怠，卻又時時刻刻強打精神，如履薄冰似地盯著自己的小女兒。

這是兩個心理都經受過致命打擊的女人。時隔半年，那種殘酷的重創仍然籠罩在她們身上。

顧天衛感到一陣鑽心的痛。

她們都是他最親的人。

以前是。今後，仍然是。永遠是。

想像著那雙盈盈含淚的杏仁眸子，顧天衛甚至情不自禁地向著虛空裡伸出一隻手去。他不知道自己，是想要拭掉那些眼看就要溢出的淚滴，還是想輕輕地托住那張消瘦的下巴。

他不知道自己究竟想要做什麼。

此時此刻，他已經分不清那雙眼睛到底是誰的眼睛，那張下巴是誰的下巴，那股柔情和怨恨，究竟誰的柔情和怨恨。

他無法對自己的行為做出任何解釋。

渾身的肌肉被一陣酸流湧遍後，再也沒有半點力氣。

現在，顧天衛才終於體會到，什麼叫做身臨其境。

而什麼，又是白日做夢。

顧天衛和蘇甜的相識，是在兩年前一個陽光明媚的清晨。

那是個初春，顧天衛剛從清脆的鳥鳴中清醒，正望著窗外枝頭上累累綻放的梧桐花發愣，甚至還沒有來得及洗漱，病房門就被輕輕敲響了。

顧天衛以為是上早班的護士，答應一聲，哪知輕輕盈盈走進來的是個陌生的女孩兒。

女孩兒腦後紮著漂亮的馬尾，露著光潔泛亮的額頭，上身穿一件大紅色短款收腰羽絨服，臀跨間露出一截韓版的深棕色毛衣，下身穿一條淺灰色純棉鉛筆褲，腳蹬紅色的雪地靴，整個人看起來既時尚又甜美。

女孩兒背上還斜搭著一款精緻的女包，手中捧著滿滿一束開得正旺的黃色康乃馨。

她的到來，讓顧天衛又驚又喜。他視線裡已經太久沒有駐足過有魅力的異性。但顧天衛很有自知之明，推測女孩兒一定是走錯了房間。

於是，顧天衛沒說話，卻情不自禁朝著女孩兒傻笑。他不想做煞風景的事情，只想讓對方自己發現走錯房間後離開。

可女孩兒卻勇敢而又羞澀地回視著顧天衛的目光，徑直走到病床前，把手中的康乃馨擁過來。

「聞聞，香嗎？」女孩兒輕聲問道。

顧天衛頓時感到羞怯和暈眩。

簇擁在眼前綻放的康乃馨，不但賞心悅目，濃郁撲鼻，而且它們正掩映著一張近看精緻得幾乎挑不出任何瑕疵的臉。那張秀氣的臉上，看不出化妝，精斂圓潤，而且擁有一雙水波瀲灩的大眼睛和一道驕傲倔強的高鼻樑。

見顧天衛發愣，女孩兒也變得拘謹和羞澀。臉色緋紅，低頭間忍不住微笑，卻又露出兩排整齊潔白的牙齒。

顧天衛為自己的失態感到尷尬，張口時也答非所問。

「不好意思，你是不是走錯房間了？」

女孩兒抬起頭來，臉上帶著無辜的表情。

「沒有吧，你就是顧隊長。」

這下顧天衛更加吃驚，急忙想坐直身子弄個究竟，但胸前的傷口負重一扯，不禁齜牙咧嘴地吸了一串冷氣。

「別動！傷口還疼嗎？」女孩兒的表情幾乎是跟著顧天衛一起變化的，此刻也好像承受著劇痛。

「沒事兒，一點小意外。」

「躺著別動！也可以不說話。」女孩兒拉了一張凳子坐在床頭，「你真的不認識我了嗎？」

顧天衛苦笑著搖頭。他一直覺得自己記性不差，想不到居然把這麼養眼的女孩兒忘得一乾二淨。

「其實我應該早來看你的，我的節目也需要你，可是最近太忙了，我一直走不開。」女孩兒想找個花瓶把花放下，可環顧屋子一周，沒發現有合適的地方。

顧天衛趕緊說：「如果你真是來看我的，把它們給我好嗎？真好聞！」

「給！」大抱的花朵一下簇擁而來。

「這是叫康乃馨吧？除了領導和單位送來的幾個花籃，我還從沒單獨收過花。」

「嗯。」女孩兒笑笑回答，「我也不懂，從沒給人送過花，你是第一個。買花的時候我還猶豫，選來選去覺得康乃馨最好，因為裡面有個『康』字嘛，祝你早日康復！」

「謝謝，太好聞了，好像還有奶糖和白菜心的味道。」

「噗哧」一聲，女孩兒笑了。「沒想到你還挺逗的，知道為什麼還黃色嗎？其實我更不懂，還是打電話問的珊珊那個萬事通。」

「黃色代表什麼？」

「本意是祝福母親健康長壽，送朋友也一樣可以吧？」

「那我就放心了，在我們鄉下老家，黃色一般象徵著壯烈。」

女孩兒又忒地一聲笑了。

「對了，珊珊是誰？」

「我妹妹，她叫蘇珊，小我一歲，明年才大學畢業呢。」

「你呢？」

「我？我叫蘇甜。你真的不認識我？連我的名字都想不起來了？」

「我真想想起來，可是已經很努力了。」

「你們案卷筆錄上不是有記載嗎？你們還讓我簽名，寫上什麼『以上記錄我看過，和我說的相符』之類的話。」

顧天衛忽然警惕起來：「你犯過什麼事兒？」

蘇甜更驚訝地回答：「我哪有啊？我就說進你們那裡不是什麼好事兒！一旦記下筆錄來，無論做過沒做過都算有案底了，對不對？」

顧天衛忽然一陣心痛，還有種深深的上當受騙的感覺。他竟然懷疑蘇甜是個髮廊的賣淫女，口氣也硬了。

「只要你沒做過壞事兒，不用擔心案底不案底！」

「是你們非讓我簽字的呀，我在公車上丟錢包能算是什麼壞事兒？我又不想丟……」

顧天衛聽了恍然大悟，忙不迭地一個勁兒道歉：「啊?!對不起對不起對不起，我現在想起來了，你就是那天在公車上丟錢包的群眾之一！實在對不起，那天我受傷後就被抬進了醫院，是我同事給你做的證人筆錄吧，你可千萬別誤會，那是證人資料，是你義務協助破案，不是什麼案底。」

「嚇我一跳，你們警察是不是都這樣啊，老是懷疑別人有事兒？」

「你看，現在是我有事兒，我是病人，胡說八道，你可千萬別介意！不瞞你說，你進來前我剛做了一個無間道似的惡夢，腦子還亂哄哄的。」

蘇甜不信，忍著笑睥睨顧天衛，「真的？」

「假的。」顧天衛說，「我這樣的警察，做夢也就抓個小扒手，哪能玩得起無間道。」

蘇甜卻正了色道：「可你們職業的危險性我算是親眼見識到了。那天，你很勇敢！」

或許是蘇甜話說得老氣橫秋，顧天衛馬上回答：「謝謝領導誇獎，為人民服務！」

說完，兩個人同時開心大笑，連查房的小護士進來了都沒有察覺到。

說起來，蘇甜算是第二次見到顧天衛。一周前，發生在公車上的驚險一幕，讓她最是記憶猶新。

蘇甜在蘋縣廣電局從事播音主持工作，由她負責主持編製的兩檔節目《陽光印象》和《懷舊經典》很受歡迎，前者是專門從善意的角度聚焦和剖析全縣的熱點和焦點，而後者則是一檔文藝節目，蘇甜自己以獨特的眼光挑揀、放送文藝經典，同時與大眾展開真摯的交流。

一周前的一天，她剛剛臨時主持完「政風行風熱線」節目，下了早班坐公車回家。蘇甜上車後坐在一個靠窗的座位上，不久一個頭髮剃成毛吋染成栗子紅的女人也上了車。

蘇甜望著她耳朵上戴著兩個超級大鋼環，身上穿著幾乎遮不住屁股的超短裙，腳上拖著雙陡峭的雪白鬆糕靴，禁不住頑皮地吐了吐舌頭。哪料「毛吋女」偏偏徑直走過來坐在了她身邊，蘇甜很快就被她身上濃重的香水味熏得呼吸困難。

上車的乘客越來越多，見有個孕婦上來後一直沒人讓座，蘇甜趕緊站起來把座位讓了出去。蘇甜低頭再看那個「毛吋女」，此刻她正閉起眼睛戴上耳麥晃著身子聽音樂呢。

後來，蘇甜回想起，自己站在擁擠的走廊裡，一定是踮起腳來單臂拉著車頂的吊環時，牛仔褲裡掖著的錢包被逐漸顛簸了出來。這個她在去香港旅游時一狠心買下的精緻COACH錢包，引起了車上扒手的莫大興趣。

但其實，扒手們早就動手了。在偷竊蘇甜之前，兩個扒手已經成功盜竊了三名群眾。而在扒手背後，刑警顧天衛和另一名同事賀斌正緊緊地盯著他們。

那段時間，有市民多次反映環城公車上出現外地扒手行竊，蘋縣公安局對此高度重視，專門召集會議進行了認真研究和周密部署，行動已在悄無聲息地展開，目的是要堅決打掉這些不法分子。顧天衛他們分成若干小組，一個小組四人，集中跟車，任務是發現不法行為、摸清不法人員、當場隱蔽取證，以及時機成熟後果斷實施抓捕。

這天，顧天衛所在的小組，有一個民警請了病假，還有一個臨上車時發現忘記帶錄音設備，回中隊上去拿。顧天衛和賀斌心想時間珍貴，不能乾等，先上車再說。於是，他們倆人先自上了七號公車。

讓他們大感意外的是，這趟公車上居然出現了「大魚」。行動以來，顧天衛他們逐漸摸清了公車扒手團伙成員的數量及頭目。該團伙頭目叫「胖子」，其實名不副實。他人身高一米七左右，不胖不瘦，眉清目秀，據說還練過幾天拳腳。這「胖子」能當頭目，自然有頭目的本事，那就是很少親自出手，甚至連電話都不帶，盜竊過的手機能甩手接著就賣掉，賣不掉就乾脆扔掉，住宿的地方專揀偏僻的小旅館，而且是打一槍換一個地方。

這天清早，穿著很樸實的「胖子」，不知怎麼回事親自上到了七號公車，而且在另一名扒手的掩護下，駕輕就熟地接連出手，速度之快、技術之高，讓顧天衛和賀斌看著都眼花繚亂。

無奈，他們沒拿錄音設備，這些場景沒有實施當場取證。顧天衛和賀斌顯然不想放棄這條大魚，通過觀察，他們發現車上就那兩名扒手，而且扒手身上看不出帶著凶器，想必他們對被監視還一無察覺。

一對一，又占據著絕對的心理優勢，顧天衛決定收網。於是，他向賀斌打出一個握拳的手勢，意思是說要實施抓捕，接著又用拇指朝向自己，食指指指賀斌，然後用拇指小指擺出一個像「六」的電話造型晃晃，意思是說地方太擠，自己先上，賀斌斷後配合，同時請求支援。

賀斌點點頭會意，急忙向外發了簡訊，倆人正準備出手，這時只聽一名扒手用南方話大喊一聲「停車」，司機不明就裡「嘎吱」一聲踩了剎車，公車前後門一起敞了開來。

顯然，狡猾的扒手想要中途開溜！

顧天衛見「胖子」此刻正緊緊貼住一個單手拉著吊環的姑娘作最後一案，食指中指瞬時已夾出了掖在她褲兜裡的粉色錢包，顧天衛意識到千鈞一髮機不可失，忽然平地高喝一聲：「不許動，警察！」賀斌也隨即在背後喊道：「不許動，警察！」

車廂裡頓時安靜下來。顧天衛和賀斌保持著高度戒備，都以為遇到的是兩根最難啃的硬骨頭，不經過一番近距離的殊死肉搏恐怕很難搞定。

哪料顧天衛和賀斌剛一前一後地亮了亮嗓門，或許是對方摸不清警察的數量，或許對方早已是驚弓之鳥，「胖子」和手下竟然立馬雙手抱頭，乖乖地蹲在了地上。

顧天衛和賀斌喜出望外，掏出銬子上前就去銬人。顧天衛給「胖子」上銬的時候也出奇地順利，沒有遇到任何抵抗。

然而，意外就在這時突然發生！

顧天衛提著「胖子」剛一轉身，還以為起身太猛眼前昏花，只覺人影晃動，胸前寒光一閃，突然感到一陣劇痛襲來。

顧天衛的心臟處，被狠狠扎了一刀！

此刻，正汩汩往外流著鮮血。

等顧天衛看清行凶者，才恍然意識到他們看走眼了，這趟車上他們錯失的第三名扒手，竟是那個時髦的「毛吋女」！

「胖子」就是這時候從顧天衛手中掙脫的，顧天衛反應過來時，「胖子」和「毛吋女」已經揚著匕首飛奔到了車後門處，眼看就要逃下車去。

顧天衛拚盡力氣吼了聲：「司機，關門！」只聽「滋」的一聲，反應飛快的公車司機迅速關閉了車後門。與此同時，公車外響起了越來越近的警笛聲。

「胖子」見勢不妙，忽然奪過「毛吋女」的匕首，橫了刀鋒對準「毛吋女」的脖子咆哮著：「都別過來，過來我就殺了她！」

賀斌把身邊的扒手反銬在公車立柱上，疾步上前扶住顧天衛，顧天衛左手護住胸膛，右手從腰裡摸出辣椒水催淚器，兩人漸漸逼近車尾。

「別裝了，『胖子』，你以為你們能逃得了？投降吧，這招兒忒老土了，拿自己的女人做擋箭牌，你可真是個孬種！」顧天衛強忍劇痛說著，突然抽出辣椒水向兩人噴去。

「胖子」和「毛吋女」霎那間慘叫著，再次蹲在了地上。賀斌見勢上前對準「胖子」就是一腳，匕首被踢飛後「胖子」腦袋又重重地撞在車壁上，只剩下戴著手銬在地上打滾的份兒了。再看「毛吋女」，此刻更是狼狽地跌坐在地，超短裙下竟然沒穿內褲，露出了令人噁心的大團陰毛。

顧天衛被同事迅速抬下車趕往醫院，賀斌他們不但銬走了三名扒手，而且將幾名受害群眾也一起帶到了刑警隊。這其中，就有驚魂未定的蘇甜。

按照當時的情景，顧天衛當然不可能記得蘇甜，要記最多也只記得她那個別致的COACH錢包。可蘇甜不一樣，顧天衛給她的衝擊力太大了。

儘管家庭並不十分富裕，但蘇甜從小深受父母寵愛，就像生活在溫室裡的花朵，從沒經過大風大浪。以前，她只是在影視劇或文學書裡見過如此血性的場面，沒想到今天兩名警察會在自己身邊勇鬥歹徒，特別是顧天衛那種孤膽英雄式的壯舉，更令她覺得驚險刺激和敬佩感動。

蘇甜突然萌生了一個想法。

等顧天衛傷癒後，她要好好地採訪他一下，做一期精彩的「對話英雄」節目。

那天，蘇甜在刑警隊記完了證明資料，打聽到顧天衛沒有生命危險，自己本想去看望，但又怕人太多打擾他，便先放棄了這個念頭。

事實正和蘇甜想像的一樣，顧天衛受傷住院後，前來看望慰問的領導、同事很多，再加上親戚和朋友，顧天衛每天都感到筋疲力盡，或許正是出於這種考慮，醫院拒絕了很多接踵而至的探視者。到後來，顧天衛的病房變得很是清閒，常來常往的就是幾個熟悉的醫生或護士。

所以，顧天衛怎麼也想不到，時隔很久，在一個千篇一律的安靜的清晨，漂亮女孩兒蘇甜，一個注定會改變他一生的美麗天使，會悄然出現在他的面前。

第五章　疑霧重重

午後的日頭雖然溫暖，但讓顧天衛恍惚而又暈眩，彷彿對世上的一切都充滿了懷疑和不真實感。他很不喜歡這種感覺。自從蘇甜離開後，這種感覺就經常縈繞著他，如影隨形，驅之不散。

顧天衛離開窗臺，拉開屋門，一陣寒風猛撲進來，險些吹了他一個趔趄。站在屋內的陰影裡，顧天衛猛地清醒過來，意識到還有很多事情要做。於是，他收拾好桌子上已經裝訂列印了的案卷，帶上公文包，出門去開車。

顧天衛明白，此刻他得把心思都用在周興海副局長身上，而不是刻骨銘心又糾纏不清的兒女情長。刑警一中隊離縣局不到兩公里，可這段路顧天衛開車卻用了足足二十分鐘。直到在縣局院子裡停好車，顧天衛覺得向周局長彙報的臺詞已經考慮成熟了，他才猶豫著從口袋裡掏出手機，給蘇珊回了一條簡短的訊息。

「別。再住幾天，我去接你們。」

顧天衛心懷忐忑地走進周興海辦公室。開局意外得順利，他們談了很多，但大多數時間裡都是周興海在談，顧天衛在聽。

周興海從各方面都很關心地詢問了顧天衛的近況，才把話題轉到工作上。

這時候，顧天衛想好的臺詞基本上已經忘光了。

周興海問：「最近案子忙嗎？」

顧天衛實話實說：「還那樣，整天閒不住。」

周興海忽然又問：「諸葛超那案子，覆核結果應該也就這幾天下來了吧？」

顧天衛艱難地嚥了口唾沫，回答：「嗯。周局……我有個案子想跟您彙報！」

周興海說：「說嘛，啥案子？」

顧天衛把楊易金的案卷從皮包裡掏出來，然後站起來，走到周興海辦公桌前，鄭重地緩緩說道：「周局，我們最近辦了起案子，牽扯到諸葛超……」

周興海一拍桌子，怒不可遏地說：「又是這個混蛋！馬上就要被槍斃了，還有其它事情？你說，是什麼案子？」

顧天衛眉頭一擰，思路雖被打斷了，但還是鼓足勇氣將昨天夜裡無意中抓獲楊易金，到今天上午從其家中搜出諸葛超被搶錢包的全過程，詳詳細細地作了彙報。

聽完彙報，周興海沉默了。但也只是短暫的一會兒，接著問道：「小顧，你是什麼意思？」

顧天衛說：「周局，我是想……」

「你是想說，把這個案子壓下來？」周興海單手攥著下巴揣測到。

「不、不是，周局，我、我是想……」顧天衛居然開始結巴。

「小顧，我明白你的意思。」周興海沉吟道，「對於一個將死之人來說，這案子，確實沒什麼價值。讓該死的混蛋死去！可是你想過沒有，這麼做與法律有悖。我也知道，諸葛超的案子很特殊，判他死刑、儘快槍斃他的呼聲各方面都很高。」

不知是不是周興海屋內的空調太強，顧天衛的頭上開始冒出騰騰熱氣。不一會兒，滿臉都是濕亮。

周興海呷了一口茶水，接著說，「我看，這案子很好處理。而且無論怎麼處理都不會減輕諸葛超一丁點的罪行，相反，倒可以彰顯法律的公正和我們的胸懷。」

周興海說著擺擺手，示意讓顧天衛坐下。

「小顧啊，我也算是你的領導，說句不怕得罪你的話——作為一個警察，從嚴格意義上來講，從職業角度來講，是不能記仇的。當然，但凡一個有血有肉的正常人，有你一樣的遭遇，有些東西是極難放下和忘記的。但從執法者角度講，當一個警察心中有了不可消除的仇恨以後，往後的日子不但很難過，而且辦起案來也很難做到公平和公正，很有可能就會因為情緒或偏見，導致失去一些準則。當然，我只是概論，不是就事論事地指你。希望你能明白。有時候，忘記或者放棄，才是最正確的選擇。所以，我決不苛求你怎麼去想。至於這起案子——我想，你就不要再管了，找個年輕人鍛鍊一下嘛，啊？那麼簡單的事情，到看守所去一趟，提審諸葛超錄個口供，把資料弄得扎實一些，找回來的贓款該退就退，該賠就賠，很快不就完事了嗎？」

顧天衛沒有坐下，痴痴地聽著，周興海說完再次壓壓手，示意讓他坐下。

「坐下說、坐下說，別站得離我這麼近，搞得跟逼宮似的！你的心情我說了我絕對能理解，有話咱們坐下來慢慢說嘛。」

顧天衛只好回頭找了個距離周興海最近的沙發角落坐下，斬釘截鐵地說：「周局，你誤會我了。我來，不是想讓您費心把這個案子壓住，真想那樣的話我查資料時就能自己偷著辦了。我來，是想向您請命，我想好好辦理這個案子。」

「嗯?!」周興海大大出乎意外，「你是這個意思？怎麼不早說呢？看來，我們的思路是一致的。

這我就放心了。哈哈，實踐證明，咱們幹刑警的同志都是經得起考驗的！」

周興海畢竟是領導，他的話鋒輕易間轉向，倒使顧天衛覺得尷尬異常。

「這樣問題不就更好解決了，還用得著來請示我？」周興海問道。

「高大隊去東北抓兀龍了……」

「哦，對！一忙起來我把這事兒給忘了。去吧，好好幹。相信領導和同事們的眼睛都是雪亮的！」

「謝謝周局，那我走了。」

顧天衛沒想到事情竟如此簡單容易，收好案卷轉身要走，周興海忽然在背後說了聲：「等等！」

顧天衛回過頭去，見周興海已經站了起來。

「你是說，你要辦這個案子？」

「是啊，周局。」

「不行！規矩你都懂，你得迴避！」

顧天衛兩眼一黑：「周局，你剛才不是已經答應我了嗎？不是說我經得起考驗嗎？」

「啊？」周興海馬上換了一副口氣，「小顧啊，我是覺得這種時候你去見諸葛超，不太合適。你如果有什麼情緒或者想法，我希望你能如實跟我說。」

顧天衛說：「周局，我真得沒有什麼想法，我只是想查辦這個案子！」

周興海嚴肅地說：「不可能！你也不用騙我，這種時候你去辦這個案子，能沒有別的想法？我可告訴你顧天衛，諸葛超的死刑是法院判的。不是你也不是我、更不是任何一個個人判的，叫我判的話我非判他個凌遲極刑！但是有用嗎？這是法律不是兒戲！」

顧天衛繼續痛苦地辯解：「周局，你這分明是不相信我？我已經說過了，如果我想壓案子根本不會來找你，而且如果我還有其他想法的話，反正諸葛超都是要死的人了，我又能怎麼樣？正如你說的，我是個警察！我是在依法辦案！」

周興海對顧天衛陡然提升的音高八度有些吃驚。

「那你告訴我，你來請示我什麼？讓我徹底弄明白你的意思。」

「好，周局，自打我進了您這屋，您還沒給過我好好把話說完的機會。一句話，我想辦這個案子，我想見諸葛超。」

「你非要見諸葛超幹什麼？」周興海逼問。

「我見諸葛超，是為了給他一個公道。」顧天衛說著，眼中不知不覺已經有了淚花。

「周局，我就是這麼想的，請問這樣做可不可以？」

周興海聽了不答，雙臂在胸前交叉環抱，轉回頭去望著窗外。

顧天衛站在原地，耳朵裡全是牆上掛鐘裡的滴答碎響。

此時此刻，時間彷彿化成了滿天飛雪，飄渺而漫長。

不知過了多久，周興海緩緩回過頭來，盯著顧天衛的眼睛，一字一句地說道：「你辦這個案子，不行——必須，得有人配合！」

顧天衛臉上陰晴跌宕，最終又喜出望外。

「謝謝周局！我們最近就發現了一棵好苗子，名叫米臣，去年畢業的，『九十』後，業務棒，而且小夥子也很機智勇敢！」

「你們倆搭檔？」

「是。」

「不行！」周興海沉吟道。「嘴上無毛，辦事不牢。還『九十』後？我再給你倆加個人，讓董全卓協助你們！」

見顧天衛沒答腔，周興海又補充問道：「怎麼樣？」

顧天衛眼圈紅了，縱有意見也只好保留。「謝謝領導信任，我們絕不會讓您失望！」

周興海聽了這才滿意地坐回到椅子上，從抽屜裡抽出一盒軟包泰山煙來。「小顧，來一支煙吧，我聽說你煙抽得特別凶。說起來，抽煙對身體不好，但有時候又的確能減壓！別人到我這兒來都是給我敬煙，現在我給你敬一支。別讓我失望。」

顧天衛破涕為喜，湊上前來接過煙去，說：「周局，在您辦公室裡，您不帶頭抽別人哪敢啊，不瞞您說我都快憋死了。」

抽著煙，氣氛在繚繞的煙霧中很快變得融洽。

顧天衛感覺自己在經歷了尷尬、誤解、批評甚至是羞辱後，終於變得坦然了。

——去為命懸一線的仇人謀一種無關大局的公道，這種事在常人看來本就很難理解。更何況，自己面對的是分管刑偵工作多年，權責並重又謹小慎微的周興海副局長呢？

顧天衛回到隊上，見有幾個群眾正在報案室裡錄筆錄，米臣、賀斌、賈汝強他們幾個已經回來了。細問之下，原來是街頭飛車搶奪系列案件又發案了。這次犯罪嫌疑人針對的仍然大都是婦女和老年人，見包搶包，見首飾搶首飾。有的群眾還被從電動車上拖倒在地，造成輕傷。有的老年人更是耳垂被拽爛，嚇得住院。

顧天衛早就知道這事，前一陣子還曾專門安排民警上街巡邏和蹲守，這幫孫子見事不好很快消失得無影無蹤。眼下快過年了，這是他們賊心不死又流竄出來置辦年貨呢。

顧天衛一邊在心裡想著對策，順便問了問民警各自下午的工作進展情況，米臣彙報說楊易金「進去」得挺順利，人算是徹底蔫了，唯獨就是牽掛他八十多歲的老母親，害怕出什麼意外。

賀斌幾個人卻充滿了沮喪，調查結果顯示，近半年來的交通肇事逃逸案，根本沒有一起能和楊易金交代的能對上號，城區派出所也沒接到過類似的報案。

賈汝強還補充說，如果明天有空，想再去事發地點道莊村附近走訪調查一次，實地搜集一下有無人員失踪的線索。

顧天衛當即點頭同意，但示意這案子最好放在守候抓捕街面搶奪案嫌疑人之後辦，辦案也要分清輕重緩急，人民群眾反映強烈的案件需要率先進行強勢攻堅！

安排完工作，顧天衛返回辦公室，剛沏上一杯茶，米臣也風風火火地跟進來了。

「隊長，咱啥時候去提審諸葛超？」

顧天衛抽出一支煙向米臣晃晃。米臣趕緊搖頭說「不會」，繼而開始渾身上下摸打火機——不抽煙的人，卻又哪裡摸得到？顧天衛就手掏出打火機來自行點上，答非所問：「你這邊的報案資料都記完了？」

米臣回答：「都記完了。」

顧天衛又問：「想沒想過搶首飾的，都是些什麼人？」

米臣說：「我覺得流竄犯罪的可能性很大，東一槍西一槍的，野路子！」

顧天衛說：「我不這麼看。你有沒有發現，他們對咱縣城的地形非常熟悉？」

米臣說：「這倒是，有一次眼看叫咱們巡邏隊員給抓住了，卻又從城郊村一條小道上溜了。不過隊長，也許是他們經過了多次踩點呢！」

顧天衛說：「說得有道理，我也這麼琢磨過，但就像你剛才說的一樣，那次搶劫不成他們是在圍追堵截下慌不擇路地逃竄，不太可能再按照事先想好的路線走，所以他們能騎摩托車跑進那個村裡，從我們都很陌生的地段跑出去，很可疑。」

米臣若有所思地點頭贊同：「嗯，隊長，關於案情分析和辦案推理，我還得跟您好好學習啊！我有時候笨得像隻熊，而您的經驗像蜂蜜，那可是我的最愛！」

顧天衛彈彈煙灰：「你少拍馬屁，我可不需要這樣的精神鼓勵。你出去忙你的吧，我把楊易金的案卷再整理一下，咱們明天就去看守所。」

米臣很是興奮：「快半年了，不知道這傢伙在裡面過得怎麼樣？我都有點迫不及待見他了，我這就去準備！」

「哎，對了。」顧天衛忽又皺著眉頭叫住米臣。「上邊還給咱派了個顧命大臣一起去。」

「誰？」米臣好奇地問。

「董全卓。」

「不會吧，那個董老邪？這是哪位英明領導的安排啊！」

「不許說話不講政治，是周局長安排的。」

米臣咂咂嘴：「蹊蹺，就這種小案子，倆人足夠了，安排他一個退居二線的老同志來幹麼呀？」

顧天衛說：「說你小你還不承認，顧命大臣的意思你還不懂？上午回來的路上，你不也對我的辦案動機產生過懷疑嗎？」

米臣聽了，這才反應過來，頓時又自慚又委屈。

「隊長，周局可能不是對你有啥意見，他是不是嫌我太嫩啊？」

顧天衛煩了：「別瞎猜，快去準備你的。我抽完這支煙還有一大攤子活兒呢！」

說來也巧，米臣剛出門就碰見一個個頭奇高、頭髮花白，穿一身舊制服的老者，抬眼一瞧，正是董全卓。

米臣心說，真是說曹操曹操就到！但還是畢恭畢敬地向對方打了個招呼就閃。

來到樓下，米臣仍然覺得忿忿不平。這董全卓是什麼人？原來是刑警大隊的教導員，人送外號「董全捉」、「董老邪」，幹了三十多年的刑偵工作，縣城裡大小痞子流氓、在邪道上混的男女老少沒有不知道他、不害怕他的。

當然，董全卓的性格也是出了名的古怪和倔強，脾氣上來能賽過一千響的爆仗。這幾年是年紀大了，外加年輕時腰受過傷，身體不好，退居二線後偏又不願待在家裡，於是被返聘了調回縣局工會協助工作，主要也就是種花養草頤養天年。

在這種時候，派董全卓來是什麼用意？米臣乘著想像的翅膀繼續聯想：外人一看誰都再明白不過——老眼昏花的董全卓肯定不是來辦案和記資料的，也肯定不是四處奔波走訪調查的，說白了不就是監督自己和顧天衛嗎？領導這樣安排，如果放在平時那是對他們倆的極大不信任。

更何況，這麼做簡直就是對顧天衛一切善意的歪曲，是懷疑他的人品！

米臣憤憤想著，手腳俐落地去辦好了提審手續，回來再次路過顧天衛辦公室時，沒有聽到什麼爭論和辯解，倒是滿耳朵都塞滿了董全卓那特有的高分貝的哈哈大笑聲。

果然，米臣預料得一點沒錯，董老爺子要在中隊食堂吃晚飯。隊上大部分都是沒成家的年輕人，米臣在去院中的小菜園裡拔菠菜時，暗中跟幾個師哥串通好了，晚上一定要把董全卓這老頭兒放倒！

幾個年輕民警一聽董全卓的來意，雖然先前也都對顧天衛的做法有些不解，但一致對外喝趴老頭兒都沒問題，各個躍躍欲試。畢竟，他們也都忙得好幾天沒正兒八經地吃頓飯了。

顧天衛為招待董全卓特意安排司機出去買了五斤羊肉，又讓食堂的臨時工大嬸一連炒了十個小炒。

等天黑了，一家人圍著飯桌落坐，濃郁的菜香味道直勾引得眾人胃口大開。顧天衛讓米臣一一給眾位倒滿一杯五十三度的賴茅酒，提了個關於熱烈歡迎董全卓蒞臨一中隊檢查指導工作的官話開場白，就開始帶頭喝酒。

可等眾人都端起杯子，董全卓卻把自己杯子往旁邊一蹭，搖頭說道：「酒是好酒，嗯，聞聞就知道是醬香型的，這以前可是我的最愛！只可惜，這兩年老漢我血糖高得離譜，天天得打胰島素，只能逼著把酒戒了。嗯，菜也是好菜，還都是咱中隊上自己種的綠色食品，所以我就趁熱多吃菜，你們喝你們的酒！」

年輕人當然不樂意，吵著勸著非要董全卓喝酒，想利用各種形式表達敬意，聲稱要多向老爺子學習請教，尤其是女內勤民警高曉直接來到董全卓身邊站著，給老爺子舉起了酒杯不走。可董全卓只是笑出來滿臉的褶子，仍然絲毫不為所動。

「老爺子，我們全中隊就這麼一朵警花，您老光讓人家站著，也太不懂惜香憐玉了吧?!」眾青年紛紛起鬨。

董全卓還是瞇眼微笑，搖頭不應。

局面有些尷尬，最後顧天衛只得開口打圓場。

「高曉你先回去坐下。這樣吧，大夥這陣兒都挺累的，咱們今晚能喝的就敞開了喝，不能喝的就像董老一樣，以身體為重。只要感情有，喝水也是酒！所以，大家待會兒就是敬水，也不能放過向董老學習取經的機會。還有，都小心點，千萬別碰壞了咱們蘋縣公安界的珍貴古董，你們賠不起，我也賠不起，咱用完了還得給人家好好的還回去！」

顧天衛的一番話讓大家都樂了，董全卓也哈哈大笑端起茶杯說：「這話怎麼聽著那麼像逼供呢？」說完，你來我往用茶水開始跟年輕人推杯換盞，樣子又哪裡能看得出病態？

這一夜，除了董全卓，每個人都喝了不少。

董全卓最後還謝絕了顧天衛的護送，直接和一中隊民警睡在了集體宿舍。

第二天一大早，顧天衛醒來，發現不遠的床上米臣猶在酣睡，可董全卓不見了蹤影。

顧天衛起身披衣，透過窗子看見院子裡有個人影在晃。再仔細看，竟是董全卓在打拳。

那是一套一百零八式的陳氏太極長拳。曙光乍露的晨曦中，董全卓將拳頭打得行雲流水，氣勢雄渾，一式「金雞獨立」後，馬上踏出「一霎步」，接著便是招數刁鑽的「雀地龍」和「拗彎肘當頭炮」，當真有水潑不進以一敵十的態勢和氣魄。

顧天衛輕輕走出屋子，來到室外，見董全卓正好收住動作，甚至還向虛空裡拱手唱了一個諾。顧天衛不覺鼓起掌來：「董老真的一點都沒老啊，拳打得真是好！」

董全卓回過身，邊用一條帕子擦著滿頭熱汗，邊搖搖頭：「不行啦，我這裡頭光花樣兒，力道是沒嘍！」

顧天衛加重了語氣說：「多年前就說想跟您學學，到現在也沒撈著機會。其實打拳是假，鍛鍊身體才是最重要的。我們都得跟您學學養生啊！」

董全卓說：「天衛，這你就有點誤會我這套一百單八式長拳了！打拳，保證身體健康只是很輕微的、最基本的功用，其實它真正的好處在於讓人保持一種精神。一個人活著，精神最要緊！特別是像我這樣的老古董，吃啥、喝啥、享受啥，統統都不講究了，啥都能不要，可是這精神頭兒絕不能丟。你說呢？」

顧天衛忙點頭說：「精神的確至關重要，但您也別只顧謙虛，您可渾身上下都是寶！走吧，吃早飯去，咱們吃了早點上路。」

董全卓站著沒動，佯作生氣地說：「你這話是不是專門說給我老頭子聽的？『吃了早點上路』像話嗎？你可千萬別拿我跟諸葛超比啊我告訴你，老頭子我忌諱！」

顧天衛有些哭笑不得，只好解釋：「您老也入戲太快了，咱正式工作還沒開工呢。走，不說了，吃飯去！」

董全卓打拳動作雖快，但吃飯完全是另一種風格，細嚼慢嚥之間，米臣來得晚也已吃飽了，可他還在慢條斯理地喝著稀飯。

米臣朝董全卓背影做出一個雙手掐脖的動作，顧天衛看見了連忙一臉嚴肅地制止，示意他趕緊出去發動車子。

米臣乖乖走出食堂，發動起SONATA警車，先是有意無意地摁了摁喇叭，然後又開了一剎那的警笛，意思是別吃了快點出發吧！

大約又過了十分鐘，董全卓才在顧天衛的陪同下慢慢地走了過來。

董全卓一上車，喉嚨裡首先漾出一陣飽嗝。米臣聞了差點吐出來，裡面竟有股濃重的大蒜味。

一路無話，三個人各自沉默著。警車很快抵達了坐落在縣城郊區的看守所。

米臣剛把車停穩，董全卓忽然低聲說話了，口氣很是輕鬆隨意：「小米啊，昨天顧隊長喝了不少，加上這幾天又累，我看就讓他在車上睡會兒吧，咱倆進提審室，我來問話你打資料，一支煙功夫就完事了，時間寬裕的話咱們去武警中隊蹭頓好飯去！」

米臣未及答話，顧天衛先已笑了：「董老，我這人命賤，剛才在車上瞇了一會兒，現在精神頭好著呢！走吧，咱們三堂會審！」

董全卓下了車，步子仍然緩慢，漸漸落在了顧天衛和米臣身後。

米臣順利遞交了提審單，看守所民警曹津見就米臣自己，警惕地問：「另一位領導在哪兒？」

米臣立即回答：「董全卓老爺子來了，就在走廊上等著呢。」

曹津將頭伸出窗子，正巧看到董全卓。於是，放心地說：「今天是家屬會見日，提前有預約會見，所以屋子擠，就給你們安排四號『雅間』吧，誰要你們是來提審諸葛超呢！」說完，轉身進入監區提人去了。

米臣和顧天衛走進四號提審室，董全卓也接了個電話跟進來。

屋子裡只有一張提審桌和兩把椅子，按說顧天衛或米臣該給董全卓讓出一把交椅，可不知道是因為董全卓進來晚了，還是因為顧天衛和米臣正在忙活手頭上的工作，倆人誰都沒有給董全卓讓座。

不久，鐵窗對面的門後傳來「卡啦」、「卡啦」的響聲，顧天衛和米臣知道，這是死刑犯諸葛超正戴著腳鐐被押解向這個提審室。

不知為什麼，顧天衛突然有點莫名其妙地緊張，而米臣竟然也起了一身的雞皮疙瘩。

就在兩個人向著鐵窗內望眼欲穿之時，他們誰也沒有料到，身後竟又陸續走進來了一個人，兩個人，哦不，是一群人。

第六章 針鋒相對

顧天衛扭頭望著來人，一個個都是熟面孔，可他們臉上的神色卻都十分嚴峻。

這些人分別是看守所所長劉明、教導員薛樹仁、副所長喬立偉、拘留所所長李強、縣檢察院駐看守所監察室主任白方軍和副主任王化梅。

加上之前進來的董全卓，狹小的提審室裡一下站立了七個人，頓時變得擁擠不堪。

米臣回頭看到這些人不禁愣住了。甚至鼻頭忽然發酸，很是替顧天衛捏了一把汗，並深深地為他感到不值。

這算怎麼回事呢？這是在詢問一個證人查實資料嗎？

來了一個董全卓分秒不離不夠，還要監所裡的這些人全部出馬全程監督？

米臣側頭再去觀察顧天衛，此時顧天衛的臉上看不出有任何情緒變化，只是用眼睛緊緊盯著前方，也許注意力全都集中在了那個即將開啟的鐵門上。

鐵門外，已經響起了「嘩嘩」的開鎖聲。

門開時，曹津和另一個民警陳克峰「叮叮琅琅」地押著一個人走進來。

儘管有思想準備，但那人的樣貌，還是讓顧天衛和米臣都感到了陌生。

來者正是諸葛超。

當曹津和陳克峰將其固定在審訊椅上離開後，顧天衛才發現，幾個月不見，諸葛超竟然有些發福。原來的那個瘦高個兒諸葛超，眼下已不再瘦弱和文靜，倒似乎變得有些健壯。或許是因為剃了光頭，又蓄了鬍鬚，還穿著一身厚重的墨綠色棉囚服，讓人看後格外加深了這種印象。若不是一雙高度近視眼，因摘掉了眼鏡而顯得愈發蒼白失神和呆滯，露出的腳踝因為鐵鐐的長期摩擦而通紅腫脹，兩人甚至覺得諸葛超是最適合到監獄裡來減壓和度假的。

「眼鏡怎麼沒戴？」這是顧天衛的第一句開場詞。可顯然，這種開場並不成功。一是他問過之後就覺得自己外行，出於監所內在押人員的人身安全考慮，諸葛超那個金邊眼鏡根本就不可能出現在牢房中。二是對他這句問話，諸葛超根本連頭都沒抬。

米臣的雙手，正靜靜地等在鍵盤上。

而身後眾人的目光，也都像匕首和投槍射在兩個人的後背上。

屋子裡靜下來。

此時，倒愈發突顯了另一種聲音——兩人同時抬起頭來，看到的是在對面高高的牆角處，有一盞監視探頭在來回快速地移動。

米臣感到一種莫大的悲哀和絕望。

與其說這是一場正常的取證，倒不如說這其實是一場特殊的審判。

確切地說，審判的對象不是死刑犯諸葛超，而是刑警中隊長顧天衛。

而且這場特殊的審判竟是顧天衛一手竭力爭取來的。如果用一個成語來形容，那就是咎由自取！

實際上，尷尬才剛剛開始。

接下來，無論顧天衛如何發問，即使是提出非常精彩的臺詞，對面的諸葛超始終一言不發，呆若木雞，甚至連頭都沒有抬起過。

米臣撫在鍵盤上的雙手，已經開始不由自主地抖顫。

顧天衛的提問繼續如石牛入海，毫無回應。

也許這場面，跟顧天衛身後的觀眾的想像出入太大。絲毫讓他們看不到劍拔弩張和喪心病狂的危險跡象，就連聲嘶力竭和歇斯底里地訓斥都沒有，可見在押重大犯罪嫌疑人諸葛超的人身安全是有保障的。

於是眾人已有腳步在不停挪動，不一會兒便開始默默地陸續退場。

顧天衛拿起手機看了一下時間，已經半個小時過去了，手機螢幕裡映照出他的背後也只剩下了正在犯瞌睡的董全卓。

顧天衛再次往聲音裡摻加了力道兒：「諸葛超，我們的來意你已經很明確，希望你能老實配合！另外，你是個聰明人，我甚至可以實話告訴你，只要你開口，無論說什麼，都能讓你多活幾天！」

顧天衛話音剛落，董全卓的瞌睡一下子沒了，鈍住了的嗓子裡發出一長串咳嗽清痰的聲音。

而米臣也感到意外。顧天衛如此暗示顯然已經超出了常規——如果諸葛超真的開口，但不說實話，而是隨便亂說一通。那麼調查勢必將大費周折，也肯定會延長他的死期……

米臣轉頭望向顧天衛，此時看到的是一種痛苦難抑又憤怒激蕩的眼神。

米臣對這種眼神毫無把握，即使是顧天衛想為諸葛超討還一點公正，可他有必要做這樣的暗示嗎？這，難道就是他執意要和諸葛超面對面所達到的局勢和效果？——難道，是顧天衛想利用法律在此時此刻變作諸葛超的生死判官，再居高臨下地施捨給仇敵一點苟活的時間？這樣做，難道反而會增加他內心復仇的快感？

米臣身上再次起了一層雞皮疙瘩。他忽然發現自己對顧天衛根本就不瞭解。他分不清也看不透顧天衛的真實意圖，他甚至動搖了自己對顧天衛的敬佩，開始再次懷疑顧天衛前來查辦此案的動機！

剛才走掉的那些監所領導，包括仍然在場的董卓全，他們自以為看到的場面不會對人犯諸葛超的生命造成直接傷害，至少顧天衛不會突然掏出手槍來對準諸葛超扣動扳機，或突然用一瓶濃硫酸徑直潑向諸葛超讓他在看守所裡發生意外——這是不可能的，顧天衛的手槍早已收繳入庫，他是空著手走進提審室的，更談不上會拿什麼濃硫酸。

但他們都忽視了一點，也許顧天衛用的是一種精神硫酸！這種硫酸無影無踪，對監視者來說未必危險。但對諸葛超來說卻或許是一種更加致命的摧殘和折磨。

米臣腦子裡霎時亂作一團。

他在被動地等待一種自己並不看好的結果。

然而，諸葛超仍舊低頭不語。甚至連呼吸都微不可聞。

顯然，諸葛超並不「領情」，或者說他根本就不想再多活一天。

活著，對有的人來說，時刻都是一種無法承受的折磨。

這種沉默，對顧天衛和米臣來說，顯然也已經成為了一種嚴峻考驗。

可諸葛超有權沉默。如果一直這樣下去，顧天衛和米臣勢必無功而返。那麼案子到底還有沒有查下去的必要？一旦死刑覆核批下來，諸葛超拒不配合作證，那也只有按期執行槍斃，案子不了了之。

到那時候，尷尬和出糗的，只能是顧天衛和米臣。

那時候任何人誰也不會擔心死刑犯臨刑前的安全問題了，倒是會有些喜歡看熱鬧的人蹦出來在背地裡說：「這倆人純粹是吃飽了撐著，熱臉碰了冷屁股，自找難看！」

米臣的坐姿都有些僵硬了。他進一步設想，如果這案子不是顧天衛來查，而是換做自己和另一個民警呢？或者就是門口站著的那個董全卓，他就能保證讓諸葛超開口？

恐怕也未必！

無論怎麼樣，這都是一件相當棘手和無比尷尬的案子。

時間不早了。身後的董全卓將手中的翻蓋手機打開來又合上，反覆數次，翻蓋聲劈啪作響，這明顯是在催促兩人儘快結束往回撤。

這時顧天衛忽然嘆了口氣，再次開口對諸葛超說：「我剛去見過你父親，你很清楚，他現在連住院的錢都沒有！你的案子蘇家沒有提起附帶民事訴訟，所以如果你的確被搶過，那筆錢我們也追回來了，現在就可以留給你父親。而如果你繼續保持沉默，那這案子也就到這裡結束了。」

這番話說得很平靜。諸葛超聽了頭仍然低沉，卻意外地有了抽泣聲。

看來，每個人都有軟肋！

案卷上，的確有過諸葛超變態地愛戀著蘇甜和出奇地孝順父親這種記載。

這方面，米臣又實在不得不佩服顧天衛的老辣。

諸葛超終於抬起臉來，用一雙高度近視眼模糊地望著前方，甚至根本沒有對準顧天衛和米臣的臉，像是夢囈般地哭訴道：「顧隊長，對不起……你就讓我死吧！」

說完，諸葛超閉緊雙眼，面相極度扭曲，嘴中同時爆發出一陣壓抑的哀嚎。

「我問你，你究竟有沒有被搶這回事？」顧天衛乘勝追擊。

「有……」諸葛超的嗓子已經暗啞，臉色愈發蒼白：「你們到底還想要什麼？讓我快點死行嗎！我求求你們了……」

「我們來，只想查清楚一件事！那就是有沒有人打劫過你？」顧天衛再次一字一句、斬釘截鐵地問道。

「有，是一個小眼睛的駝背男人，那天晚上我在雨中拚命地跑，不知道怎麼撞到了他，跟他打起來，他把我打傷，還搶走了我的錢包……」

米臣開始飛快地敲擊鍵盤。

顧天衛問：「你說的那天晚上，具體是什麼時間還記得嗎？」

諸葛超的頭，忽然又低垂下去。

「哪一天？……就是……那天……」

此話一出，顧天衛和米臣頓時目瞪口呆！

那一天——六月二十六日的晚上?!

「你是說去年六月二十六日晚上？」米臣忍不住第一次開口問話，心中抑制不住「咚咚」地劇烈跳個不停。

「是……」諸葛超的聲音，已經極度低弱。

顧天衛也努力抑制住震驚問：「諸葛超，據我所知，你以前從來沒交代過這件事，而且我早就發現你以前的交代存在不少問題，現在我希望你能從頭到尾再把那晚發生的事情說一遍！」

話音未落，突然，諸葛超變得極其激動和狂躁。在椅子上竭力掙扎，手銬和腳鐐發出巨大的摩擦聲。

「求求你們！我求求你們！殺了我……殺了我吧！讓我去死！我真的不想再活了……」緊接著，諸葛超開始渾身痙攣、抽搐，繼而開始嘔吐。

提審室內側的門外很快響起一陣喧譁，然後是迅疾的腳步聲，接著民警曹津和陳克峰衝了進來。可見，他們正時刻在監控室裡觀察著室內的一舉一動。

提審就這樣宣告結束。

走出四號提審室，顧天衛和米臣都覺得無比壓抑。

顧天衛和董全卓坐在花壇兩側，一支接一支地抽煙。而米臣腦子裡再次爆閃過去年六月二十六號晚那起慘絕人寰的凶案。

想起了至今仍存在中隊電腦硬碟裡，那份再熟悉不過的供詞。

第七章　罪惡回放

六月底的蘋城，山川競秀，河流奔湧。

連綿不停的細雨，更使山城景色怡人，空氣清新。

在遊人如織的沿河公園裡，一個穿一身深藍色牛仔裝的高挑青年，長時間徘徊在柳蔭下的河岸邊。

這個人就是兩年前剛從傳媒大學畢業的諸葛超。

諸葛超留著流行歌手樸樹式的長髮，戴著一副文質彬彬的金邊眼鏡，貌似優雅帥氣，卻正不停地從腳下石板路上，用手指摳出一塊塊鵝卵石向河中狠狠拋去。

不一會兒，諸葛超的手指尖已經血跡斑斑。

直到公園裡看管綠化的大嬸發現了他衝他喝斥，諸葛超才總算安靜下來。一個人低著頭往竹林深處走去。

諸葛超此時，已經絕望到了極點。

他愛了六年的一個女人，馬上就將成為別人的新娘。

他無論如何也想不通、不甘心，他不知道自己為什麼會輸給一個比自己大了整整六歲的二手男人。他甚至仇恨「六」這個數字。他的幸運數字是「七」，他做夢都想娶那個女人為妻！

可一切已經不可能了。

他從上大學的第一天就一見鍾情的女同學蘇甜，明天就將嫁給一個毫無藝術細胞可言的警察。

說起來，諸葛超和蘇甜很有緣分。六年前的初秋，在縣城長途汽車站，諸葛超告別前來送行的父親，隻身踏上了開往首都北京的長途汽車。

本來很有些抑鬱的他，上車後意外發現鄰座坐了一個漂亮女孩兒。女孩兒穿一件花格子短袖襯衣和一條湛藍色牛仔褲，頭扎一條粗麻花辮兒，兩隻眼睛烏黑飽滿，鼻子挺拔，面色白皙，整個人特別清新甜美，讓諸葛超心裡頓時明亮起來。

彼此都是年輕人，一路攀談著，他們越說越知己。諸葛超還是第一次發現自己竟然擁有著強烈的表現慾。

最後，他們更加驚喜地發現，彼此要去的竟是同一所大學！

也就是在他們邂逅的第一天，諸葛超就深深愛上了眼前的蘇甜……

諸葛超在河邊溜達了一整天，他和蘇甜在大學裡的一幕幕經歷也在腦海裡不停地回閃了無數遍。

從進校到熟識，從熟識到畢業。整整四年，他們當中一直都沒有第三者。但是諸葛超也不得不無限悵惘地承認，蘇甜始終都沒有愛過他。

這是他從小到大，最感到失敗的事情。

但是，蘇甜也沒有愛過其他人。

就是說，蘇甜沒有愛過任何人。

在那個人潮擁擠的首都，在那個優美的大學校園裡，大一時就開始有太多人出雙入對。

諸葛超身材修長，聲線優美，成績優秀，並不缺乏追求者，可他無可救藥地只對蘇甜一往情深，非她不愛。

這一愛，就是四年。四年間，他眼看著身邊太多人的愛恨情仇繽紛上演，唯獨自己一直默默地無可奈何地走在蘇甜的陰影裡。

蘇甜不是不明白，也不是不體諒。

蘇甜甚至一次次告訴過諸葛超，他們只是普通朋友，最多把諸葛超看成最親切的哥哥，他不是自己喜歡的類型。

不是自己喜歡的類型。

就是這麼一句話，她將他所有的努力徹底封殺。

蘇甜拒絕了諸葛超四年，又沒有愛過別人，難道是同性戀？

當然不是，蘇甜也有喜歡的男孩兒，就是那種最普通不過的剃著短髮、精神飽滿、結實有力的單眼皮小夥子。她覺得那樣的男生才有男人味道和足夠的安全感。

可蘇甜從來不主動進攻，她總是那麼嫻靜文雅，直到喜歡的陌生男孩兒被另外的女孩兒牽手走掉，也不覺得傷心失望，依然臉上掛著甜甜的微笑，走到哪裡都彷彿一道溫馨甜美的提拉米蘇。

這嚴重摧毀了諸葛超的自信。

也許，諸葛超對蘇甜的恨意，從那個時候就開始不知不覺地滋生蔓延。

更令諸葛超崩潰的是，畢業整整兩年，在他依然淩厲的愛情攻勢下，單身的蘇甜還是沒有選擇他。

在他看來，他和蘇甜家境都很一般，他過早失去了母親，而蘇甜早年喪父，兩人又師出同門同一種專業，該是多麼般配的一對！甚至，蘇甜選擇畢業回家鄉發展，諸葛超也忍痛割愛分別放棄了留在首都北京和省會濟南的兩個絕好機會，為的就是繼續追求蘇甜。

蘇甜畢業去了對口的蘋縣廣電局做電臺主持，主持兩檔口碑上乘的專欄節目，日子過得風平浪靜。

諸葛超則考進了縣教體局，成為一名辦公室職員，另外還在業餘時間為一家夜總會做ＤＪ總監，收入不菲。

讓諸葛超百思不得其解的是，無論他怎麼追求蘇甜，無論他做出怎樣的努力，甚至他發動了舊日的同學、老師、現在的領導、同事，甚至他把蘇甜的家都當成了自己的家來走動，他依然打動不了心上人。

時間一天天過去，讓諸葛超絕望到頂的事情終於還是發生了——

不知道從哪天起，蘇甜喜歡上了一個男人。

蘇甜竟然戀愛了！

諸葛超很容易就打聽到，對方叫顧天衛，在蘋縣公安局刑警大隊工作，不但比他和蘇甜整整大了六歲，而且居然還是個離過婚的男人。

不過，諸葛超還是承認，自己遇到的是最致命的對手。

顧天衛雖然年齡稍大，但從外表看上去仍很青春，而且顧天衛的外貌氣質正是蘇甜心目中那種充滿了陽剛味道的健壯男人。尤其顧天衛那雙眼睛，雖然是單眼皮，但看上去時刻透著一股誠懇和堅韌，像極了《別和陌生人說話》裡的男演員王學兵，聽說他還很幽默，卡拉ＯＫ也唱得不錯，正是蘇甜喜歡的那種類型。

更何況，他們的相識竟是因為顧天衛有意無心的一次英雄救美！

蘇甜又何止是喜歡顧天衛，在諸葛超看來她簡直對顧天衛充滿了不可思議的迷戀，舉止行為變得極其瘋狂和無法理喻。

諸葛超曾躲在蘇甜家門口，親眼目睹過蘇甜外出約會時的裝束。以前，蘇甜夏天都很少穿裙子，做節目時因為獨自待在播音室裡甚至穿著有些隨意，但自從開始和顧天衛約會，她就習慣把自己打扮得像個童話裡的公主，像個精緻的芭比娃娃。

蘇甜完全有迷人的資本，都說「女為悅己者容」，以前的粗枝大葉和素面朝天恰恰是因為她還沒有意中人，而一旦開始注意起自己的容貌和穿戴，蘇甜裡裡外外很快就像變了一個人。

無論是身材還是外貌，性格還是氣質，更主要的是蘇甜珍貴的純潔，都讓她看上去像極了一隻高貴而驕傲的白天鵝。讓諸葛超嫉妒得發狂。

有一次，諸葛超無意中在一家大型超市里遇見蘇甜。諸葛超環顧四周，發現她身邊沒有別人，於是興奮地上前和蘇甜打招呼。

蘇甜看見他大大方方露出一臉微笑，很熱情地回應。諸葛超正在為該說什麼在心裡糾結，蘇甜卻懇請他看著貨架上的絲襪，幫忙參謀一下該選哪種款式好看。

幫忙選擇如此私密的內衣，如果這是戀人間的舉動，諸葛超一定會幸福得暈眩。

可諸葛超突然反應過來，蘇甜這樣做的目的只不過是理所當然地把他當做了熟悉的外人。她選擇這樣的性感裝備從來不是穿給自己看的，而是為了那個奪走她的男人！

諸葛超恨恨地望著絲襪包裝牌上的張柏芝和大S，彷彿兩張明星臉已然換成了蘇甜，在那上面是蘇甜劈開了兩條光滑的長腿，嘴巴放蕩地笑著，用十根葱白的手指捏住絲襪，在那個男人的凝視下一點點地從腳指開始穿起，一直穿到短裙都遮不住的大腿根部……

諸葛超突然怒不可遏，猛衝到貨架前伸手將眼前那排雪白的大腿和淫蕩的笑臉「嘩啦」一聲掀翻在地，然後在蘇甜萬分驚恐的表情中拔腿而去。

從此以後，諸葛超察覺到蘇甜開始有意識躲避自己，面對他的攻勢和不依不饒，她開始明顯表示出尷尬和厭倦，她甚至開始害怕他靠近！

不僅如此，就連以前對諸葛超很熱情的蘇甜母親和妹妹蘇珊，也都對他漸漸冷淡下來……

諸葛超在河邊一直徘徊到傍晚，其間他給蘇甜發了無數條簡訊，有的是表示恭賀，有的是表示羨慕，有的是表示祝福，但沒有一條是他的真心話。

蘇甜一條都沒有回覆。

諸葛超知道，此刻蘇甜一定正幸福地忙碌著，根本沒有閒暇理會他這個被愛情遺忘了的角落。

他在心裡做了那個最後的決定。

他要行動！於是，他提起了那個盛滿了濃硫酸的聚四氟乙烯塑膠瓶子。

諸葛超抬手看了看錶，時間是晚上的二十點二十六分，又是一個該死的「六」，他暗罵一聲，終於撥通了蘇甜的電話。

電話響了很久都沒人接，諸葛超一直撥打，終於，對方接了起來。

「喂……」

「蘇甜，我是諸葛超，你為什麼不回我的簡訊？」

「哎呀，又是你，我要掛了啊，我都忙暈啦！」

「等等……」

「還有什麼事？對了，明天你一定要來啊……」

「蘇甜，我想見你一面。」

「開什麼玩笑？我真的要掛了……」

「不要！蘇甜，我想見你最後一面！」
「最後一面？明天不就見到了嗎……」
「就今晚！」
「什麼呀，你要走嗎？你去哪裡？」
「是的，我要離開這個世界。」
「你別又嚇我，你知道明天是我的大喜日子，你不會那麼殘忍吧？」
「蘇甜，我是說真的……我想死！」
電話那邊忽然沉默了，一陣嘈雜過後，電話掛斷了。
諸葛超絕望地咬牙切齒，他想起明天的喜宴，一個新的罪惡念頭再次升起。
但是電話突然響起，蘇甜又把電話回撥了過來。
這次回撥，避免了翌日喜宴上可能發生的慘劇。但蘇甜卻把自己的幸福和生命，永遠地葬送了。
「諸葛超，你沒事吧？」
蘇甜的聲音有些焦急：「剛才我在試妝，說話不太方便！」
諸葛超譏諷地一笑，忽然開始呻吟：「蘇……甜……我可能……快不行了，還……還能最後……見你一面嗎？」
「你怎麼了？諸葛超，你別做傻事！你現在在哪兒?!」
「我在……長途……汽車站，咱們倆……最初……開始的地方，讓我在這裡……見你最後一面……結束吧……」
「你別嚇我！諸葛超你想開點！」蘇甜在電話那頭，急得聲音裡都夾帶了哭腔。

諸葛超暗自笑了，笑得淒慘又陰森。他不再答話，而是突然掛斷了電話。直到此時，他才發現自己對蘇甜終於掌握了一點自主權。可如此美妙的權利，竟然需要他拿「命」來換！

果然，電話接著再次回撥過來，蘇甜的聲音已經扭曲得厲害：「諸葛超你等著！我叫車往那裡趕了，你不要做傻事！」

諸葛超眼睛裡，迅速湧出大滴的淚水：「六年了，你什麼時候在乎過我？你有嗎？」

電話那端是一陣急促的高跟鞋聲，接著是車門關閉和汽車緊急啟動的聲音，依稀還有司機在問：「去哪兒？」

蘇甜回答：「去長途站！……諸葛超，我在乎，我當然在乎的！我一直都很在乎這份情誼，我一直都把你當成最好的哥哥！心裡一直都很感激你！」

諸葛超醋海泛濫，心想到今天你還是只把我當成哥哥！我一定要讓你付出慘重的代價！於是，繼續用謊話欺騙蘇甜：

「我只要……你一個人來……只想……見你一面，否則……我就死定了……」

「諸葛超你撐住！」蘇甜痛哭失聲，「我是自己一個人來的！你等著我……」

諸葛超再次掛了電話，快步走向五百米外的長途汽車站。如今的長途汽車站早已今非昔比，是在往年舊址上推倒重建的新樓。

諸葛超剛一走到車站大門口，就聽到站臺鐘樓上的壁鐘「咚咚」地響了起來。距離如此之近，八聲巨大的轟鳴讓諸葛超無比緊張。他在大門口走動不安，大約十分鐘後，當他看到一輛綠色的雪鐵龍出租車向這邊急駛而來，便迅速跳進了路邊綠化帶裡的薔薇叢。

諸葛超發現，蘇甜果真是一個人來的，身後沒有那個警察護送。

而且，蘇甜大概因為走得急，頭髮高高地向上盤起，臉上還帶著粉色的彩妝，嘴上塗著閃光的唇彩。更沒來得及換衣服，上身穿了一件無袖及膝的蕾絲白婚紗，而腿上只穿了一雙薄薄的淺肉色連褲襪。

蘇甜因為救急，好像連出租車錢也沒來得及付就一溜小跑衝進車站大門，出租車沒有熄火依然停在門口等著。

諸葛超眼見蘇甜徑直向車站大廳跑去，立即悄悄地跟在後面。

此時夜幕降臨，新建成不久的長途汽車站已經沒有任何待發車輛，站內甚至連一盞燈光都沒有。而且此地位於偏僻的蘋城西北邊角，晚上幾乎看不到有行人的踪影。

蘇甜一個人拖著婚紗在夜幕中疾跑，在夜幕中喊。一直跑進空無一人的候車大廳，回答她的卻只有四壁清冷的回音。

蘇甜跑得氣喘，心裡更急。突然，她想起了撥打諸葛超的手機，可這時候她才發現，手機剛才慌忙之下掉落到出租車上了。

「諸葛超！」

「諸葛超！」

「諸葛超……」

蘇甜兩隻手攏在嘴邊焦急地呼喊，黑暗中看上去就像個無助的天使。

大廳空蕩，夜風很涼。

蘇甜忽然感覺渾身發冷，倒退著步子想要原路返回。

突然，她聽到身後一陣窸窣響動，驀然轉身，赫然發現諸葛超就站在她身後。貼得她很近很近。

「諸葛超？你沒事吧？」雖然緊張害怕，可見到諸葛超她還是感覺放心了。

「你說呢？」諸葛超冷冷地，幾乎是貼在蘇甜的耳邊回答。

蘇甜下意識往後退，感到不對頭，甚至想轉身逃跑。可突然間被諸葛超一把抱住。

「你放開！你想幹什麼？」

「幹什麼？你說呢，我的新娘子?!」

「放開我，不然我喊人了！」

「你喊！看看會有誰這時候到這裡來?!」

「你卑鄙！放開我！有話好好說，諸葛超！」

諸葛超聽了非但沒有放開，反而將雙臂越抱越緊，將蘇甜整個身體緊緊地箍在懷裡，甚至頭也忙不迭地低下來靠近蘇甜。

蘇甜劇烈掙扎，盤起的頭髮迅速散落，諸葛超順勢將頭臉拱進蘇甜的長髮中，瘋狂地嗅著吻著。

「你……放開！諸葛超，我生氣了！」

蘇甜奮力招架，後退，又哪裡是對手。

「你幹什麼？放手！你個臭流氓！」

諸葛超愈發變本加厲地吻著蘇甜的耳根，脖子，臉，甚至嘴唇。

不知不覺，兩個人從候車大廳推搡出來，進入了白天公共汽車泊車待客時的水泥路廣場。白天，這裡人山人海，喧囂一片。可此時，這裡除了停靠著幾輛破舊的公共汽車外，空曠無人，死寂一片。

「真是天意！」諸葛超咆哮道，「這不就是我們六年前，曾經一起上車去北京的地方嗎？這就是我們開始的地方！」

「我愛了你六年！我連你的手都沒有碰過！」

諸葛超漸漸失去控制。

「我真是個傻×！我是天底下第一號的傻×！」

「我在成千上萬頭色狼中，日日夜夜精心呵護了一朵鮮花六年！沒想到，她對我連看都不看，明天卻要自己插在一坨又臭又硬的牛糞上！」

「我要毀了這一切！」

「我得不到的，別人也休想得到！」

諸葛超聲嘶力竭，歇斯底里。

忽然間，又變得聲淚俱下，話語低沉且充滿哀傷：

「甜……我愛你！我愛你我愛你我愛你我愛你！你懂嗎?!你知道我現在有多麼痛苦嗎？」

「甜……你是屬於我的！你本該就是屬於我的！我捨不得你，我絕不會讓別人欺負你！」

「甜……跟我走吧！我們私奔！還記得我們一起看的美國電影《畢業生》嗎？我就是達斯汀・霍夫曼演的那個勇敢的本恩！你就是我的落跑新娘伊萊恩！」

說著，諸葛超再次像隻瘋狗繼續胡亂地親吻蘇甜，兩手用力扯拽蘇甜的婚紗。

蘇甜哭著喊著拚命掙扎，長長的手指甲深深嵌進諸葛超手臂間的皮肉裡，但還是無法阻止諸葛超將婚紗扯落至腰間，爭執中諸葛超還將蘇甜透明的胸罩吊帶從中扯斷。黑暗裡，蘇甜露出了兩只雪白豐滿的乳房。

蘇甜拚盡全力呼救，用兩手緊緊護住前胸，諸葛超就勢將蘇甜壓倒在地，兩手反剪蘇甜的雙手，在蘇甜恨之入骨的眼神中，低下頭去貪婪地吸吮蘇甜的乳頭。

接下來，諸葛超更加喪心病狂。他殘忍地將蘇甜的乳頭咬傷，並且扯下蘇甜婚紗下的連褲襪，將襪子窩成一團塞進蘇甜嘴中，然後強行進入了蘇甜的身體……

在剩餘的供詞中，諸葛超稱他一進入蘇甜身體後就有了強烈的失落和後悔，因為那種肉體的結合和他在睡夢中千萬次的美好想像完全背道而馳。

而在那一刻，垂死掙扎的蘇甜，忽然靜下來放棄了一切抵抗。

因為驚恐和恥辱，整個強奸過程，諸葛超僅僅持續了不到一分鐘，就在蘇甜體內射了精。

接下來，諸葛超被蘇甜的表現嚇壞了，他的本意只是想毀了蘇甜的容貌，讓顧天衛得不到她的美麗。

可眼下，他竟然強奸了蘇甜！

而且此刻，蘇甜一動不動地躺在地上，只是睜著雙眼呆滯地望著夜幕。

這種過於安靜的反應，讓諸葛超恐懼到了極點。

他忽然意識到，她即將嫁給的是一個刑警。

而蘇甜出人意料的冷靜，瞬間變成了一種莫大的羞辱和壓迫！

諸葛超突然惱羞成怒，想起了那瓶隨身攜帶的濃硫酸。

——他回身撿起那個聚四氟乙烯塑膠瓶子，親手朝蘇甜的臉上澆去！霎那間，蘇甜嬌美白皙的面容頓時冒出股股白煙，伴隨著一陣尖利之極的慘叫，蘇甜暈厥過去，臉上的皮肉在迅速焦化後發出陣陣濃烈的惡臭。

最後，諸葛超扔掉瓶子，在一陣冷笑聲中將她活活掐死！

諸葛超逃出長途汽車站後，潛回家中，在向父親哭訴完所有的罪惡後，自感末日已到，與其東躲西藏仍逃不過警察的抓捕，不如第一時間去自首。

諸葛超自首後，案子被從重從快偵破查處。

很快，市中級人民法院依法判處了諸葛超死刑。

目前，諸葛超的死刑已經上報到了國家最高人民法院進行核准，最近即將會有最後的結論……

儘管，米臣只是在腦海裡根據諸葛超的口供回憶了一下當時的情景。但那種慘烈過程所帶來的震撼，還是讓他情緒久久難以平復。

米臣竭力將思緒從半年前的慘烈中抽脫而出，卻又自然聯想到了眼下手頭上的這起案件。

——如果真如諸葛超所言，他和楊易金的遭遇和打鬥，發生在「六・二十六」凶案的同一天，而且竟然都發生在夜間。那麼，諸葛超究竟是在強奸殺人作案前遭遇了楊易金呢？還是在這之後？

如果是在殺人前，這和諸葛超當初的口供將出現較大出入，之前他並沒有交代這個環節。而且如果是在那之前，他通常會在審訊中托盤而出不做保留，畢竟這不會影響到判決結果。

但事實上，他隻字未提。

如果是在殺人後，那麼他在第一時間報案自首，這個環節又顯得可疑和矛盾。

不知為什麼，米臣在午後的太陽底下，感到了一股莫名其妙的寒意。

他忽然意識到，他們正在調查的這起搶劫案，其發案時間不只對於搶劫案本身，甚至是對於半年前那起聳人聽聞的強奸殺人案，或將都是一個至關重要的問題！

第八章　分秒必爭

吃午飯時，在董全卓的強烈建議下，三人徑直去了和看守所同樓辦公的武警中隊。

到這裡吃飯，不僅是因為董全卓早年當過武警，有著強烈的軍警情節，天生望著當兵的人親，而且還因為武警中隊工作性質特殊、訓練極為刻苦，因此國家給予的伙食配給標準也相對優厚。

得知董老爺子一行前來吃飯，武警中隊長和指導員都很熱情，立刻安排武警戰士使出渾身解數來招待。

不一會兒，色香味俱全的飯菜就擺滿了一圓桌子。

三個人洗了手正要坐下，就聽走廊外傳來一陣雜沓的腳步聲響。

原來，看守所所長劉明、教導員薛樹仁、副所長喬立偉、拘留所所長李強、檢察院駐看守所監察室主任白方軍和副主任王化梅，這六個人又跟約好了似的一起來了。

「哈哈，真香啊，隔著兩層樓，我就聞見煮的是排骨，蒸的是大米飯！哈哈！」劉明人高馬大，嗓門也特別亮。

「就是呢，來了貴客就是不一樣嘛！看來我們的鼻子特別長，也能跟著沾沾光了。」王化梅是女人，說話不自覺地帶著幾分嬌氣。

此時此刻，米臣對這些人有些厭煩，暗自嘟囔了一句「陰魂不散」，兀自去和站在一邊的幾個戰士聊天。

顧天衛用戰士遞過來的白毛巾擦著手，也沒有拿眼瞧任何人。

倒是董全卓接過了話頭，但直截了當，絲毫不見客氣。

「我們今天不需要陪客，大中午的有禁酒令又不能喝酒，是我提議上這來和戰士們聊會兒天、親熱親熱的，你們這一大群人都來湊熱鬧，還有戰士的座兒嗎？」

監察室主任白方軍一臉堆笑說：「瞧董老爺子說的，多久不見您了，俺們也想和你說會兒話，親熱親熱，要不我們早就吃了，幹嘛一直等到現在？」

董全卓打著哈哈：「等我到現在？光用嘴等啊？」

教導員薛樹仁這時忙從身後提溜出一袋圓滾滾的東西：「哪能啊？十里八鄉的，誰不知道咱看守所自己醃的辣疙瘩鹹菜最有名？董老爺子和顧隊長光顧，早就給你們撈好了。」

董全卓哼了一聲，說：「這個我信，咱這的鹹菜確實是好東西，過去我蘸著白開水都能吃它兩三斤！現在不行了，血壓太高，給天衛和小米他們帶回去嚐嚐吧！」

這樣一說，眾人還是站著，有些尷尬。

董全卓估摸著該豎座梯子讓他們下臺階了，於是拿手點著幾個人邊說：「白主任、王主任你們是檢察院的領導留下，劉所長你代表監所就行了，不就是吃個飯嗎？讓他們仨先回去吧，我就不信能餓著他們！」

眾人聽了都笑起來，這結果大家還是都能接受的。

於是紛紛落坐，席間除了武警中隊長和指導員兩位武警，還真又坐下了兩名班長，一共十個人，圓桌擠得滿滿當當。

吃了一陣兒，眾人討論了一番風起雲湧的中東戰事，從埃及政變扯到伊朗叫板美國，從敘利亞局勢緊張聊到索馬里海盜，監察室的白方軍插不上幾句話，索性低下頭和也相對靜默的顧天衛攀談：「顧隊長很忙啊，身體怎麼樣？」

顧天衛忙答：「還行，幹刑警，不就幹個年輕？白主任身體挺好的吧？」

白方軍特意給顧天衛夾了一塊漿豆腐說：「飲食上可一定要注意，不要常動火氣。其實人哪有吃不了的苦呢？叫我說，一多半的病都是心病！所以只要平時注意調整心態，適當鍛鍊一下，應該問題都不大。我發配在這都五年多了，不怕你笑話，現在聞著城裡的空氣都有味！還是這裡好……」

「這裡是真好，四面環山，出門見河，負離子高，怎麼能說是發配呢？只可惜是咱沒資格來，白主任，我多想早一天能來這種崗位上班，可我看不給領導送禮是沒戲啊！至於調養身心，我是得跟你好好學學。」顧天衛自嘲道。

白方軍見顧天衛打開了話匣子，話鋒一轉：「上午顧隊長辦案，我們都見識了。說實話，我特別敬佩你，一般人也絕不可能有這種胸襟。你就別謙虛說什麼跟我學調養了，真正需要學的恐怕是我。在這種地方上班，平安就是最大的福氣，可我們這些人一年到頭的能睡成幾個安穩覺？」

「怎麼白主任的睡眠質量還有問題？」

「顧隊長見笑了，這種地方責任太大了！獄警有句話說『在崗一分鐘，警惕六十秒』，而我們檢察系統則有個比喻『一腳門裡，一腳門外』，說的也就是這鬼地方。」

「你們不是行使監督職權嗎？專門查辦違法亂紀的人民警察，怎麼也這麼膽兒小？」

「顧隊長淨會開玩笑，權責權責，有權就有責啊！比方說這死刑犯諸葛超，待在這裡一秒，那他就是存在一秒鐘的定時炸彈！要是按照既定時間正常引爆，啥毛病沒有，可萬一要是提前爆炸，那我們的飯碗就都跟著砸了。」

顧天衛放下筷子，這才發現眾人早已停止了中東和平的討論，其他人都在豎著耳朵聽他們倆說話呢。

「白主任的意思我懂，你是替看守所裡的幾位領導揪著心呢。不過，你們也看到了，我顧天衛一沒帶槍，二沒裝硫酸，三還在董老爺子的眼皮底下，我可連句罵娘的話都沒說！不就是例行公事問幾句話取證嗎？這還不至於連累到讓諸位丟飯碗吧！」

眾人聽了，包括武警中隊不知內情的幾位在內，都開始七嘴八舌地解釋，「顧隊長，誤會了，白主任哪能是那意思呢……」

白方軍繼續說：「我看顧隊長是爽快人，我們的意思是案子取完證據也就完事兒了吧，對待一個要死的人，別看他自己求生沒有任何希望了，可在槍斃前我們還要進行人性化管理，什麼意外我們擔負不起，剛才的情形我們在監控中也都看到了，不管是不是諸葛超裝出來的，應該說都很危險。所以，能不能請顧隊長不再提審了……」

劉明也接過話說：「是啊，董老爺子和顧兄弟，你們不知道，諸葛超躺在死刑床上，手腳銬得嚴嚴實實，上來下去的很不方便，他自己都非常抵觸提審，萬一出來進去嚇出病來，或者不小心頭上摔個包，那就不好看了，你們看是不是就這樣算了？」

顧天衛明白，這幫人一開始是信不過自己，生怕自己會一怒之下傷害諸葛超，現在他們又擔心案子查來查去提審不斷，會給諸葛超造成嚴重的心理負擔。

總之一句話，他們害怕這顆定時炸彈會被自己提前引爆。

顧天衛把問題轉頭扔給了董全卓：「董老，您覺得這案子證據完整嗎？」

董全卓看似那會兒在打瞌睡，可實際上是在韜光養晦，耳朵比誰的都尖。然而開口說話，卻又兩邊不靠。

「完整肯定是不完整，部分具體情節有待確認，從這個角度考慮是應該再接著提審，但考慮到諸葛超的特殊身份，我覺得案子到目前案情也已經水落石出，我們手中有贓物、有楊易金的口供，諸葛超也進行了初步證實，根據這些證據，給楊易金定罪還是沒有問題的。」

董全卓頓了一頓，老謀深算地說：「所以我的意見嘛，現在不是考慮接著提審諸葛超的時候，而是大老遠來一趟看守所不容易，何況人家武警中隊又那麼熱情地招待，我們不妨飯後接著幹，提審一下楊易金。提審楊易金，我想在座的任何人該都不會有意見吧？」

董全卓的提議，兩邊都不得罪，而且還提到了顧天衛和米臣的心裡去。他們正想通過提審楊易金，以進一步證實那晚他和諸葛超遭遇的具體時間，而看守所和監察室的人也紛紛表示贊同，眾人皆大歡喜。

於是飯後，三個人接著開工。

提審楊易金，眾人非常知趣，再也沒有出現上午三堂會審跟踪監視的情形。劉明特別邀請董全卓去辦公室喝鐵觀音，而董全卓也似乎忘記了自己顧命大臣的身份，順手推舟地進了所長辦公室去喝茶聊天。

空蕩蕩的提審室內，只留下顧天衛和米臣兩個人，安安靜靜心無旁騖地與楊易金面對面——

「楊易金，裡面的日子怎麼樣？」這次是米臣先開口發問。

楊易金沒有立即回答，而是重重嘆了口氣。沉默了一會兒，方才說，「早知今日，何必當初。這哪兒是人過的日子，我是真後悔了，人確實不能犯罪啊……」

「少說廢話，在這兒好好反省。爭取個好態度，早點兒出來重新做人。」

「一定一定！我一定好好悔改，重新做人！」

顧天衛趁米臣打開筆記本電腦記資料，接著訊問：

「楊易金，你說你撞人那天和搶錢那天是同一天，對嗎？」

「是，是同一天。」

「真是同一天嗎？你想清楚了再說！」

「要不才說那天我真是撞見鬼了！我平時哪裡做過一丁點壞事啊？千真萬確就是同一天！」

「我問你，那天是幾月幾號幾點幾分？你最好給我說清楚！」

楊易金顯然被問愣了，坐在椅子裡像隻呆頭鵝般傻傻地望著顧天衛和米臣，一時不知道該如何回答。

「想清楚，快點老實回答！」米臣也補充了一嗓子。

「長官……領導……警官……政府……，你們都是青天大老爺，偉大的人民警察，你們肯定記性好、效率高，我就是個小小的開黑出租車的農民，我就是能上天也記不住半年前那天到底是幾月幾號幾點幾分啊！」

顧天衛提高了聲音：「聽你耍貧比誰都強！如果真如你所說，你是第一次做壞事，我就不相信你記性會那麼差！發生了這麼大的兩件事，你會記不清當時的時間?!」

「我真得記不清了……」

「想好了再回答！你到底是想說還是不想說?!」

楊易金的腦門上見了汗。

「讓我再，想想……」

時間過去了五六分鐘，楊易金還是想不起來，答不出來。

米臣有些沉不住氣了。

「你這傢伙純粹是『不見棺材不落淚』，我問你，你到底幾點鐘遇到的那個殺人犯?!」

此話一出，米臣自己先是一愣，楊易金更嚇得差點從審訊椅上站了起來。

「什麼意思？我不知道什麼殺人犯……怎麼回事，我真的一點都不知道……我其他一點壞事也沒幹啊！不信你們可以去查……我從小連隻雞都不敢殺，更別說是人了，我不是殺人犯，我更沒見過殺人犯……不信你們可以去查……」楊易金邊說邊五官扭曲一團，似乎又要委屈地掉淚。

米臣意識到自己的話似乎問得有問題，有心彌補繼續問道：「現在你需要的是好態度，只有全部如實坦白罪行，我們才能儘快查明和處理，你也才能儘快反思和改造，重新開始新生活。這麼說吧，還有你上次沒有交代的，或者你以前交代得不屬實的地方嗎？」

「確實沒有了……再有，我就是狗娘養的！」

顧天衛話裡有了厭倦：「少發沒用的毒誓，我們問你的時間呢？想起來沒有！」

楊易金本想繼續做出無可奈何的回答，可表情突然收住了，恍然大悟似的回答：「想起來了！我想起來了！我終於能想起那天的時間來了！」

說到這裡，楊易金突然停住，改了話題問道：「兩位恩人，如果我想起來那天的時間，想起來具體到幾點幾分幾秒，能不能算立功？你們能不能給我少判幾年？」

顧天衛和米臣對視一眼，既覺得楊易金的問話很可笑，又對楊易金果真能那麼清楚地回憶起具體的時間感到懷疑，同時還對他接下來將要交代的內容暗含期待。

「算不算立功？」顧天衛做出一種邊仰頭思考，邊繼續說話的樣子：「這個通常來講不算，因為這個時間是你搶劫作案發生的時間，你本就應該如實提供。但話說回來，如果你交代的內容對我們調查有利，即使不能作為自首情節，我們也可以把你積極認罪的態度寫進案卷，對你肯定有利無害！」

楊易金又陷入猶豫。

「想起來就快說！這點事兒爛在你肚子裡有用嗎？」米臣喝問道。

「我想我娘……」楊易金忽然冒出來這麼一句，像個孩子似地嗚嗚地哭起來。「我娘要知道我進了監獄，一定活不過這個冬天去……」

顧天衛趁機問：「想見你娘，就快點有啥說啥，態度好的話，說不定能辦理取保候審，讓你回家母子團圓。」

楊易金淚流滿面地問：「取保候審是咋回事兒？真能放我回家，你們不騙人？」

米臣不耐煩地說：「我這才發現，跟法盲講話真費勁兒，放心吧我們不會騙你，現在就看你的態度了。」

說著，米臣再次背誦法律條文如家常便飯。

「聽著，所謂『取保候審』，是指公安機關、人民檢察院和人民法院對未被逮捕的犯罪嫌疑人、被告人，為防止其逃避偵查、起訴和審判，責令其提出保證人或者交納保證金，並出具保證書，保證隨傳隨到的一種強制措施。如果能夠給你辦理取保候審，那你是能回家見你老娘的，聽明白了嗎？」

「明白還是不太明白，但我知道你們肯定不會騙我。現在我進了監牢才發現，人千萬不能犯罪，一旦犯罪就失去了人身自由，簡直生不如死！而且我現在別沒想法，能相信的人也只有你們警察同志。」

楊易金抽了抽鼻子，扭頭用肩膀蹭掉了臉上的淚水，然後定了定神說，「那個時間，我真能具體記得分毫不差，但我現在暫時說不上來……」

這句話，直接把顧天衛和米臣給氣矇了。

「楊易金，你覺得這樣玩，很刺激是吧？」米臣甩了甩打字的手，身子向後靠在椅子上警告說。

顧天衛也狠狠說道：「信不信？這案子該咋辦咋辦，你的罪行一點也少不了。我們還能讓你餓幾天肚子，吃不上看守所的饅頭？」

楊易金似乎仍有底牌在手，說話不急不慌。

「兩位領導別急，也千萬別扣我的饅頭。你們是不知道，現在我在這裡最大的理想就是能吃飽飯。雖然我才剛進來，但因為飯量大經常吃不飽，晚上學著同號，偷偷靠拿衛生紙泡涼開水加餐，要不我餓得連說話的力氣都沒有……我說的都是實情，我一定能讓你們知道具體時間，但我自己暫時真的說不上來……」

「老實點！說實話！」

「就是……那個……那天是幾號很好查，因為那天我們乾莊村鰥夫李老漢閨女生孩子慶賀，你們找李老漢一問不就知道是哪天了？」

「李老漢叫什麼名字？」

「具體名字我也說不上來，他家是我們莊少有的外來戶，門戶小，人送外號『李老巴結』，就是人很摳門的意思，你們一打聽就知道他！」

「那具體時間，你準備讓我們問誰去？」

「誰都不用問，剛才我突然想起來，就是那晚我和那個人打架時，天上剛開始落了點雨，他趁我不注意把我摔倒在地，我當時是胳膊先著的地，所以我腕子上的手錶當場就摔爛了。我回家以後才發現，你們是不知道我那個心疼哇！我那個錶是才買的，從省城濟南買的，用了還不到半年，一直都很準，具體是什麼牌子的，我想不起來了……」

顧天衛忽然打斷囉哩囉唆的楊易金說：「你是說你的手錶，從那天晚上起，就再也沒有走過字？」

米臣興奮地補充說：「就定格在你打架時被對方摔倒的那一刻！」

楊易金回答：「對對對，你們不愧是神探！我也是那樣想的！現在那塊錶，就藏在我家堂屋毛主席像畫框的後面！」

「為什麼藏起來，有沒有人動過？」

「就是怕我兒子亂動啊，還怕我老婆那個潑婦知道了罵我，所以我才藏到那裡去的。後來，因為我又買了個二手手機，諾基亞的——沒用搶來的那錢買！後來，一忙起來，也忘了去修錶……」

這顯然又是一個意外收穫。

這意外收穫，讓顧天衛和米臣兩人心裡，都分別加裝了沉甸甸的心事。

米臣可謂既興奮又緊張。早在上午提審完諸葛超後，他就隱隱覺得，諸葛超的表現有些異常。

米臣和顧天衛一樣，都是第一次與入獄後的諸葛超面對面。在他看來，現在的諸葛超，完全處於一種混亂的崩潰的狀態，是一種類似於萬念俱灰、萬劫不復、急於求死的表現。

不知道為什麼，米臣冥冥中總感覺那樣一種狀態下的口供，很難能沒有缺口。

同樣的疑問也存在於顧天衛心中。

眼下，楊易金搶劫案的具體時間馬上就要水落石出，這個時間看似對楊易金案顯得稀鬆平常，可對諸葛超一案卻有可能生死攸關！

米臣想到這裡，渾身不寒而慄。

他知道，同樣的疑慮或擔心在更加老謀深算的顧天衛心裡，一定更複雜、更糾結，也更沉重！

這應該是顧天衛起初，也絕對預想不到的。

案子究竟還查不查？該怎麼查？

這些，都是問題。

去楊家莊前，董全卓專門找到顧天衛說：「在看守所待了半下午，說是讓我去喝茶，結果我嘴頭子都磨腫了。天衛，說實話我很欣賞你，我在刑警隊幹的時候你才剛當警察，那時候我忙得暈頭轉向也沒功夫帶你，但我也注意到你是根好苗子。這幾天朝夕相處我發現，你已經很成熟了，足智多謀、勇敢堅毅，也許大部分刑警通過摔打鍛鍊都能逐漸具備這些素質，但是忍辱負重卻不是那麼容易的事情！行啊，我很看好你！從今天起，只要你不去提審諸葛超，老頭子我也就不跟著你添亂了，領導派我來意圖很明顯，你我都要理解。如果你要見諸葛超，對不起我還得繼續跟著，哪怕是去打瞌睡我也得跟著。別的不多說，下午你趕緊去忙你們的正事，誰也別來打擾我，我就在你辦公室裡喝茶了。」

董全卓說出了掏心窩子話，顧天衛聽了很是感動。其實靜心想想，董全卓的到來並沒有給自己和米臣「添亂」，他只是在忠實履行屬於他的職責，而且他的意見對顧天衛來說，往往既中肯實用，又入木三分。

所謂薑還是老的辣，這才是「古董」的珍貴價值。

「老爺子是貴賓，我怎麼也得讓高曉前後伺候著，讓小丫頭給您服務好！」

董全卓忙打出個籃球場上暫停的手勢：「快別，我老頭子人老心可不老，千萬別誘惑我，害我晚節不保！有好姑娘，你多推薦給小米那樣的棒小伙子，快忙去吧……」

米臣隔得不遠，聽見董全卓叫自己的名字，意思也猜出了個大概，連忙微笑著向董全卓敬了個禮算是感謝和道別，然後快速跑到SONATA前去開車。

上了路，米臣將油門踩得咆哮如雷。如若放在平常，顧天衛早就該批評他開車毛躁速度太快了。可眼下顧天衛片言未發，彷彿完全沒注意到車速，而是一支接著一支地抽煙。

CD機裡，劉歡的歌聲依然嘹亮悠遠。

兩個人彼此都陷入無邊無際的沉默。

終於爬上乾莊村的那道山樑，米臣就看到了等在村頭的派出所警車。這是顧天衛上路前提前聯繫好的，來農村出發，不搞祕密抓捕的話，最好還是有派出所同事幫忙。事情好辦不說，也省得以後見面說起來尷尬。

兩個人下車，劉永平和一名片警孫軍強快步迎過來。

「歡迎、歡迎，別看現在有太陽，路上開始化雪，一會兒天黑了就要上凍，咱們還是早點辦完事兒，晚上去雕崖吃大雁！」

顧天衛知道劉永平說的是他們轄區的另一個村，過去因為山高路險懸崖多，常有大雕流連築巢而得名。不過現在，那裡早已名不副實了。大雁估計是村辦企業裡人工養殖的。

「有你們配合，相信很快就能完事兒，趁路不上凍我們就回去了。一上凍我們就是吃了大雁，車子又不能飛，還想留我們住下怎麼著？」

「住下就免了，我這裡沒有特殊服務，晚上睡覺太冷還得戴著棉帽子護著耳朵才行。可大雁我都叫人給燉上了！你們還想走？我是催著抓緊辦正事兒，待會兒路要真敢上凍，我給你們裝防滑鏈！」

四個人都穿便衣，在村口停好車子，邊說邊向村中疾走。

進了村，兵分兩路，顧天衛和劉永平去楊易金家，米臣和片警孫軍強徑直去李老漢家，約好了待會兒一起碰頭。

李老漢家住得離村口近，孫軍強帶著米臣幾步便跨進了院子。李老漢不光摳門，看來也不勤快，大白天敞著院門睡午覺還沒醒呢。

孫軍強上前晃晃李老漢，李老漢突然笑瞇瞇地睜開眼睛，鼻子裡發出一串「哼哼」聲，隨口問道：「幹啥？」

孫軍強說：「醒醒，找你有事兒。」

哪料李老漢不答話，眼睛一閉接著打起了呼嚕。原來，他剛才根本就沒醒，一直處在睡夢中。

孫軍強加大動作搖晃李老漢，米臣趁機環視屋子。突然，他看到不遠處的爐灶上方掛著一張美女年曆。這張年曆經過長期的煙熏火燎，已經破舊而又模糊，上面還隨處畫滿了一些潦草的字跡，標著一些歪斜的記號。

米臣迅速走上前去，目光牢牢盯住半年前的陽曆六月二十六日這天。

這天的陰曆是五月二十五日。

在這個日子旁邊，有人明顯用紅圓珠筆畫了一個半圓形，並且寫了一個扭扭捏捏的「鳳」字。

米臣正在琢磨，孫軍強總算把李老漢弄醒了。

米臣忙招呼李老漢過來，指著牆上的日子單刀直入：「老李啊，這些記號都是你標的？呶，這一天，你還記得你都幹啥來著？」

李老漢睡眼惺忪地回答：「是我畫的不假，但我現在啥也看不見，我的老花鏡剛讓隔壁的小妮兒給我踩碎了……」

「那六月二十六號，陰曆五月二十五號這天，你幹麼去了還記得嗎？」

李老漢一頭霧水，杵在那裡想不起來。

米臣乾脆用手指點著上面的標記說：「這旁邊畫了一個半圓，還寫了個『鳳』字。這是什麼意思？」

李老漢這才恍然大悟：「哦，這麼說我當然記得，那天是我閨女小鳳生孩子喝滿月酒的日子，滿月的滿我不會寫，就畫了一個月亮提醒我自己……」

米臣興奮地問：「那天你到哪兒喝的酒？是怎麼去的？」

李老漢閉著眼，又費事琢磨了一番才開口：「我鰥居多年了，本來這種事該婆娘去，但我沒辦法。去當然是去我閨女家。我記著，我是租的車，那天我還喝醉住下了。哦，你們是來查跑黑出租的？」

米臣順著話問：「那你還記得當時是租誰的車去的？」

李老漢面露難色，用手一個勁兒地撓後腦勺。

「鄉里鄉親的幫個忙，收點油錢不算違法吧？」

米臣笑著掏出十塊錢來晃晃，遞給李老頭說：「可他太黑，我們就得管。說吧，這人是誰？」

李老漢接過米臣的十塊錢來，高興得合不攏嘴，說：「楊易金，你們可別說是我說的！我又記起來了，他那天收了我整一百，淨繞小路走，我還罵他收費比小鳳坐個月子還值錢！」

米臣聽了，遠遠向孫軍強打出一個ＯＫ的手勢。

孫軍強會意，在背後朝李老漢喊話：「老李，大白天睡覺還有給你上門送錢，怪不得你剛才做夢都笑醒了！快，繼續倒頭睡你的，說不定還能發大財！」

二人一前一後出了李老漢家，正待往楊易金家拐，卻見顧天衛和劉永平已正站在高高的村樑上抽著煙等他們。

米臣快步上前，衝顧天衛點點頭。然後用一種很焦躁的目光盯著顧天衛。可顧天衛衝他搖搖頭，暗地裡遞一種眼色說：「小米，事情都很順利地辦完了。劉所長確實盛情難卻，但你女朋友的事……今晚必須回去嗎？」

米臣接著就領會了意圖，雖然他對這樣的藉口感到十分彆扭。

「真對不起兩位領導，我們今晚是第一次見面，這人還是局裡的某位領導給說和的，不去實在是說不過去……」米臣隨口一編還像模像樣。

顧天衛順嘴解釋：「就是呢，我也答應了人家再忙也一定給你騰出空來，怎麼辦劉所長？實在是不好意思。」

劉永平笑得很勉強：「我說怎麼看你們心裡都像裝著事兒呢，原來是這樣。我理解！大雁是人養的，什麼時候都能吃，『寧拆十座廟，不攔一樁婚』嘛，我也擔當不起那種罪人。軍強，你開車，咱們送兩位領導一程，晚上自己弟兄們喝點！」

孫軍強和米臣聽了都去開車，劉永平卻徑直過來攬住顧天衛的肩膀悄聲道：「天衛，我也知道吃肉喝酒太俗氣、太市井，但沒辦法，我沒啥文化，就知道豺狼來了餵槍子兒，兄弟來了管酒肉！你們有事兒儘管去忙你們的，但你要認我這個哥，以後有事兒一定多擔待！滴水之恩，湧泉相報！」

顧天衛明白劉永平的意思，但也知道不好多解釋什麼。於是狠狠握緊對方的手說：「都是一家人，都是幹活的命，我有什麼資格不拿你當大哥待？我知道大哥絕非池中之物，是有抱負的硬漢，別不多說我有機會出力一定豁出命去幫你！今晚，我們確實得趕回去。多多諒解……」

劉永平聽了點點頭說：「你能為我豁命，那我有機會一定替你擋槍子兒！」說完，兩人都放聲大笑起來。

上了車，顧天衛對米臣說：「放開了跑，超過他們去！」

飆車素來是米臣的強項。米臣緊抓方向盤，腳下猛踩油門，瞅準一段寬敞路，猛摁一陣喇叭，斜刺裡忽地一聲超過了劉永平的警車去。

「隊長，去哪兒？」米臣減慢速度，前方縣城燈火迷離。

「你說呢？」

「我想跟你給安排的女朋友見面！」

「好，高曉怎麼樣？回隊上去。」

「別逗了，隊長……」

「我說真的小米，趕緊回隊上去！我們，釣到『大魚』了。」

說完，顧天衛盯看了一眼米臣，小心翼翼地從一個紙盒裡，掏出一塊摔碎了螢幕的手錶。

錶上的時針，正紋絲不動地定格在九點二十分。

不過，這應該是那天晚上的時間！準確說就是二十一點二十分。

米臣只是斜著腦袋看了一眼，頓時覺得渾身上下的血，騰地一下燃燒起來！

第九章　致命鐘點

顧天衛和米臣回到隊上，甚至來不及吃晚飯就一頭扎進了辦公室。

兩人坐在一張長條茶几一側，面對著上面的一個白板，勾勾畫畫，分析爭辯，提醒沉思。

諸葛超訊問筆錄的電子版檔案，也被列印後攤開在茶几上。從資料來看，記得十分簡單，幾次訊問筆錄幾乎大同小異，這讓米臣感到意外。

而茶几上的白板上，很快就布滿了被顧天衛墨筆勾畫出的線路和數字。

整整一夜，米臣再一次見識到了顧天衛非同一般的邏輯分析能力，也再一次感受到了顧天衛飽受煎熬的痛苦和矛盾。

顧天衛的分析遠比米臣想像的冷靜和精準，他在白板上反覆標注出來的，是一些關鍵的時間點，採用的是倒推手法：

諸葛超的口供筆錄上標明，他是作案後倉皇逃回了家裡，然後向父親哭訴了強奸殺人的大概，最終在父親的支持下打電話投案自首，後被警方在家中抓獲。

諸葛超打電話投案自首的時間是準確無誤的，被準確定格在六月二十六日晚的二十三點三十五分。這一點，在公安局一一〇指揮中心大廳報案服務臺上有明確顯示。

那麼往前推算，諸葛超父親也的確曾證實，諸葛超當晚回家時「剛好十點（即二十二點。因為諸葛超父親作息時間很準時，每晚十點上床休息，那晚二十二點剛過，他正準備上床睡覺，諸葛超回來了）」。接著，諸葛超向父親陳述犯案過程，以及父子倆抱頭痛哭並最終決定投案自首的時間大概在一個半小時左右。

這一點，父子倆的證言也沒有問題。

然而，最大的問題和疑點出現在下一個臨近時刻，即楊易金手錶定格的時間：二十一點二十分。這個時間跟案發當晚，法醫為蘇甜做出的死亡鑑定時間存在明顯出入！

六月二十六日夜，刑警隊和法醫趕到新長途汽車站案發現場時是在二十三點四十五分。當時天上的雨絲越下越大，現場慘不忍睹——

蘇甜瘦小的身軀側蜷在空蕩蕩的水泥地停車坪上，雙手被肉色的褲襪在背後捆綁住，上下半身赤裸，腳上的紅色高跟鞋脫落，只有腰間還繫著半截撕碎的婚紗。而她的臉因被濃硫酸嚴重毀容，鼻子塌陷整個燒毀，一隻眼球凸出外掛，兩腮一片焦糊，顎骨和顴骨森然外露……

離她身體不遠，扔著一個盛過濃硫酸的聚四氟乙烯塑膠瓶子、幾個被踩扁了的空啤酒易拉罐和礦泉水瓶，還有一些車站內外隨處可見的生活垃圾。

很快，市公安局刑警支隊的領導和法醫專家也趕到了現場。經過仔細現場勘查和屍檢，判斷蘇甜是在遭到了凶手強奸後，又被殘忍地扼死。

雖然屍體脖頸上指壓及指甲痕不明顯，喉骨沒有骨折，臉面表皮、顏面腫脹程度以及鼻黏液、血清樣也因濃硫酸破壞缺失了檢測條件，但蘇甜頸前頜角下及喉頭兩側均有條狀傷痕和片狀出血，這說明是凶手的虎口壓迫喉結導致，且扼頸受壓部位皮下組織、肌肉組織、甲狀腺及周圍組織局限性出血，頸深部的頸椎前肌出血、心外膜下及肺漿膜下點狀出血，窒息徵象顯而易見。

屍體身份無需確認，第一時間趕到現場的刑警們一眼就認出了蘇甜。

米臣稍晚趕到了現場，他清晰地記得那是他入警以來也是他這輩子，遇到的第一起也是唯一一起凶殺案。他對眼前案發現場的慘象感到極度震驚，並且深深地為中隊長顧天衛無可壓抑的慟哭和哀號感到悲傷。

凶手是諸葛超被確認無疑，緊急突審連夜展開。

人命關天，在現場及隨後的停屍房裡，法醫技術人員絲毫沒有懈怠，提取檢材、實施化驗、解剖屍體、對比分析、串並研判，加班加點忙活了整整一夜，目的就是為了更快更準確地確定蘇甜的死亡原因和時間。

事實上，蘇甜死因不存在什麼懸念，是被凶手扼死的無疑。然而其死亡時間的精確推斷，則是一個漫長的複雜過程。

死亡時間推斷，又被稱作推測死亡與發現屍體時所經歷或間隔的時間。這是法醫鑑定中首先和必須要解決的問題，往往是根據人死後屍體變化發生的規律來推斷死亡時間，這種推斷通常又被分為早期死亡時間推斷、晚期（腐敗）屍體死亡時間推斷及白骨化屍體死亡時間推斷三個階段，蘇甜之死顯然屬於第一種——死後早期經歷時間的推斷。

雖然隨著科技的發展，推測方法的不斷更新換代，推測質量也在不斷提高，例如根據超生反應、離子檢測、酶檢測、ＤＮＡ降解程度檢測等方法，但現實是受經濟條件、專業技術和地域環境的限制約束，這些檢測方法還遠未在基層公安戰線上推廣應用。因此，蘇甜一案的法醫們主要是以屍體溫度的下降規律為基礎，結合屍斑、屍僵和其他死後變化特徵來做出綜合推斷的。

法醫逐一對蘇甜的屍表溫度、直腸溫度、肝臟溫度等進行了實地檢測和後續測量，發現屍體在現場表面裸露的皮膚微有冷卻感，直腸溫度較平均正常值下降了一至兩度（通常春秋時節一具消瘦屍體，直腸測量的屍溫最初十小時每小時下降一度，十小時後每小時下降零點五度，肥胖者下降稍快；夏季屍溫下降率較春秋時慢一點四倍，冬季快零點七倍；蘇甜死亡的季節屬於春末夏初，但在下著雨的深夜，時令相當於春秋）；全身無屍斑、屍僵出現；角膜僅微見混濁；在做超生反應時，用電刺激神經末梢引起明顯的肌肉收縮，這是因為肌細胞內三磷酸腺苷的含量所致，也是典型的死後一至兩小時特徵。此外，經過對採集的檢材進行詳細的酶檢測和DNA降解程度檢測，結合上述屍溫現場變化及持續變化規律研判，法醫最終將蘇甜死亡間隔時間的上下限牢固鎖定在：一至兩小時之間。

既然警方到達現場的時間為二十三點四十五分，那麼就能很容易地推測出蘇甜的死亡時間為二十一點四十五分至二十二點四十五分。

對於這個時間，諸葛超原來的交代並沒有什麼矛盾之處。他在殘忍奸殺了蘇甜以後，慌裡慌張逃離現場，趕在二十二點左右回到了家中。一切可以自圓其說。

可現在的問題是，楊易金突然出現了。他就像一隻煽動著翅膀企圖逃脫拍打的蒼蠅，沒想到會引發一場撲天蓋地的海嘯。他絕對想像不到，自己手錶上無意中定格的那個時間，竟會成為一個致命鐘點。

既然鐘錶商定格的時間是二十一點二十分。那麼眼下的事實就能充分證明，諸葛超早在六月二十六日晚的二十一點二十分以前，就已經到達了縣城南外環處的彩虹橋，這地方距離縣城西北邊角的新長途汽車站，步行至少需要三十分鐘，跑步也要二十分鐘左右。

況且，諸葛超此時正在跟楊易金進行著一場短兵相接的激烈打鬥。

換句話說，諸葛超至少在二十一點之前就已經離開了案發現場，在他邂逅楊易金時，蘇甜還沒有死！

也就是說：諸葛超根本不可能是殺死蘇甜的凶手！

——事情就是那麼巧，顧天衛的推理剛一說結束，突然，辦公室裡的日光燈熄滅了。

屋子裡頓時一片漆黑。

兩個人靜坐黑暗中，耳朵裡湧進來的全是窗外獵獵呼嘯的風聲。

刑警一中隊並不與刑警大隊以及縣局在一個地點辦公，而是獨自座落在縣城西南郊的一座二層小樓。周圍還有大片的莊稼地，水電都是和附近的村莊並用。村莊裡收電費尚不規範，因此中隊上停電也是常事。

米臣坐直了身子想站起來去拿根蠟燭點上，可忽然覺得頭重腳輕，身子發飄，四肢無力，後脊樑上曾幾何時還冒出了一層冷汗。

顧天衛用一隻手無聲地旋轉著墨筆，臉上看不到任何表情。沉默良久，才在黑暗裡開口說道：「小米，別點蠟燭了，你比我年輕，不看白板也能把所有問題都裝進腦子裡去。說吧，說說你的高見！」

顧天衛最後一句話的語氣，以及這「高見」二字，在米臣聽來絕不是對自己的誇獎或抬愛。相反，米臣從裡面聽到的是一種沮喪，一種憤慨，一種自嘲和一種巨大的失落。

恐怕就連顧天衛自己也決然想像不到，楊易金的案子查來查去，竟會朝著一個他無法預知和操控的方向發展！

此時，年輕的米臣再一次從內心裡湧動出對顧天衛的感激。

米臣試想，如果說一開始顧天衛執意冒著太多的質疑去調查楊易金案，那是為了還給諸葛超一點於事無補的小公道，以趁機利用法律和正義的名義狠狠地羞辱一把諸葛超，那麼他的目的早已經達到了。該收手了。

可眼下，顧天衛在自己面前一五一十、認認真真推理的這些案件疑點，又是出於什麼樣的心態呢？無論如何，蘇甜的陰道內千真萬確檢驗出了諸葛超的精子，諸葛超構成對蘇甜的強奸這點絕對毋庸置疑。難道這對顧天衛來說不是莫大的仇恨?!諸葛超的死刑覆核眼看即將批覆，在這千鈞一髮的生死時刻，顧天衛的推理本身無疑已經證明了他的抉擇！

顧天衛選擇的不是埋沒真相！如果他想隱瞞，壓根兒就可以不做！他此刻的所作所為光明磊落正義浩然，不得不讓人擊節讚嘆！

米臣還記得上學時警院的老院長曾在他們畢業典禮上說過一句話：一個人生下來，有好的父母；學習時，有一位好老師；工作時，遇到一位好領導。這將是其在成長過程中，最受益終生的幸事！此刻，米臣不但為顧天衛的思維邏輯和品德境界所深深折服，而且為自己能和他成為搭檔感到無比驕傲，更為顧天衛對自己做出的表率和教導充滿了感激。

正是出於這樣的考慮，米臣並沒有急於贊同顧天衛的推理，而是想挖空心思千方百計地質疑。——這既是對顧天衛勞動成果的一種尊重，也是他們「九十」後凡事不迷信和盲從，喜歡自我決斷的性格必然。

「我很佩服隊長的推斷，細節扎實，邏輯嚴謹，可是我搞不明白，如果諸葛超真不是凶手，他自己為什麼不實話實說？他為什麼要省略和楊易金的遭遇？他為什麼不為自己辯解？何況他還是個孝子，他還年輕，他難道就不知道一個人最寶貴的是自己的性命?!」

「問得非常好！」顧天衛停止轉筆，向後靠在椅背上，隨後又放下筆，給自己點燃了一顆煙。「這其實是幾個最簡單，又最複雜的問題，也是幾個很容易想通，卻又很難說明白的問題。」

米臣看不到顧天衛的表情，索性閉上眼睛，在黑暗中全力傾聽。

「我想，諸葛超之所以不交代和楊易金的遭遇，第一他是覺得與他所犯的強奸罪行相比，根本不值一提，甚至辦案民警都有可能忽略了訊問這一看似並不重要的細節；第二如果他足夠聰明，他一定明白自己一旦交代出他和楊易金的打鬥，很可能將引起警方的高度重視和質疑，也就是說他從一開始就沒打算實話實說，他的交代多半是根據自己的想像或者所見所聞，更或者竟是經過外界提醒做出的，這從他後來的交代細節大同小異，卻仍免不了出現不少繆差就能對應起來。總之，諸葛超的認罪態度是公認不錯的，這樣看來，他的目的就是想將錯就錯，他對殘害蘇甜感到了巨大的罪惡，這種罪惡時時刻刻都成為他不可承受的惡夢，因此他不求生但求死，已經對活著感到了極度厭倦。所以，他也根本不會去為自己辯解！」

米臣承認顧天衛的這番分析有理有據，幾乎無可辯駁。但他明白自己眼下的角色，他是要做一個名副其實的決不盲從的好搭檔，所以繼續飛轉著腦筋。

很快，他便再次拋出一個刁鑽的疑問：「隊長分析得確實很合理，但我仍然還有質疑——諸葛超一開始邂逅楊易金時，是因為剛剛發洩了獸欲倉皇逃跑，當時高度緊張和極度罪惡感很可能使他神智產生了錯亂，這從後來他從路左邊徑直撞向路右邊逆行的楊易金也能看出端倪，況且他還莫名其妙地掏出錢包來想賠償對方，這些都是比較反常的現象。而他會不會在和楊易金打鬥完以後，在被楊易金狠狠修理了一番以後，反而清醒過來，恢復了一個正常人的心理，即他開始突然對蘇甜所犯下的罪行感到驚慌和恐怖，極其害怕事情敗露。於是，又忽然想起來該立即返回到現場去殺人滅口？」

「這個問題至關重要，可以說是推翻諸葛超成為殺人凶手的關鍵點！」顧天衛在煙灰缸裡摁滅最後一點煙頭兒，又重新拿起了筆。「對了，要解釋這個問題，你還真得去拿根蠟燭來。咱們在白板上標標看！」

米臣聽了迅速站起身，拉開門去自己的辦公室抽屜裡拿蠟燭。

走廊裡的風很冷，但米臣卻異常激動，興奮難抑。他下意識覺得，一件凶殺案只有到了這種撲朔迷離的程度，才真正有了某種耐人尋味的東西，才最能檢驗一名刑警的智慧，磨練一名刑警的意志，考驗一名刑警的品質。

兩根白色蠟燭點燃，微弱的燭光照耀下，顧天衛徑直將手中的筆指向了時間坐標中楊易金手錶上的「致命鐘點」：

「你看，這是二十一點二十分，楊易金和諸葛超打鬥中的一個時刻，這個時刻說明諸葛超所處的地點是縣城南外環的彩虹大橋，而這裡無論是距離案發現場縣城西北邊角的新長途汽車站，還是諸葛超家的路程，基本上是一致的，大概有近三公里遠。也就是說彩虹橋基本上位於案發地點和諸葛超家的中心位置，諸葛超若從此地返回到案發地點，或者從此地徑直回家，所走的路程基本上也是相同的：常人步行一般需要三十分鐘，跑步需要二十分鐘。」

示意圖：

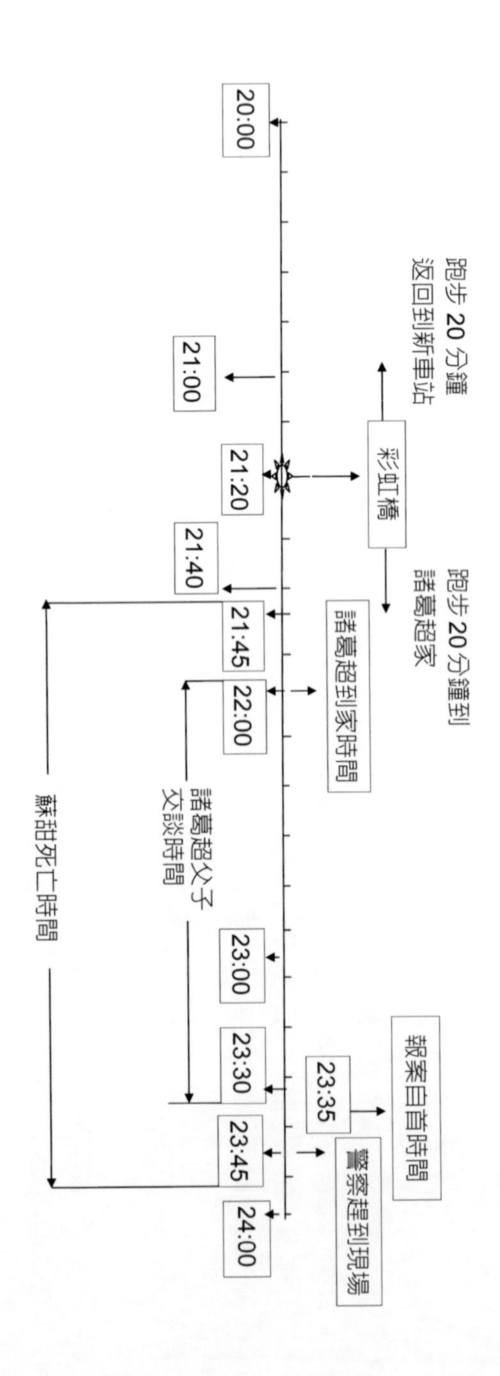
20:00
21:00
跑步 20 分鐘
返回到新車站
彩虹橋
21:20
21:40
跑步 20 分鐘到
諸葛超家
21:45
諸葛超到家時間
22:00
諸葛超父子
交談時間
蘇甜死亡時間
23:00
23:30
23:35
報案自首時間
23:45
警察趕到現場
24:00

「試想，諸葛超如果要重新返回案發地點，他一般是不會慢條斯理地走路，我們姑且算他平均速度跑下這段路程來，那麼即使是他在二十一點二十分立即跑步返回，也需要二十分鐘，那麼他從案發地點再返回彩虹橋，從彩虹橋再次返回家中，需要的又分別是二十分鐘加二十分鐘。也就是說，如果他立即返回作案殺害蘇甜，然後迅速返回，期間一直保證平均跑步速率的話，他將用時六十分鐘。如此推斷下來，他絕不可能在二十二點趕回家中。況且，這裡面還不包括諸葛超和楊易金二十一點二十分以後繼續在彩虹橋打鬥下去的時間。」

米臣接著又問：「如果諸葛超是叫出租車到彩虹橋呢？」

顧天衛說：「諸葛超第一次到達彩虹橋顯然不可能打車，如果是那樣，他也無法與楊易金邂逅並發生打鬥了。而這之後，就更不可能打車了……」

米臣反應很快：「是啊，因為諸葛超身上根本就身無分文了，而且那種地方也極難打到出租車！」

顧天衛反過來問米臣：「我這樣分析，還有一種可能性沒說，你接下來是不是想問，如果諸葛超作案後走的是另一條路線，繞近道兒回家的話，會不會來得及趕在二十二點左右回家？」

米臣搖頭說：「這一點，你剛才在分析諸葛超往返作案所需要的時間時，我已經想過了。我想他應該不會再走別的路，因為那個時間段，天上又下起了雨，出租車很難叫到，而且一個人驚慌失措地行走很難不被人注意，況且我們街面上的巡邏民警不少，隨時都可能發現他，他只有走南外環這條相對偏僻的道路遇到巡邏民警的可能性最小！」

顧天衛點點頭，又搖搖頭：「你這是按照常理分析，有道理但缺乏真憑實據。其實現在看來，那時候諸葛超早已經身無分文！事後調查時，有個細節在案卷中沒有寫，你可能還不知道。當晚在他們家樓下的小區監控中，我們發現諸葛超是在二十一點五十九分步行回來的，而且是從小區南邊彩虹橋方向的那條道兒拐進來的。因為走的路線偏僻，這也是當晚唯一記錄過諸葛超影像的一處監控探頭。如此，聯繫上述分析完全可以推斷，諸葛超既沒有返回去再次作案——時間來不及，而且他在和楊易金打鬥完之後，走的路線就是從彩虹橋直接回家這條路！」

面積本就狹小局促的白板，經過反覆的線路勾畫和標記，在暗淡的燭光下已變得一團烏黑。但是經過如此分析推理，顧天衛和米臣兩個人心裡卻變得越發明亮。他們相互之間的質疑和解疑，就像一隻手在旋轉著電筒調整光線。起初，光線還有些微弱，有些散淡，有些雲霧繚繞；後來，就變得越來越明亮，越來越強烈，越來越昭然可見。

顧天衛透過微弱的燭光，盯著米臣光彩炯炯的眼睛問：「還有什麼疑問嗎？」

米臣近距離地回望著顧天衛，仍然從他臉上看不出任何表情。

至此，案情疑點已經分析得再透徹不過：諸葛超一定不是凶手。

米臣如果還有疑問，那他的疑問就是往下該怎麼辦？——是把驚人的事實立即公之於眾，槍下留人？還是讓那個強奸毀容的惡棍儘管去死，報仇雪恨？

米臣盯著顧天衛，儘管仍難察覺顧天衛的心情，但此刻他不想再問了，他已經從顧天衛邏輯縝密的分析推理中得到了確定無誤的回答。

顧天衛不可能為了一己之私而放棄正義。

於是，米臣轉而問了一個最不高明的問題：「隊長，我的問題還有最後一個，那就是真正的殺人凶手到底是誰？」

顧天衛用墨筆敲打著白板，喃喃自語：「如果這個問題我也能回答你，那其它所有的問題就都不是問題了。」

米臣說：「我也知道，這其實是現在最大也是最難的問題，別的問題都不是問題了。」

「也未必。下面，該輪到我問你了。」顧天衛緩緩抽出一支煙來，低頭就著蠟燭點上，忽然「噗」地一口，吹滅了兩根蠟朵，讓屋子裡重新黑沉下來。

「小米，我想問你現在有沒有預感？」

「預感？什麼預感？」米臣一頭霧水。

「就是你明明沒有證據，卻總是感到事情不對頭。有時候，預感對我們刑警來說，就像嗅覺對於警犬那麼重要！」

米臣恍然，他先前對諸葛超殺人時間的質疑不正來自於強烈的預感？

「我有過預感，但已經被證實了。現在，暫時沒有。」

「那我接著問你，為什麼諸葛超那麼強烈地急於求死？這跟正常的死刑犯心理是不是有著天壤之別？我幹了十多年刑警，處在行刑前最後時刻的死刑犯我見過不少，基本上到這時候人都一蹶不振，奄奄一息，至少精神上已經坍塌崩潰，變得麻木不覺。但你有沒有發現，諸葛超的精神明顯亢奮？我感覺，他的思路依然很清晰，既然他寧肯不說出真相也要選擇去死，那他一定有自己必須去死的強大因素，這種因素僅僅是因為他強奸並且毀容嗎？從他事先準備好硫酸的犯罪預備來看，毀容在他的計劃之內，而強奸或許如他所說是一時興起——如果真是這樣，依照諸葛超個人的性格分析——他始終覺得蘇甜就該是他的女友，就該嫁給他，否則就要毀滅她的容貌，甚至毀了她的容貌後也願意養她一輩子——他通常會選擇承擔該有的後果——何況，他還有從小拉扯他長大的父親要盡孝——那樣，他不太可能像現在一樣急於求死。所以我感覺，當然還是說我的一種預感，諸葛超好像受過什麼樣的劇烈刺激！」

米臣就像聽天書一樣迷惑：「劇烈刺激？」

「嗯，而且這種刺激，不像是在看守所裡受的……」

米臣接口道：「這個倒可以肯定，就憑那幫獄頭兒，不可能主動刺激諸葛超，更不可能給諸葛超安排什麼『黑號』[2]，相反只可能像養地主老財一樣小心供奉著。」

顧天衛說：「所以，我感覺這案子中還有很多蹊蹺。」

米臣問：「還有什麼蹊蹺？」

顧天衛說：「我也說不上來，所以說我只是有預感。」

米臣忽然靈機一動，說：「真正的凶手會不會和諸葛超打過照面？而給諸葛超劇烈刺激的，就是那個真正的凶手？」

「這個假想很好！」顧天衛將煙抽得「叭叭」直響，窗邊繚繞的白煙彷彿他此刻糾纏不清的思緒。「真凶的出現有兩種情況：一種是他在諸葛超作案潛逃後出現，然後殺死了蘇甜；另一種則是他在諸葛超作案的過程中出現，與諸葛超有過直接接觸。」

「對！」米臣順著顧天衛的思路試著分析說，「第一種情況不太可能引發諸葛超的強烈刺激，所以第二種情形可能性更大。問題是，如果他們真的接觸過，這期間又發生了什麼呢？」

顧天衛說：「這個問題，我想只有一個人知道答案。」

---

[2] 黑號：沒有進行正式登記的假號碼。

米臣問：「諸葛超？」

顧天衛點點頭：「對。」

米臣說：「看來我們還得提審他！不管他領不領情，這樣做都是為了他好，等於是把他從生死線上拉了回來！也不管他受不受刺激……」

顧天衛此時抽完了煙盒裡的最後一支煙，語氣生硬地打斷米臣：「無論這混蛋要受什麼刺激，想想他犯下的罪，他都是咎由自取！我們不管他現在是想死還是想活，都必須要撬開他的嘴，讓他說出事實真相！」

說完，顧天衛豁地站起來，轉身踱步到窗前向外凝望，留給米臣一個疲倦而又模糊的背影。

此時窗外，天幕猩藍，半月高懸，萬物靜謐。

第十章　臨終遺言

第二天一早，顧天衛和米臣起床後顧不上吃飯就開車趕到局裡。

昨晚，他們分別和住在隊上的董全卓和遠在東北的高山河彙報了關於諸葛超一案的眾多疑點，董全卓聽了似乎沒有反應，讓他們離開讓他一個人安靜地想想，而高山河當即在電話那端急得上火，恨不能立即坐飛機飛回來。可他正在組織收網，抓捕到了關鍵時刻，於是只好連夜向周興海副局長做了彙報。

周興海同樣異常震驚，立即指示讓顧天衛他們第二天一早就到他辦公室作專案彙報。

顧天衛和米臣去叫董全卓時，董全卓竟意外地還沒起床。見兩人疑惑，董全卓躺在被窩裡說：「事情到了這一步，我就更不能再摻合了。一句話，你們倆讓我這個老頭子刮目相看！別等我，我的任務自動解除了，你們趕緊去找周局長，你們不瞭解他，這個點兒他應該早已經到了！」

董全卓說的沒錯，離上班時間還早，整個局大院裡靜悄悄的。但是周興海的車子已經停在了樓下。

顧天衛和米臣飛奔上樓，發現周興海的辦公室虛掩著沒鎖，正準備敲門，周興海在屋裡大聲問：「還磨蹭啥？快進來說！」

兩人迅速進門，來不及坐下，顧天衛就已開始彙報。

周興海聽完，皺著眉頭問顧天衛：「這是個時間差的問題，那麼蘇甜被害時間的上下限能嚴格嚴謹地確定嗎？」

顧天衛壯著膽子回答：「不瞞您說，周局長，這案子早在審訊時我就覺得諸葛超交代的某些細節與事實有出入，但因為迴避的原因我當時沒提。現在出現這種節外生枝的事情，我們希望是一場虛驚，可我詳細諮詢過法醫了，死亡時間的上下限已經接近極致，所以可以明確斷定諸葛超沒有作案時間。況且……」

周興通打斷顧天衛說：「小顧，別說了，我知道人命關天，況且一旦出現冤假錯案，後果不堪設想！眼下來看，案情已經再清楚不過，如何偵辦處理將直接關係到我們縣局的榮譽和命運！高大隊去東北還沒回來，我馬上向徐千山彙報，再聯繫一下你們教導員王文慶，咱們要立即組成專案組，明確個人具體分工，迅速重新調查這個案子！你們先去局辦公室等著吧。」說完，又補充道：「還有，開會之前不許將案情向任何人透露！」

十分鐘後，包括顧天衛和米臣在內的十名刑警迅速集結完畢，端坐在局會議室裡等待命令。

然而奇怪的是，周興海遲遲沒有進來。顧天衛假借接手去周興海辦公室門口有意提醒一下，聽到的卻是周興海在電話裡一個勁兒地罵娘聲。

顧天衛立即返回會議室，心裡充滿了各種疑問以及不詳的預感。

又過了近半個小時，周興海終於推門進來。剛才還心急火燎的他，此刻明顯情緒低沉，充滿沮喪。

果然，他一開口，顧天衛和米臣都驚呆了：「會議取消，除了顧天衛和……」周興海指著米臣，一時叫不上名字來。

顧天衛忙介紹說：「這是小米，米臣。」

周興海說：「對，還有小米，除了你們倆，其餘人散會！」

等該走的人剛走，坐在顧天衛和米臣對面的周興海，忽然重重嘆了口氣罵道：「真他媽的巧！」

顧天衛一臉焦急：「周局長，到底怎麼了？案子不查了？」

周興海仰面靠在椅子上，一隻手無力地壓住額頭。「查？上哪兒去查？人都沒了！剛才你們一走，看守所的劉明就來給我報喪！諸葛超那狗東西，操，今早上死在看守所了。」

顧天衛和米臣當場驚愣！

周興海接著說：「是自殺，沒想到戴著腳鐐手銬還能在水龍頭上上吊！」

顧天衛感到難以置信：「這麼巧？在這個節骨眼兒上……」

周興海強壓怒火，繼續吼道：「我也納悶！已經叫人帶諸葛超的父親趕過去了，他家裡同意立即進行屍檢。」

說完，周興海盯著顧天衛和米臣看，直盯得兩人心裡發毛，才開口問：「老董呢？不是叫他和你們一起辦案嗎？昨天，你們是怎麼和諸葛超談的？起過衝突沒有？」

這次回答的是米臣：「報告周局長，董老今早不舒服沒過來，不過請您放心，我們全程他都陪著，提審時看守所的領導也都在場，我們除了楊易金那個案子的一些細節，什麼都沒問沒說，看守所也都有監控錄影呢。」

周興海擰著眉頭說：「這事兒，麻煩大了！不光要追究監所裡的責任，而且諸葛超這麼一死，案子再往下查的難度……」

周興海話沒說完，桌子上的手機響了。他迅速拿起來接聽，沒聽幾句就又開始發火：「肋骨斷了四根？還他娘的陳舊性骨折?!有沒有誘因？沒有？那進看守所時你們是怎麼體檢的？沒有透視？為什麼沒有透視?!一般都不透視？他是一般人嗎？啊?!他殺人、強奸、毀容，他是一般人嗎？我告訴你們，我不管他父親現在是啥態度，你們誰都別想推卸責任!!」

說完，周興海電話一掛，「啪唧」一聲摔在了桌子上。

周興海餘怒未消地說：「諸葛超在接受審訊時我也發現過端倪，他那麼高的個子走起路來哈著腰，相當吃力，臉色也不正常，當時我一再提醒說千萬不能搞刑訊逼供，審訊的同志還辯解說他身上的傷痕是強奸作案時留下的。剛才劉明又說，屍體一解剖發現肋骨斷了四根！這證明當時諸葛超進看守所前的體檢也不過關！這些工作都是怎麼幹的?!現在想想，因為當時這案子民憤極大，人人都恨不能得親手槍斃了諸葛超，於是有些人就不自覺地放鬆警惕、麻痹大意、敷衍了事！我說過多少次，這些環節一旦出問題就是大問題！可還是有人把話當做耳旁風！半年前體檢沒發現諸葛超有內傷，偏偏在這個節骨眼上才發現，這可讓我們怎麼對諸葛超父親交代?!幸虧你們昨天去提審的時候，有我的批准，有合法的手續，有其他人在場，還有全程監控錄影！否則現在你們倆誰也說不清楚！否則，我現在就扒了你們倆的警服，讓你們下崗回家！人命關天啊，同志們！你們還年輕，是還不知道出人命的厲害！我說句難聽的話，如果是你們倆執行任務壯烈了，那都是祖國和人民不會忘記的英雄！但如果他一個死刑在押犯非正常死亡了，在如今這個瘋癲的網路年代，就很容易引發社會熱點，就很可能要讓我們個別同志進監獄！其個人和我們整體就要承受永遠的恥辱！現在，還不知道諸葛超父親將會提出什麼樣的異議，不得不說是用鮮血為我們敲響了警鐘啊！」

顧天衛和米臣直聽得汗流浹背，他們不光從周興海的話裡聽出了巨大的壓力，而且也確實意識到了昨日提審時所沒有預料到的潛在凶險。

顧天衛說：「周局長，您先不要著急，通過初步調查，我們懷疑諸葛超的陳舊性肋骨骨折很可能與楊易金有關。我們提審楊易金時，他曾確切交代過擊打和腳踹諸葛超腰腹部的細節。」

周興海點點頭：「很好，這更加說明我批準你們去調查楊易金的案子沒有做錯，起先看起來是一件微不足道的小案，現在看來有可能發生驚天動地的逆轉！不過現在下結論還為時過早，我得去看守所調查全部監控錄影，要是發現諸葛超在押期間有『黑號』虐待的情況，我先親自扒了劉明的警服再說！」

說完，周興海清清嗓子，換了一種語氣問：「現在，除了高山河、我，還有徐局長，還有誰知道這案子的最新情況？」

米臣回答：「還有董全卓老爺子。」

「嗯，這個老董，他不來是不想貪功，可他一定不知道還出了這麼大的事！這回，擦屁股的差事還就得叫他去辦。」

說著，周興海用目光來回掃著兩人，緩緩說道：「你們聽著，從即刻起，我命令你們三人就地成立新的『六・二六』專案組，這是個極其特殊的專案組，我給你們的任務是：第一決不能再把此案的偵查過程和細節再向外人透露半個字！第二，你們倆現在不要心存顧慮，要繼續迅速全力偵查下去，儘快把真凶查出來繩之以法！這麼做的目的，一是為了還法律一個公平，真正了結此案，告慰受害者；二是要堅決防止出現宣布死刑犯被槍斃或意外死亡後，真凶仍然逍遙法外繼續作案的荒唐可能！但是，在案件偵破之前，我們暫時要決對封鎖消息，不要把諸葛超不是真凶的事實提前捅出去。你們明白嗎？你們要想想萬一這事走漏風聲的後果：一來真凶難查，二來記者圍堵，三來信訪不斷……退一萬步講，這案子如果真得破不了，諸葛超的死至少是他自己咎由自取的一種必然結果——也算是一個交代，雖然他不是殺人案的真正交代，但卻是暫時面向社會大眾的一個交代。縣局對你們倆高度信任，你們身上的擔子很重，我也必須和你們說清楚所有的利害關係，這就是我現在雖然著急上火但沒急著往看守所趕的原因，那邊——徐局長已經過去了，而所有這些——也都是主要領導的意思，你們懂嗎？」

顧天衛鄭重地點點頭說：「明白。」

米臣臉紅心跳：「明白！謝謝領導信任！」

周興海站起來說：「還有問題嗎？我得去看守所了。」

顧天衛和米臣也跟著站起來。顧天衛似乎還有疑問：「周局長，諸葛超的高院覆核恐怕馬上就要下來了……」

周興海說：「嗯，這是個問題。所以說其實你們的專案組不只兩個人，還有董全卓，必要時還有我，甚至全局的民警根據工作需要隨時都能參與進去！我儘快安排老董聯繫你們，不管高院的死刑覆核批准不批准，我們都要立即整理好詳細的書面資料迅速向上彙報，這方面工作就由我和老董去跑。記住，雖然諸葛超死了，但我們辦案的方針原則不能變，得讓上頭知道我們始終在依法辦案，這樣才不會出問題。我之前說的偵查過程保密，是有範圍的，比如要在內部召開會議強調紀律，對外做好諸葛超父親的工作，暫不接受任何記者採訪等等，而不是針對上級和組織。還有問題嗎？」

米臣搖搖頭，顧天衛說：「那我們馬上回去整理上報資料去。」

周興海點點頭，神色凝重地走出了會議室。

顧天衛和米臣趕回中隊，董全卓已經打完拳吃完飯等候多時。米臣吃飯時望著一邊和顧天衛討論案子的董全卓，感覺他就像個老式座鐘，而多年分管刑偵的周興海就是他背後那根發條，不管座鐘有多麼老胳膊老腿，只要發條擰動，他保證還能走起路來精神抖擻分毫不差。

米臣心想，或許這才叫定力，這才叫大智若愚。

米臣望著董全卓忽然覺得他一點都不討厭了。董老爺子現在的身份不再是什麼顧命大臣或監工，而是他們倆衝鋒陷陣最強有力的定海神針。

三個人在飯桌上進行了一番討論，覺得醞釀得差不多了早飯也吃飽了，然後由米臣執筆，他們開始共同撰寫上報資料。

這時，周興海打給顧天衛的電話進來了，電話那頭的周興海仍然口氣急迫：「顧天衛，你在哪兒？」

「剛剛商討完思路，正在隊上寫上報資料。」

「你別寫了，讓他倆幹。你抓緊時間趕到看守所來，我和徐局長都在等你！」

顧天衛接完電話，跟董全卓和米臣簡單交代了幾句就奔出去開車。他知道，一定又有重大事情發生了，但究竟出現了什麼新情況，他完全預料不到。

他腦子裡此時像塞滿了大片的蒿草，散亂一攤，且張著利刺。

顧天衛走進看守所會議室，見偌大會議桌正面坐著徐千山局長和周興海副局長，兩個人都陰沉著臉色不語，對面邊角坐著的劉明，頭幾乎埋到了胸脯下，靠門口坐著的看守民警曹津和陳克峰，眼睛發紅，鼻子抽縮，顯然剛哭過——由此可見顧天衛進來前，他們都曾經歷過兩位局長暴風驟雨式的批評和問責。

顧天衛環視一周，覺得空位太多，正猶豫該坐哪個地方時，徐千山開口說：「小顧，你坐我對面！」

和局長面對面，若在平時開會大多數人會情不自禁迴避坐這樣的位置，何況眼下會場中瀰漫著一種極其特殊的氣氛，顧天衛感到一種無形的巨大壓力。

顧天衛心懷忐忑地坐下來，發現桌子上斜攤著一份屍檢報告，看位置原應該是放在徐千山一邊的，剛才因為動怒發火甩到了他這邊。

顧天衛趁徐千山接電話的功夫飛速瀏覽著上面的內容：

屍表檢驗：青年男屍，屍長一七八公分。發育正常，營養中等……頸前有明顯馬蹄形縊溝，縊溝有皮下出血，球瞼結膜有出血點……解剖檢驗：左顳部頭皮下輕微淤血，顱骨無骨折，顱內無異常，頸部縊溝處淺肌層出血，甲狀軟骨、舌骨無骨折，左胸第四、五、六、七肋骨陳舊性骨折，左側胸膜局部黏連，右側胸膜局部黏連。雙側胸腔無積血。雙肺肺葉間黏連，肺表面有散在出血點。心血不凝，腹腔各臟器未見明顯破損出血……病理檢驗：鏡下觀察未發現明顯病理改變……毒化檢驗：未檢見常見毒物成分……根據屍檢，屍體頸前有馬蹄形縊溝，有生活反應，有明顯窒息症狀，沒有抵抗搏鬥傷，排除其它死亡原因，結合看守所監室內監控錄影調查，綜合分析認為諸葛超為自縊死亡……

顧天衛沒等瀏覽完全部內容，徐千山已經接完電話開口：「檢察院的調查組已經過來了，除了小顧，你們幾個先過去吧！該怎麼接受問話調查，就怎麼接受問話調查，該說的我剛才都說了，出了這麼大的監管不利事故，我和周局長決不會袒護你們，你們要實事求是，一切等檢察院調查結果出來以後再說！」

話音剛落，劉明、曹津和陳克峰先後站起來往會議室外面走。臨出門前，劉明與顧天衛的目光不期而遇，顧天衛感覺那道目光就像一支勢大力沉的箭，正向自己射過來。他沒有選擇躲閃，而是冷靜地讓目光變成了兩汪深邃的水潭。

屋子裡只剩下了徐千山、周興海和顧天衛。

徐千山目視顧天衛緩緩說道：「出了這麼大的事，本來，我也想衝你狠狠發通火，但就在你往這趕的這段時間裡，我想了又想，又實在沒想出可以批評你的地方。我是局長，局長有時候可以不講道理，但任何時候都不能不講法律。所以，我現在不但不想批評你，還想表揚你。剛才，我已經聽了周局長的簡要彙報，事情很明朗，事實剛才也證明了，這個待會兒我讓周局長和你細談。現在最緊急的事情你應該很清楚，心情或許也比任何人都急迫，就是追查真凶的下落。」

徐千山說到這裡，目光裡有了徵詢的意思。顧天衛會意，立即刷地一聲站起來說：「請徐局長、周局長放心，我會全力以赴，不辜負你們對我的信任和期望。」

徐千山揮手示意顧天衛坐下，接著說：「諸葛超近半年來，強忍著肋骨骨折的疼痛不說，自己也沒打算繼續活，這次意外死亡他算是徹底解脫了，可卻給我們出了很大的難題。但即使困難再大，我們實事求是，找出原因，也都能解決。你知道我和周局長現在最擔心什麼嗎？一不是諸葛超的死，二不是破不了案，而是擔心這麼錯綜複雜的案情萬一走漏了風聲，外面起謠言說咱們辦理冤假錯案……」

剛剛坐下的顧天衛又忽地站起來說：「徐局長，請您放心，我們一定保守住祕密。」

徐千山說：「你坐下說話，我的意思不是案子不往下查了，相反還要儘快查，一旦查清楚了就要立即向社會做公開交代！剛剛，我們又掌握了新的有力的線索，具體情況，一會兒我讓周局長詳細跟你談，你們再認真研究。我現在問你，你能保證這案子百分之百能查清偵破嗎？即使能破，你能百分之百保證在短時間內嗎？」

顧天衛雖然坐下了，可聽完徐千山這些問話如坐針氈，更加坐立不安。

這些事情誰能保證得了呢？

徐千山用彎曲的食指關節敲敲桌面：「你不能保證。好，這就是我讓你趕過來開會，我想當面向你強調保密的原因。縣裡還有個會我得馬上回去開，你們繼續研究案子，我先走了。」

顧天衛滿腹心事地站起來，目送徐千山出去。這時，周興海在對面開口了：「就剩下咱們倆人，有話就直說了，徐局長可沒拿你當外人啊！他的意思很明確，你應該也聽懂了，案子破了是你的功勞，說不定憑這案子的離奇程度你還能上央視露露臉去！可案子萬一要是破不了，也就這樣了。」

顧天衛萬分不解地問：「周局長，這樣合適嗎？……」

「小顧，眼下市縣兩級正面臨換屆選舉，徐局長是外地人，在咱們這舍家拋業地幹了幾年很不容易，諸葛超自殺的事情能擺平就不錯了，更何況一旦破不了案，讓社會上都知道了諸葛超不是真凶……關鍵時候誰都不想爆出負面影響啊！現在想想，我們當初對諸葛超一案的審理太過草率，許多矛盾細節都沒有深究，險些鑄成大錯！而且這案子宣傳得也太過了，除了央視幾乎所有省市頻道都來採訪過，報紙也發了二十多家整版，互聯網上還引發過對大學生扭曲變態心理的激烈評論，現在哪裡那麼容易往回收……有本事，我們就抓緊時間破案，沒本事的話，咱們也只能這樣了。」

見顧天衛還有遲疑，周興海又說：「小顧，局長有時候可以不講道理，但任何時候都不能不講政治啊！局長也是個凡人，他有他的考慮。我倒覺得現在越是這樣，我們就越沒有退路可走了。所以我們越是要排除一切雜念，儘快破案！」

顧天衛點點頭說：「剛才徐局長說，掌握了新線索？」

周興海說：「我留下來，就是想跟你說這個。」

說著，周興海從桌上的筆記本中，小心翼翼地抽出一團折疊好的衛生紙來。

「你到我這邊來看。」

顧天衛好奇地轉過去，來到周興海身邊坐下。

周興海輕輕地打開那團衛生紙，幾行非常微弱的字跡出現在裡面：

我對不起我爸　蘇甜
不是我殺人　是牠

字跡歪斜，痕跡很淺，顧天衛一看便能猜出這是利用監牢裡的牙膏鉛皮寫下來的。在這兩行字下面，還依稀畫了一個小人，小人帶著眼鏡，兩臂上舉，兩手中是一條直線，直線上面是一條彎曲的線條。

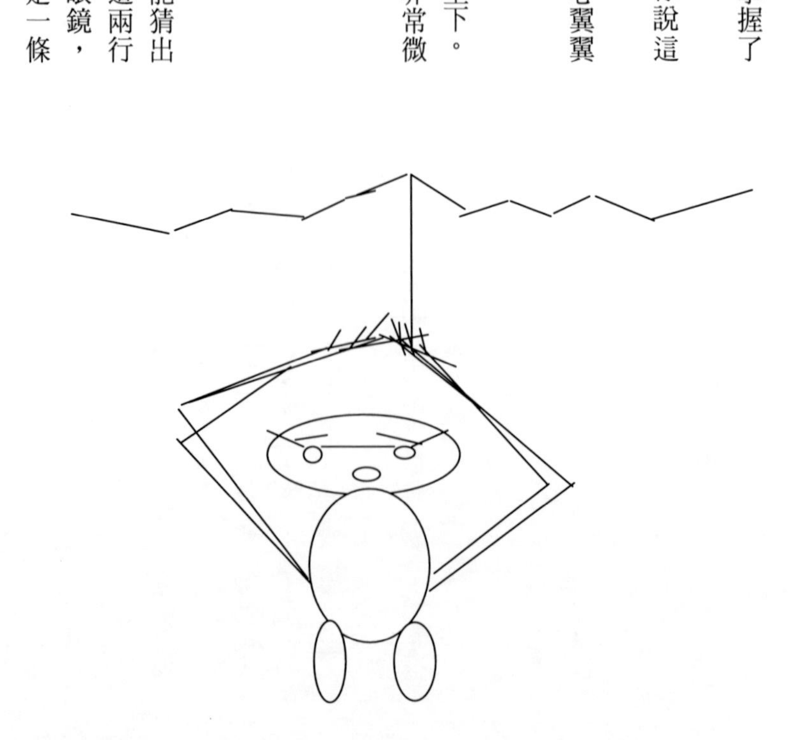

周興海問：「這是諸葛超留下的其中一件遺物，看來是給咱們的，時間很長了，估計是宣判死刑後睡死刑床以前就寫好了的。怎麼樣？有啟發嗎？

顧天衛搖搖頭：「是『牠』，這畫是什麼意思呢？『牠』是動物『牠』，難道真凶是動物？」

周興海說：「真要是動物的話，這個案子得請福爾摩斯來查了，我幹了一輩子警察，只在福爾摩斯偵探集裡看過類似的動物作案。」

顧天衛接著又否決了自己的想法：「依照現場勘查來看，不可能是動物，是動物一定會留下皮毛、氣味，還有更多的特殊痕跡……」

周興海說：「別說是動物作案，就是有動物參與，這案子都能寫進偵探史。不要受誤導，這案子裡決不可能有動物，有也只能是人這種禽獸！」

顧天衛點頭附和：「周局，那這遺言我先保管著？回去和老董、小米他們再好好研究研究！」

「一定要多動腦子，想方設法搞清楚諸葛超是在什麼狀態下寫的這些遺言？用意是什麼？裡面的線索是真的還是假的？他為什麼不直接說出答案來？如果是認識而不說，是不是在有意誤導或者考驗辦案人員？如果確實不認識，那為什麼不詳細描述事實經過？還有這上面的圖畫，究竟是什麼意思？這些都是謎題，都需要你們儘快想辦法破解！」

顧天衛鄭重地點點頭，謹慎地折疊好衛生紙放進包內，然後和周興海一起離開會議室。下樓時，周興海再次叮囑顧天衛：「記住，回去一定把徐局長的意圖用一種合適的方式傳達給他們倆。」

顧天衛憂心忡忡地答應著：「好，那上報資料……」

周興海說：「你不說，我差點忘了大事，讓他們趕緊停工，先前寫出的部分立即作廢銷毀。資料該弄的還是要弄，但要弄的人不是你們了，而是法醫、看守所和檢察院，該上報的還得上報，不過不是上報你們查案的最新進展，還是如實上報諸葛超的猝死。」

這時候，周興海的電話響了，周興海接起來只說了幾句話就掛了。他轉過身來告訴顧天衛說：「徐局長來的電話，諸葛超的死刑覆核下來了。」

顧天衛一驚：「是什麼結果？」

周興海習慣性地擰著眉頭說：「是死緩。高院就是高院。現在看，這案子我們辦得實在太操蛋了！有些疑點當初就應該堅決深究的。可我們失誤了，險些釀成了不可彌補的大錯！一定要深刻總結教訓……現在，最重要的是儘快破案！好了，我跑趟檢察院，你先走吧。」

顧天衛象徵性地邀請周興海：「周局長，您完事了來隊上吃飯？」

周興海上車前，用手點著顧天衛的腦門算是幽了一默：「請我吃飯？案子破了，我給你們擺慶功宴，案子要是破不了，你們還有心思吃飯？我可沒有徐局長那麼善心，非一個個全殺了你們滅口！」

第十一章　山窮水盡

顧天衛回到中隊，立即向董全卓和米臣傳達了徐、周兩位局長的指示，然後三個就坐下來圍著那張遺言琢磨。

米臣年輕，思路開闊，首先也是根據「牠」字猜想案發現場是否出現過狗、狼、野豬，甚至是猴子。狗是常見的；狼隨著近年來蘋縣生態環境的好轉，附近山上也的確頻頻出現；至於野豬，縣裡好幾家私營企業都在養殖，跑出來的可能性也有；而出現猴子或其它動物的可能性，是因為縣城西北方向的一座山上有個經營慘淡、管理疏鬆的動物園……

董全卓始終盯著那團衛生紙，沒有打斷米臣的推斷。很快，米臣自己就說不下去了。因為他忽然意識到，無論是出現什麼動物，都不可能不在現場留下明顯的痕跡，何況死者的屍體檢驗報告寫得很明白，蘇甜是被扼死的，有哪種動物能去扼死一個活人？即使是智商稍高的猴子或猩猩，在那樣的環境下，它們一定會遺留下趾痕、皮毛、腳印，甚至唾液、氣味、糞便，可這些統統沒有，與現場勘查的結論風馬牛不相及，很明顯說不通。

顧天衛問董全卓：「董老，您老閱歷深，你看呢？」

董全卓搖搖頭說：「這好像與閱歷深淺關係不大，我從小最頭疼的事情就是猜字謎。說實話，從這兩行字上，我還真沒看出什麼線索來。剛才小米猜測有動物出現，這是很自然的，也是必然要推斷的一個方向，可這種猜測很容易就被現場否定，確實說不過去。我能看出來的道道兒，就是這幅畫了。我覺得這張畫——畫的就是諸葛超他自己！你們看，諸葛超高高抬起雙手，舉著一束正在燃燒的香，虔誠地向天作揖，這是想祈求老天爺寬恕他的罪過呢，他是想表達真心悔過？……可這樣一來，這畫就沒什麼線索價值了。我又想，他是不是在誤導咱？故意給咱們出難題？其實就是無聊時畫著玩的，整張遺言根本就是扯淡！」

米臣似乎不同意這種說法，反駁說：「董老，我覺得未必。從諸葛超隱瞞真相急於求死的事實來看，他根本沒打算讓任何人原諒他，他自己都不肯原諒自己，只想快點去見上帝。這說明，他很明顯像受過什麼刺激，也許就是有一種不明動物突然出現，他被嚇矇了……而這種動物究竟是什麼，牠出現以後又做了什麼，我們暫時不知道也還沒發現而已……」

董全卓反駁：「動物？什麼動物那麼血腥殘忍？我看你是好萊塢大片看多了，還不如說是外星人幹的！話說回來，人就是天底下最骯髒殘忍的動物！有時候簡直禽獸不如！」

董全卓說完剛想徵求顧天衛的意見，米臣忽然高聲說道：「我知道了！我想出來了！是鳥！一定就是鳥！」

董全卓和顧天衛吃了一驚，望著米臣興奮地繼續說下去：「我想，一定是諸葛超在強奸作案時突然飛來了一隻大鳥，大鳥用爪子抓起了諸葛超手上的濃硫酸瓶子，然後再起飛時不幸澆在了蘇甜臉上……這情景嚇跑了諸葛超，給他造成了強烈的精神刺激，這樣就能解釋這個『牠』字了！」

董全卓很認真地聽完，噗哧一下笑了：「這得是多麼大的鳥？老雕崖上飛來的老雕？就那麼巧，口渴了偏偏來叼硫酸瓶子？這指不定又是從《射雕英雄傳》裡來的靈感吧。天衛，你說說！」

顧天衛說：「我很同意董老的意見，這個『牠』指的就是人，人在作惡犯罪時往往還不如禽獸。雖然米臣最後的分析有道理，可假使是老鷹突然出現，又那麼巧合叼起了硫酸將蘇甜毀容，但牠也只可能即刻飛走，殺死不了蘇甜，成為不了最終的凶手。」

米臣說：「請隊長允許我插一句話，如果事實就是這樣，諸葛超當場被嚇跑了，他根本就分不清真凶是誰，也許就以為是老鷹的出現用硫酸害死了蘇甜，所以他指認老鷹是凶手！」

顧天衛說：「這樣分析同樣有道理，但這樣就無法解釋諸葛超的供詞了，諸葛超的供詞上說了是他掐死了蘇甜，當然這很明顯是結合外部的提醒進行了違心的編造，既然他清楚蘇甜是被掐死的，也就不可能指認最終的凶手是鳥。」

聽到這裡，米臣不得不點點頭，承認自己的推斷失敗。可董全卓這時說了一句話，解除了米臣的尷尬。

「小米很機靈，雖然他的推斷行不通，但是給了我們很大的幫助，那就是徹底排除了『牠』是指認動物的可能性。這個貢獻了不得。這樣的辯論才有意思，我建議小米如果在這條路上還有其他想法，儘管繼續走下去，盡情發揮想像，不管最終成立還是不成立，都對我們大有益處。」

顧天衛點頭同意：「幹我們這行的，就是不能輕言放棄！」

米臣卻搖搖頭說：「是我想得太膚淺了，現在來看，一開始我就走錯方向了。不過，有兩位師傅教導，一旦有新想法我一定隨時會和你們彙報交流。」

董全卓示意讓顧天衛繼續分析，顧天衛說：「既然『牠』字我們基本確定為人，那麼我想諸葛超一定是有所指的，他一定見過凶手。正如米臣剛才說的，我推斷真凶的出現，很可能給他造成過強烈的精神刺激，那麼他的這幅畫就有問題了，他多半不是在請求寬恕，他想指認真凶，可他又不認識真凶，用牙膏皮在這麼薄透的劣質衛生紙上寫字本就很困難，他也不可能一一描述真凶的特徵，於是他就畫了這幅畫來提醒我們。」

董全卓插言道：「這就怪了，難道諸葛超真變態了，審訊時不說，幾天前提審時不說，非要留下這麼張『藏寶圖』？」

顧天衛說：「他就是一心想死，所以不會說。所以他留下這張畫，想死了以後提醒我們。我甚至懷疑，這一切都是他策劃好了的，他畫這張畫其實也不只是提醒，還有考驗的成分。也就是說，他的死注定會給我們一部分人出一道大難題，而他的這張遺言，也同樣是另一道大大的謎題。」

米臣聽了倒吸一口氣說：「他能有這樣的智商？」心裡卻不禁想，果真如此，那諸葛超的所作所為居然要比顧天衛還要高出一籌！

——如果顧天衛是想利用楊易金的案件擁有對峙仇人的機會，可以「施捨」給仇人一點苟活的時間，從而獲得復仇的快感；而諸葛超的所作所為非但沒有接受這一切慷慨的「饋贈」，反而故意為顧天衛留下了破案線索，以一個犯罪嫌疑人的身份在自我了斷之前給了顧天衛一個巨大的謎題……

這場貓與鼠的遊戲，究竟誰才是贏家？

迷茫中，米臣像是自說自答：「諸葛超究竟是什麼用意呢？其實，搞清這張遺言想表達什麼才是最關鍵的。」

顧天衛點頭沉吟：「是啊。雖然這張紙上的內容既模糊又潦草，但我還是有個不成熟的猜測。我隱隱感覺這幅畫中隱含著字謎，你們看，諸葛超舉著的是個什麼字？」

米臣立即回答：「是『丁』？」

董全卓說：「連老頭子我都看出來了，要是『丁』的話，上面那一横，怎麼曲裡拐彎的？」

顧天衛說：「可能是畫歪了。」

董全卓反駁：「不可能，那橫下面的一豎怎麼跟高速公路似的筆直？」

顧天衛說：「所以我也不敢確定，不過這至少是一種推測，我想有必要查一下縣裡有犯罪前科的姓『丁』的人，還有諸葛超生前接觸過的姓『丁』的人。」

董全卓似還有疑問：「如果真凶姓『丁』，為什麼諸葛超把他舉在頭頂上？是貢奉？」話說到這裡，董全卓忽然恍然大悟，「貢奉貢奉，舉在頭上，意思不就是供出來嗎？」

米臣眼睛也一下子發亮。

顧天衛說：「董老說得很對，這應該就是諸葛超的意圖。而且我想這個姿勢還可能有一種意思，那就是說在諸葛超之前，還有一個人！這個人就是真凶！」

臨近中午，董全卓要回家陪老伴兒吃頓飯，順便去醫院打胰島素。顧天衛答應吃完飯後與米臣一起去醫院接他。

賀斌和賈汝強幾個人風風火火回來了，吃飯時顧天衛順便調度情況，賀斌表示那起交通肇事逃逸案的調查仍然毫無結果，既沒見有人報案，去案發地查了一圈，也沒有發現附近有人失蹤，交警隊那邊也去查了，同樣沒有任何結果。

賈汝強說他和另外幾個民警，正對近期頻繁發生的街面兩搶犯罪進行蹲守。其實街上已經先期布置了不少巡警大隊的同志，他們駕駛警車車巡或者公開武裝步行巡邏，目的是進行有效預防和嚴厲震懾，而刑警隊的弟兄們則是穿著便服，祕密蹲守在各個重點路口和主要街道兩側，以期發現目標隨時進行跟蹤或抓捕。事情很奇怪，他們刑警沒上街守候時，儘管也有巡警在街道上巡邏，可飛車搶奪案還是時有發生，因為一個在明，一個在暗，犯罪嫌疑人專挑警車剛剛駛過的地段作案，然後迅速潛逃。可這幾天刑警一上街暗中守候，那幫傢伙很快就都銷聲匿跡了。看來這是一夥老手，反偵查經驗比較高。

所以，這幾天各人都一無所獲。

顧天衛聽完彙報說：「大家快點吃飯，吃完了休息一會兒，最近幾天都很辛苦。下午我和米臣去醫院接老董，接著辦手頭上的案子，賀斌小賈你們幾個合並成一組，楊易金交通肇事逃逸案就暫時先放放吧，你們當前的首要任務是繼續蹲點守候，儘快打掉街面兩搶團夥。」

賈汝強聽了，說：「上午收隊時接到大隊辦公室的電話通知，說下午讓我們幾個打搶專案組的過去開會，聽說下午其他中隊也有不少同事參與進來。」

顧天衛說：「看來領導也急眼了，你們去了都好好幹，這也是關係民生的大案。」

賀斌說：「那我趁下午開會的空，順便去趟技術中隊看看，他們應該正在分析監控錄影。只可惜楊易金那案子離現在太久了，路邊的監控已經自動更新，沒留下資料，要不然查查監控就能知道他撞的是誰了。」

顧天衛很同意賀斌的思路：「倒查監控是個累活兒，得花大功夫，但破案相當關鍵。最近街面上發生的搶奪案子，雖然嫌疑人都戴著頭盔，專挑偏僻時間段作案，作案時間很短，反偵察能力也很強，但他們總不能飛起來蒸發掉吧？總得出現在監控視野中，他們的作案工具、穿著打扮總要暴露吧？只要認真查看和分析，一定能大體刻畫出他們的外表特徵、行跡路線或活動範圍，掌握了這些點點滴滴的蛛絲馬跡再與蹲守抓捕結合起來，效率才會更高！」

顧天衛沒什麼胃口，倒是勸其他人多吃飯保持體力。高曉一直為大家端菜，是最晚一個坐下的，顧天衛站起來半開玩笑說：「小高最辛苦，既得在隊上看家護院，還得為我們負責好後勤保障。這幾天又瘦了，你們幾個往一邊挪挪，給人家多讓出點空來使勁吃。」

賀斌起鬨說：「擠擠暖和，這才叫眾星捧月。」

高曉笑笑，見桌上的衛生筷筒轉到了對面，伸出手也搆不到，而挨著坐的米臣只知道低頭吃飯不語，對著他的後背輕拍了一巴掌：「呆子，不知道給姐拿雙筷子呀？」

米臣滿嘴米飯，支吾著站起來伸手去搆，被顧天衛瞧見說：「姓米就光知道吃米？挨著美女，多好的機會不知道把握？還打算脫貧吧？」

賀斌趁機說：「我現在真後悔啊，當初沒就近找個，現在兩地分居的滋味真不好受，是吧姐？有人還不知道把握！」

其實高曉年齡最小，賀斌一叫「姐」，她倒臉紅了。

見賈汝強沉默不語，顧天衛也衝他打趣道：「小賈啥情況了？這麼沉得住氣？」

哪料賈汝強眼睛瞅了米臣又看高曉，酸酸地說：「人家高曉屬老鼠的，心裡天天就惦記著米臣，這就叫老鼠愛大米，別人乾著急。」

「什麼呀！你才屬老鼠呢！」高曉立即努嘴反對，但也並不強烈，而且還偷偷留意著米臣的反應。

米臣乾脆把碗往桌上一放，半開玩笑又像自言自語：「哎，口味各人各樣兒，確實不能勉強，我就覺得大米比饅頭香！不行，吃得太快了，得趕緊出去透透氣，也好給人家倒空！」

顧天衛將一切盡收眼底，笑著抽出一支煙點上，走出食堂。米臣從背後跟上來，一直到了院子裡，伸展著懶腰。

顧天衛見了說：「去睡會吧，這幾天都缺覺。」

米臣說：「隊長，我能不能求你件事？請你們以後別老開我跟高曉的玩笑行不行？」

顧天衛笑：「呵呵，怎麼了？我看人家對你挺有意思的。」

米臣說：「就因為這樣，我不想誤導人家！」

顧天衛明白了：「口味不對？你也不瞧瞧你自己，人家高曉家是縣城的，父母都是高幹，人又長得跟瓷娃娃似的，哪點不好？你倆成了的話，就是警察夫妻，收入高，又光榮，相互之間還能多理解體諒，不是一般的般配啊！」

米臣撓頭：「不是般配不般配的問題……」

顧天衛問：「那你想找個啥樣的？」

米臣側過臉來，眼睛裡滿是羞怯：「我喜歡嫂子那樣的。」

說完，米臣忽然發覺話說的嚴重有問題，立即神色慌張地調轉話題：「隊長，我不是那意思！我是說……你也是過來人，你知道感情這東西，不能勉強……高曉她的確很優秀，很好。可我，不喜歡。」

顧天衛抽著煙，突然不說話了。似乎有太多東西一下子堵在了心上，連喘氣都有些困難。他竭力克制住自己的情緒，知道依米臣性格，這麼說一定是和高曉沒戲了。他努努嘴，再次示意米臣回宿舍去睡會兒，米臣看他表情知道不願意再多談，也就進屋去了。

剩下顧天衛一個人杵在院子裡，默默地望著鉛灰色的天。

中隊上幾乎所有案子都陷進了泥潭。

蘇珊那邊還等著出院。

繚繞的煙霧中，顧天衛耳畔又想起了米臣剛才那句言辭懇切的回答：「隊長，你也是過來人，你知道感情這東西，不能勉強……」

八年前，顧天衛經一位家住縣城的老同學的父母介紹，認識了前妻陳文梅。說實話，當時在同學家中第一次和陳文梅見面時，顧天衛就有點失望。

在同學父母嘴中，陳文梅是個既漂亮溫柔，又賢惠善良的難得一見的好女孩兒，當時在縣醫院的小兒科當護士。

顧天衛初識陳文梅，確實發現對方像媒人說的一樣，人長得眉清目秀，個頭頎長高挑，加上又喜歡穿高跟鞋，人看上去超過了一米七。但讓顧天衛略感失望的是，陳文梅是個自來熟，頭一次見面話就說個不停，聲音還特別粗。後來，兩個人單獨出去走走，陳文梅自顧自天南海北地聊了一大圈，而顧天衛只是簡單地應付了幾句。臨分手時，還是陳文梅主動向顧天衛要了手機號碼。

回宿舍後，顧天衛就暫時把這事擱下了。三天後，陳文梅主動打來電話：「顧警官，你怎麼不給我打電話？」

顧天衛有點措手不及：「我這幾天很忙。」

「那我約你吧，今晚我們出去吃飯！」

「晚上我得加班。」顧天衛猶豫著，其實也沒什麼事情，但不知道為什麼這樣說，「改天吧？」

「那你是不是不喜歡我？」對方問。

顧天衛很為難，他真的還沒想過這個問題，或許正是因為還沒想過，所以其實他是不喜歡她的。至少沒有一見鍾情。

「怎麼不說話？其實我不喜歡你們警察這個職業，很危險，而且不懂浪漫，但是我感覺你這個人還行！你呢？」

其實顧天衛也不喜歡陳文梅老是這樣說話，但大概她以為當警察的就應該喜歡她這樣的性格。

「我可能真要加班……」顧天衛支吾著。

「那你怎麼跟你同學的父母交代？」對方一語揭穿，「他們好幾次打電話問，我對你的感覺怎麼樣？」

這倒讓顧天衛感到躊躇。他來自農村，警校畢業後才留在縣城工作，而同學年邁的父母從他進城上學以來就一直待他很好，他跟同學處得像兄弟，而同學父母拿他像對待自己的另一個兒子。怎麼跟他們交代？顯然還真是一個問題。

「要不你就跟他們說，是你不同意……」

「可是我同意啊！」

說完，電話那頭沉默了。對方知道顧天衛心裡想的是什麼，過了一會兒，輕輕地扣掉了電話。

這次以後，同學父母也多次問過顧天衛，讓顧天衛主動去約約陳文梅，說雖然人家表示沒看上你，但是我們還是對你有信心。

顧天衛明白，陳文梅是聽了他的勸告向同學父母做出了一個不實的交代，他鬆了一口氣，想這事就這麼過去了。

然而，整整一年以後，又是一個炎熱的夏天，顧天衛在一次退贓大會上再次與陳文梅邂逅。

陳文梅那次是來刑警大隊替母親領取民警追回的被盜自行車，而負責登記的正是顧天衛。兩個人時隔一年再見，心境各有不同，竟還有點驚喜，顧天衛說話也沒有以前的拘謹和顧慮了。

「你好？」

「你好！」

兩個人互相打了招呼。

也許是出於無聊，陳文梅突然漫不經心地問了顧天衛一句：「你找了嗎？」

顧天衛一驚，笑著說：「沒有，你呢？」

陳文梅也笑：「還是老樣子。」

兩個人彼此盯著對方繼續笑，辦完了全部手續還互相說了再見。晚上，顧天衛躺在宿舍的床上，輾轉反側了半夜。關於自己的婚事，遠在鄉下的父母已經催促過多次，身邊的朋友同事也問過無數次，可不知為什麼顧天衛似乎沒有什麼女人緣，很少有機會與女性打交道，更別說遇到很有感覺的。

這一晚，他又想起了陳文梅。他想起了陳文梅的直率和熱情，他想起了陳文梅一年前給他打過的電話，他甚至想起了白天裡陳文梅緊挨著他說話時她身上散發出的熱烘烘的女性味道。那是一種成熟的雌性麋鹿身上散發出的氣息，那是一種飽滿沉實的水蜜桃一樣的氣息。那種氣息，讓顧天衛的思想漸漸模糊，身體漸漸膨脹，讓他對陳文梅無來由地充滿了親切感，讓他忽然覺得了陳文梅的可愛，讓他禁不住開始重新檢討自己關於婚姻的那些設想。

後來顧天衛才知道，那一夜陳文梅也失眠了。她一直就沒有忘記過那個自視清高的顧天衛。之所以沒有忘記，大多數原因正在於他拒絕過她。當然，這期間她也一直在馬不停蹄地去各處相親。可是，她再也沒有遇到過像顧天衛那樣動心的人。

這些都是陳文梅後來親口說給顧天衛聽的，而顧天衛也是從第二天一早再次接到陳文梅的問候電話後，決定開始了和陳文梅的約會。

那時候顧天衛的工作特別忙，他們約會的時間很少，地點也基本上固定在陳文梅醫院樓下的一處小公園裡。

他們交往了很久才開始拉手，後來偶爾人少的時候會擁抱，趕上陳文梅下夜班顧天衛又正好有時間來接，他們就在大松樹底下接吻。

很多時候，陳文梅還是占據著主動。無論是說話，還是親熱。她的話題永遠都繞不開醫院和家庭，或者逛街和美食，但是每一次都能滔滔不絕地一直講下去。她的親熱也總是激情澎湃，從第一次用舌頭撬開顧天衛的牙關，到後來直接把顧天衛領回無人的家中偷嚐禁果，她總是比顧天衛拿得起、放得下、想得開。

經過一段時間的相處，特別是兩人的關係有了實質性進展後，顧天衛漸漸地適應了由陌生到熟悉，由被動到主動，由拘謹到熱情。太多時候，疲憊交加的他更貪戀陳文梅的親切和熱情，更願意走進她那個其樂融融的大家庭，他覺得和陳文梅在一起，自己儼然變成了小兒科裡前來就診的孩子，身上所有的孤單和疲憊，需要的正是陳文梅大手大腳的親熱和撫慰。

意外出現在他們訂婚之後，有一次顧天衛從外地出差回來，快進縣城時天黑了，他和幾個同事下車到路邊小便。這時，他忽然發現從路邊停著的一輛大貨車上，爬下來一個熟悉的身影。

顧天衛認出來那是陳文梅，而大貨車上的人始終沒下車。陳文梅緩緩地向車上揮手，仰望的臉上全是淚水。突然，大貨車鳴了一聲喇叭轟轟地開走了。

顧天衛從車牌上注意到，那輛車來自遙遠的異地。車開走以後，陳文梅並沒有立即離開，而是仍站在原地呆立了很久。直到顧天衛上車，她都沒走。

往單位走時，顧天衛心裡很矛盾。陳文梅肯定不是偶然出現在那裡的，和那個大貨司機也肯定不是第一次見面，她那天甚至還特意做了頭髮，穿了一件米色無袖的及膝連衣裙，光腳穿著一雙夜色中仍閃閃泛光的鉛色高跟涼鞋。陳文梅一定是精心打扮過的，她是特意來見那個男人的。她和他究竟是什麼關係呢？

顧天衛那晚憋著一肚子的疑問，沒有聯繫陳文梅。而陳文梅知道顧天衛回來了，卻也沒有聯繫顧天衛。

這件事讓顧天衛在心裡揣了很久，他很想儘快搞清事情的狀況，但又不敢面對有可能的事情真相。他強忍著沒問，也能感覺到那幾天陳文梅心裡有事。最終，直到兩個人互相背負著疑惑和猜測進行了一場極其壓抑反而酣暢淋漓的性愛生活以後，矛盾才開始爆發出來。

從陳文梅身上下來，當身體的焦渴退去，顧天衛筋疲力盡地躺在床上一言不發。他望著赤身裸體的陳文梅，忽然感覺她是那麼陌生，甚至從來都沒有真正熟悉過。他忽然意識到，近在咫尺的陳文梅身體上，那碩大紅潤的嘴唇，豐滿結實的乳房，緊密又充滿彈性的下身，甚至大號的腳底板和渾身洋溢著的雌性味道，可能都曾屬於過另一個男人，屬於過另一個自己連面都沒有見過、但是卻率先擁有過這一切的男人。這樣的想法讓顧天衛心裡充滿了沮喪和彷徨，陳文梅火燙的身體此刻也在他眼中慢慢地降溫、冷卻、褪色，甚至變得陌生、可疑和厭倦。

結婚後，陳文梅在一次和顧天衛的激烈爭吵中，還是主動說出了那段隱瞞許久的祕密。其實那一天，是她遠在異地的衛校同學、也就是以前的男朋友得知她訂婚後，利用外出運貨的機會（已經改行從事貨運生意），特意改道兒開車來看她的。男同學動情地說要帶她走，可是她沒有同意，一是她已經和顧天衛訂婚了，再者她的男同學也早已經結婚。至於兩個人在大貨車上待了多久、都做了什麼，陳文梅沒說，顧天衛也更不想再問。

當然，那都是結婚以後的事情了。可在當時陳文梅就察覺出了顧天衛的反常。因為做愛後他沒有抱她。她也出奇得沉默，什麼都沒有說，只是挪動著赤裸的身體靠過來，靠得近近的，將一頭黑髮深深埋在顧天衛的臂彎裡。

繼而，陳文梅放聲大哭。這讓顧天衛有些手足無措。他覺著自己總不能剛從陳文梅的身體裡鑽出來，剛剛還對陳文梅的肉體進行過猛烈地搓揉和撞擊，就立刻冷漠下來顯得無情無義。他做不到，他又情不自禁地抱緊了她。

但也正是從那一刻起，顧天衛開始對這段感情第一次產生了懷疑。他終於明白，他和陳文梅內心裡有著不可逾越的距離。而且，如果他主動提出來結束這段感情，對方也是能夠接受的。可顧天衛做不到，或者無論如何最終也沒有這樣做。他到這時才發現，他對感情的彷徨矛盾和優柔寡斷，是天性，是一種骨子裡與生俱來的必然。

結婚前，顧天衛回過幾趟老家。最後一次，他和父親去瓜地裡守夜，父親坐在草屋外的石堰上抽完最後一袋旱煙，忽然問他：「你，和小陳處得來嗎？」

顧天衛不看父親，望著滿天幕的星斗發了半天愣，然後才回答說：「還行吧。」

父親反問他：「什麼叫還行？不行，就不要勉強。」

說起來，父母都是見過陳文梅的。母親對陳文梅非常滿意，最大的原因除了覺得陳文梅人很熱情外，身體的高挑結實是她眼中最大的優點，母親認為陳文梅肯定有一副生兒育女的好身板兒。可顧天衛從來看不透父親的心理，就像那一刻他很驚訝於一輩子老實巴交的父親會說出那樣一句話來——

「不行，就不要勉強。」

父親已經年過六旬，那麼多年過來，顧天衛也覺得自己越來越不瞭解父親，或者也可以這樣說，他以前從未真正想去瞭解自己的父親。

顧天衛還記得上警校時，自己省吃儉用買過一臺隨身聽。有一次父親從鄉下來城市裡看他，發現這個隨身聽後眼神像個孩子似的發亮，用滿是老繭的雙手反覆摩挲了很久還沒有放下。

當時，顧天衛以為是父親心疼自己胡亂花錢，或者心疼自己省吃儉用。父親在學校公寓裡住了兩天，到第三天要走時顧天衛一路送到長途汽車站，離別時顧天衛叮囑父親回去多保重身體，父親笑笑，揮揮手說：「回去好好學習吧，你枕頭底下的那十七盒錄音帶我都聽完了，真好！有學問，生活多麼好……」

那天，汽車開出了很遠，顧天衛還一直站在原地回味著父親的那句話。父親在省城只待了兩天，除了吃飯，其餘的時間他竟然全部用來聽流行音樂。這是多麼的不可思議！可，這就是他的父親。一個他還遠遠沒有瞭解透徹的父親。

「不行，就不要勉強。」這是父親所說過的、在漫長的歲月後聽起來仍然振聾發聵的一句話。後來以及後來的後來的事實證明，父親的話是有道理的。最起碼，對顧天衛來說簡直像是量身定做的讖言……

後來，以及後來的後來，生活就像一潭深深的泥沼，讓顧天衛一次次感到山窮水盡。

第十二章　小樓東風

顧天衛抽完煙走進宿舍，見米臣正躺在床上翻看一本小說集。這本小說集顧天衛也看過，是局裡宣傳科一名愛好寫作的同事老紀寫的，題目叫《鄉村涼拌》。乍看書名像是介紹怎麼製作涼菜的食譜，其實裡面寫的卻是摻雜著青草和羊糞味兒的農村愛情。

「你不睏？」顧天衛問。

米臣說：「睏是睏，但一閉上眼腦子裡就開始亂，這幾天經歷的事兒實在太多太快了，我腦子直打結，睡不著。」

「睡不著，數綿羊。」

「數了，白搭。還不如看看小說呢。」

「你這孩子，有現成的戀愛不談，跑進愛情小說裡找浪漫？真要是打了光棍兒，我看你怎麼辦？」

米臣晃著手中的小說笑笑：「怎麼辦？那就『鄉村涼拌』！」

顧天衛劈手抓過米臣的書來說：「睡不著走吧，咱們去醫院。」

米臣問：「這麼早？不是跟老董定的下午三點嗎？」

顧天衛說：「我去還有點私事，辦完也就到點了，一起去吧。」

米臣爽快地披衣下床，感覺好像只有身體忙起來，腦子才不會繼續受累。

顧天衛在醫院病房樓前停好車子，視線無意中又落到了樓前那幾棵巨大的塔松上面。塔松下是鬆軟的草皮，草皮中間是幾條狹窄的石子小路，小路上有幾座陳舊的排椅。公園裡的一切，似乎還都是十幾年的老樣子，唯一改變的只是他的年齡和閱歷。

還有那個叫陳文梅的女人，她早已經離開了小兒科，離開了這家醫院，決絕地永遠地離開了這裡。

也正因如此，顧天衛每次來醫院，心情總會不由自主地變得沉重。

這一次也不例外。顧天衛來見的人不再是陳文梅，也不是深愛的蘇甜，而是蘇甜的妹妹蘇珊。不管如何，在顧天衛的回憶裡，除去跟蘇甜在醫院裡的第一次見面是驚喜的、輕鬆的之外，醫院似乎總是給人以哀痛的傷感。

蘇甜出事以後，整個家幾乎被突如其來的暴風雨擊垮。蘇珊和母親同時住進醫院。那段日子，兩個幾乎滴水不進的女人都是由顧天衛忙前忙後地照顧。他深深知道她們都是他最親的人，而那種時候她們最需要的就是他的支撐和照料。

所幸兩個人都無大礙，母親只是極度悲痛，在經過一段時間的過度和調養後，慢慢恢復了健康。而蘇珊的情形則不容樂觀，她平時身體看上去還不錯，可潛伏在她體內的多種症狀，似乎突然被姐姐離去的噩耗催醒了，嚴重的貧血症導致她渾身無力頭暈目鳴，而低血壓又使她常常筋疲力盡渾身酸痛。

平時那個倔強俏皮的蘇珊，似乎連意志也一下子被摧毀了。

半年前，顧天衛和自己從鄉下趕來的母親整整在醫院裡服侍了一個月，病懨懨的母女倆才最終康復出院。

而這一次，蘇珊患的是腸炎。上吐下瀉半個月，整個人瘦了一大圈，顧天衛忙裡偷閒過來幾次，其餘時間裡都是蘇珊的母親在陪床照看。

「隊長，怎麼不下車，家中有人住院？」米臣好奇地問。

顧天衛透過車窗盯著病房樓的某處回答：「我在看七樓的十一號病房，陽臺上今天沒掛衣服和被罩。」

「是不是出院了？我上去看看？」

「還是我去吧，你等著就行，在車上聽劉歡吧。」

說著，顧天衛打開車門走下去，關門前才跟米臣說：「住院的是蘇珊，就是蘇甜的妹妹，腸胃炎，我去看看……」

米臣邊擰開音響，邊半開玩笑：「那我真得避嫌了，聽說也是有名的美女！」

顧天衛沒有回答或根本沒聽進米臣的話去，仍然盯著七樓陽臺看，邊皺著滿臉的門頭溝點上一支煙，這才大步而去。

米臣乖乖閉眼聽歌，一首《從頭再來》還沒聽完，顧天衛已拉開車門回來了。

「睡著了？」顧天衛問。

米臣睜開眼，雙手捂在臉上乾洗了一番說：「沒，還在猜諸葛大俠留下的謎語呢。你這麼快？」

「出院了。」顧天衛沮喪地回答。

「悄悄出院，看來是怕打擾你工作。」

顧天衛點點頭，猶豫著抬起手腕看錶。

「小米，時間還早。要不，你和我走一趟？」

米臣興奮地說：「行啊，我還見過蘇珊呢。隊長，其實剛才我就想上去，現在我真的一閉上眼就開始猜謎，再這樣下去怕要變成腦殘了！」

顧天衛忽然鄭重地說：「也許我們是該換換腦筋了，否則很容易走火入魔。」

米臣問：「蘇珊住哪兒呢？聽說她大學畢業後沒留省城，回來直接進了保險公司，不到半年就幹到了副總？」

顧天衛說：「臭小子，消息還挺靈通的。」

米臣嘻嘻笑道：「隊長，咱刑警是幹啥吃的？再說我和蘇珊可都是九十年出生的！在咱這屁大點兒的地方，什麼趣聞異事和帥哥靚女，可都在我這兒裝著呢！」說完，用手指指自己腦袋。

「怪不得你腦子亂，睡不著，原來裡面垃圾訊息太多，空間太小急需格式化！」

倆人說著話，劉歡那支《從頭再來》唱到第三遍，車子在一座大型超市前停下。

「我去超市買點東西，很快就回來。她家就在附近。」顧天衛說著下車，直奔超市。米臣也下了車，環顧四周。

這地方位於原來的舊城中心，他從小就在縣城長大，自以為對大部分去處都瞭如指掌，在這裡卻怎麼也沒發現還有住家。

顧天衛提著東西回來，前面帶路只走了幾步，米臣就恍然大悟，這裡竟是自己記憶中的一處盲點——大型超市座落於縣城一條東西大路以南，它東面是一座不大的小學，西面是偌大的啤酒廠廠區，而沿著一條介於超市和小學之間的一條狹窄土路往南步行進去，裡面居然是被沿街樓牢牢擋住了的幾排平房。

平房的最南端，是一座舊式的三層小樓。

顧天衛帶米臣一直走到最南端，指著小樓東單元的三樓東戶後窗說：「看，那，就是……蘇甜家。蘇甜他爸還在的時候，保險公司分的家屬樓。」

米臣這才知道，原來蘇珊大學畢業後哪兒都不去，去跑保險，這裡面竟有父親的原因。他抬眼望去，眼前的小樓灰撲撲的，牆壁已經斑駁裂縫，避雷針被攔腰折斷蜷曲起來且生滿了紅鏽，但從一樓東戶小院兒裡長出的一棵巨大的爬牆虎，一路沿樓壁向上頑強伸展，幾乎覆蓋住了整面牆壁。眼下，爬牆虎呈現出灰褐色的乾枯的荷傘狀，想必在仲夏時定會開散出偌大一片綠色，給附近帶來濃重的清涼。

那扇後窗的窗縫間沒貼取暖的封條，米臣估計屋子裡的溫度不會很高。

「隊長，不打個電話問問？」

顧天衛說：「走吧，這麼冷的天，她們能去哪兒？」

果然，顧天衛只敲了幾下門，屋內便有了穿拖鞋走動的聲音。

「誰呀？」一個清脆的女聲問道。

「是我。」顧天衛清清嗓子。

門打開來，一個清瘦的身影倚著敞開的木門向外看。

顧天衛點點頭提著東西走進去，米臣乍一望見女孩兒的眼神，不覺猛然一陣心跳，心想這一定就是蘇珊了。

蘇珊先是站著沒動，一路望著顧天衛走進客廳。然後又扭回頭來一直望著米臣。米臣只好尷尬地點點頭，跟著顧天衛邁步進屋。

蘇珊等兩人都坐下了，這才關了房門，轉身去廚房裡沏茶。

大概因為陌生，米臣心情忐忑，坐在客廳的沙發上眼睛四下裡環顧不停。

這是一套大概六十平米的兩室一廳。房間雖小，但布置精當，非常整潔，而且暖氣很足，溫度很高。

屋子裡色彩濃厚，很容易讓人感覺到這是一套以女性角色為主的房子，處處充滿了浪漫和溫馨。

「喝茶。」蘇珊輕聲走過來給他們倒茶，說話聲音仍是軟軟的，細細的。

顧天衛問：「媽呢？」

蘇珊回答：「我睡著了，她出去走走，剛才還以為是她。」

顧天衛又問：「怎麼這麼快就出來了，不是說好我去接你們嗎？」

茶壺很小，只倒了兩杯，蘇珊便又折回廚房去添水。再往客廳裡走時說：「職業病！說得跟我進了監獄似的，你那麼忙……」

米臣連連低頭喝茶，既搭不上話，又不敢抬眼近距離盯看蘇珊。

顧天衛沒喝茶，習慣性地抽出一支煙來準備點，忽又意識到該爭取蘇珊的意見，於是朝她晃晃問：「這個，可以嗎？」

蘇珊面無表情地說：「不行。」

顧天衛無奈，但還是摁著打火機把煙點上了。

「媽讓我抽。」他說。

蘇珊突然狠狠問道：「是我姐讓你在家抽，對嗎？」

顧天衛吃驚地說：「珊珊……別這樣，就一支。」

蘇珊再說話，長長的睫毛裡已經夾帶了淚珠：「姐夫，你抽吧……只要你高興……」

顧天衛乾脆摁滅了手裡的半截煙頭，轉頭對米臣自我解嘲似地說：「這年頭，在哪兒抽煙都受排擠，處境還不如上警校時躲進廁所裡裡過癮。」

米臣仍低著頭，偷笑表示贊同。

顧天衛這時也才反應過來，還一直沒給米臣和蘇珊介紹。

「珊珊，這是我們中隊上的小米。你們都一樣，『九十』後。」

蘇珊仍然盯著顧天衛，直到睫毛上的淚珠顫顫地掉落在地上，才瞬間擠出一副微笑轉向米臣。

「你好。」語氣幾乎輕不可聞。

米臣忙抬起頭來，主動伸出手去，說：「你好，我叫米臣……」說完，才恍然發現，自己似乎不該先伸出手來。

索性蘇珊很大方，沒讓米臣難堪，輕輕遞過手來握在一起。米臣感到手心裡像握住了一團橡皮泥，柔若無骨，輕軟微涼。

而且，他再一次為蘇珊的眼神心跳加速。

這是一雙碩大又飽滿的眸子，裡面暗含秋水，微波蕩漾，似喜非喜，又彷彿蘊藉著深深的幽怨和憐楚。最令人驚心動魄的地方，還在於它們常常迎著你的目光勇敢而又坦誠地對望，直將你任何一件心事望穿刺透，並且窮追不捨似乎要將你隱藏最深的魂靈也望得波跌瀾宕丟盔棄甲甘敗投降。

米臣鼓足勇氣回視著那道目光，可最終還是失敗了。面對那樣兩束似要洞穿一切的利劍，他既驚訝又羞澀，既激動又慌亂。更重要的是，他在那種直白得發燙，又斑斕得清涼的深潭一樣的目光裡，竟然很難找尋到焦點。

米臣渾身像中電一樣酥麻興奮，心底裡翻江倒海百感交集。他百分之二百承認，這是迄今為止在他年少輕狂的內心裡，產生的最激烈澎湃和匪夷所思的情感撞擊！

他真的想不到蘇甜很漂亮，但蘇甜的妹妹蘇珊更動人。在他看來，蘇甜的漂亮是近乎透明的潔淨，而蘇珊的動人卻是近乎憂鬱的深沉。

蘇珊再次返回廚房添水，留下驚魂未定的米臣坐在沙發上，手裡端著的鐵觀音已經涼了。

米臣意識到自己失態，放下茶杯發現顧天衛不知何時已走進了東側的臥室。他也不禁站起來，深吸一口氣，開始在客廳牆壁上懸掛的畫框前駐足流連。

畫框裡，鑲嵌的都是舊照片。

那是蘇珊一家人各個時期的黑白合影，也有蘇甜和蘇珊姐妹倆的快樂童年。從照片上看，姐妹倆小時候個頭差別很大，長大後個頭的差距消失了，卻依然各有各的特點和美。

毫無疑問，她們都很像那個早逝的父親。

顧天衛站在臥室的窗前向外望去，映入眼簾的情景他曾再熟悉不過。

窗外東邊不遠處，就是小學操場。此時，還不到上課時間，操場上空蕩蕩的。而在顧天衛的記憶裡，這裡常常是一片歡聲鼎沸的熱鬧景象。成群結隊的孩子們在操場上奔跑、跳躍、追逐、呼叫，操場東南角及西北角處各有兩個播音喇叭，裡面時時傳來歡快的音樂……

「我們將來，也多生幾個寶寶好不好？」蘇甜站在顧天衛身前，任由顧天衛從背後用力抱緊，喃喃地說道。

「執法必嚴，違法必究。」顧天衛伏在蘇甜耳邊回答。「違反計劃生育，那可也是國法。」

蘇甜跺一下腳：「什麼跟什麼啊，不懂浪漫！哎，你喜歡男孩兒還是女孩兒？」

顧天衛說：「只要是咱們倆的，我都喜歡。」

「不許貧嘴，說實話。」

「我說的是實話。以前，我很喜歡女孩兒……」

「你，告訴我，還常常想起女兒吧？」

「想。很想很想。」顧天衛把蘇甜抱得更緊，兩個人臉貼著臉說話。

「對不起，我知道她是你心中永遠的痛。我也不想再生個女兒引起你的回憶惹你難過，我們還是生個男孩兒吧，讓他像你一樣勇敢健壯。」

「好。想他將來也當警察嗎？」

「當然！讓他將來也能給她的妻子帶來安全感。」

「我有安全感？」

「有，從第一天見你開始就有……」

「真的？」

蘇甜不答，緩緩轉過身來，仰起臉盤，兩隻碩大的眼睛漸漸瞇成了一條直線。顧天衛低下頭去，將蘇甜越箍越緊，同時輕輕銜住了那雙薄薄的唇。

蘇甜的吻就像她的名字一樣，每每讓顧天衛樂不思蜀欲罷不能。經歷了顧天衛最初的引導和入侵，隨著越來越深入的開掘和探索，尤其是蘇甜的舌頭，像極了一條從冬眠中醒來的小蛇，或從爐子底部猛鑽出來的焰火，讓顧天衛越來越驚喜、著迷和沉溺。

當然，顧天衛迷戀的不只是蘇甜的吻，還有蘇甜的眼睛、睫毛、頭髮、鼻子、下巴、脖子、手臂、乳房、小腹、肚臍、腰肢、臀部、雙腿、腳趾，蘇甜的每一寸肌膚，蘇甜的每一根骨頭。蘇甜身體裡的每個細胞，他都魂不守舍視若珍寶。

顧天衛永遠也想不到生命中會出現一個蘇甜這樣的女孩兒，她對他簡直就是上帝在天上雲遊時遺落到人間砸中他腦殼的厚禮。她在他的生命體驗中絕無僅有。在顧天衛心中，蘇甜和陳文梅屬於完全不同的兩個世界。陳文梅天生自來熟、話癆，像隻熱情的八哥，而蘇甜羞澀內斂、落落自然，工作之餘更像頭沉默的小兔。陳文梅高挑豐滿、熱情過度，甚至在性生活上無遮無攔、貪得無厭，而蘇甜溫柔嫻靜、俏皮嫵媚，在肉體的纏綿中更多的是日積月累和精彩嬗變。

顧天衛從沒想到，一個矮他半頭的纖瘦的女孩兒，竟能帶給他層出不窮的驚豔和無與倫比的和諧。他是從愛上蘇甜才開始真正徹悟了異性身體的奧妙、愛情難以言說的微妙和生命無與倫比的美好。蘇甜是他完完全全的蘇甜。蘇甜是他一個人的蘇甜。蘇甜竟是為他獨自等待了那麼多年。而正是他顧天衛，讓蘇甜從一個含苞待放的少女，變成了一個花開絢麗的女人。

顧天衛把蘇甜抱起來，輕輕放在窗臺上。蘇甜發出一聲低低的驚叫，兩手緊緊環抱住他的脖子。

「我怕高！」

「我很高嗎？」

「討厭！……」

顧天衛任由蘇甜抱著，長長的頭髮埋在胸膛前。而他將目光再次望向窗外。

窗外，操場上的孩子們在盡情歡騰。他們自由自在的喊叫聲、笑鬧聲，讓人格外感到安靜和幸福。

操場中間矗立著高高的旗杆，五星紅旗在上面迎風招展。操場角落裡靜靜佇立著三棵大白楊樹，此刻頭頂上那些濃密的樹葉正在雪白的陽光裡細碎地翻轉。

屋子裡，兩個人靜默不語。

良久，蘇甜才惺忪開口：「姓顧的……」

「嗯？」

「你身上有股味兒。」

「汗臭味？有幾天沒洗澡了。」

「不，是男人味兒。」

「男人什麼味兒？」

「是我最喜歡的男人的味兒，我好想鑽進你身體裡去！」

「鑽吧。」

「怎麼鑽？只可惜，鑽不進去。」

「你要是不鑽，我可要鑽進你身體裡去了……」

「呀，姓顧的，又來了！討厭，你，啊……」

兩個人摟抱著瘋狂地接吻，扭作一團。最後，顧天衛再把蘇甜橫抱起來，在臥室裡快速地旋轉著，直到蘇甜大聲求饒，他才把她作勢重重地、其實末了卻是輕輕地放倒在床上。

蘇甜用水汪汪的眼神盯著顧天衛，顧天衛盡情地回視著她，感覺彼此的眼神正在互相觸摸、擁抱、纏繞、碰撞、燃燒。蘇甜情不自禁地伸出手來，顧天衛脫掉藍色的制服襯衣俯身上去。

「你愛我嗎？」蘇甜閉上眼睛，喃喃問道。

「愛。」顧天衛簡短有力地回答。

「我能讓你開心嗎？」

「只有你，才行！」

「喜歡我的臥室嗎？」

「這裡就是我的家。」

「姓顧的，快點……」

「不行，不安全！」

「不要，快……」

「我沒帶。」

「不要戴了……啊……」

……

「在看什麼？」

顧天衛猛地轉過身，見蘇珊正站在身後，眼睛竟在霎那間潮濕了。不知是沉溺於記憶，還是因為幻聽，剛才這句問話就像出自蘇甜口中。

在這一刻，顧天衛甚至不敢對視蘇珊的眼神，他知道蘇珊和蘇甜的眼神太相像了。如果非要找出一些分別來，那就是蘇珊的眼神裡另有一種隱隱的倔強和堅毅，他不得不承認這要比蘇甜那對大眼睛裡的內容更豐富也更容易令人沉溺。

可顧天衛明白，蘇珊不是蘇甜，蘇珊永遠不可能是蘇甜。他為此刻和蘇珊的獨處，格外感到一種抵觸和怯懦。

「這裡一點都沒變。」顧天衛改用目光輕撫著臥室裡的單人床和寫字臺說。

「變了。」蘇珊在床頭一角坐下來，「這裡，以前是我姐的臥室。現在，是我睡在她的床上……」

顧天衛嗓子哽住，不知該說什麼，更不敢盯看蘇珊瑩瑩的眸子。

蘇珊突然撲倒在被子上，哭出聲來：「你走吧！你一來就讓我想起我姐……」

顧天衛也眼圈泛紅，手足無措地勸慰：「珊珊，別哭……你剛出院，身體還那麼虛弱。」

蘇珊不去理會，依舊哭得令人心碎。

顧天衛只好說：「對不起，也許我不該來，你好好的，我們走了……」

蘇珊哭聲立時弱了下去，背部因為喘息猶在劇烈地起伏。

顧天衛走出臥室，迎著米臣好奇的目光，向他招招手示意離開。米臣打開門等顧天衛走出去，自己隨後跨出門檻正要回身帶門，卻見蘇珊紅著眼睛從臥室裡跑出來。

米臣忽然感覺心頭一陣疼痛，轉頭去看顧天衛，顧天衛已經徑直下了樓去。再回頭卻與蘇珊含憂帶怨的目光相遇，米臣的心頓時酸痛到極處，滿臉擔心地望著蘇珊，好不容易才張開嘴巴擠出一句話來：「保重身體，我們先走了……」話未說完，只聽蘇珊砰地一聲將門關死了。

出了樓洞，米臣見顧天衛正蹲在一片冰凍的黃土堆上抽煙。

米臣走近了才發現，這地方是個風口。

米臣索性也站在那裡，讓獵獵的冷風對著自己猛吹，似乎只有這樣，他才能稍稍平靜一下自己。

第十三章　圍捕白毛

顧天衛和米臣準時三點趕到醫院，董全卓已經在門口等候多時。

一上車，顧天衛就問：「董老那麼棒的身體，怎麼還糖高？這可是富貴病啊。」

董全卓叉開五指梳理著頭上的白髮，說：「老了，就像你開的這輛SONATA警車一樣，該大修了。從這點兒看人就比不上車，實在不行還能回原廠家回回爐換換零部件，可咱娘沒那功能啊！再說，我這病還有點遺傳史。」

米臣笑說：「原來老爺子身上的零件，剛出廠時就有隱患。」

「咱們去哪兒？」顧天衛問董全卓。

董全卓說：「方向盤在你手上，你說了算。」

顧天衛說：「這樣吧，我們一起到技術中隊，他們那裡所有現場資料都有備份，我們再去看看『六・二六』案發當時的一些詳細情況？」

董全卓說：「英雄所見略同。不瞞你們說，今天清早起來，我打拳之前把諸葛超一案的所有詢問筆錄都看完了，感覺筆錄之外的瑕疵還真多，要不是因為民憤大，我都不知道這案子是怎麼訴出去的。話說回來，這案子當時我們仨誰都沒插手，只是有個大概瞭解，具體細節誰也不清楚，所以現在要想發現新線索只能再去當時的『現場』看看了。」

說完，董全卓突然問米臣：「小米，你又想到新的嫌疑動物了嗎？」

米臣訕訕地道：「沒有。我現在腦子裡全部都是人。」

米臣說的倒是事實。從蘇珊家出來，他滿腦子始終縈繞著那個消瘦的身影，揮之不去的都是那種讓他驚鴻一睹的眼神。

第一次面對蘇珊，米臣彷彿感覺自己格外渺小。

第一次對視蘇珊，米臣察覺自己彷彿格外膽怯。

如今第一次回想起蘇珊，米臣發現自己內心裡充滿了萬丈柔情。

董全卓當然不知道這些，繼續開玩笑說：「不要輕易改變愛好嘛，要爭取一條路走到黑、撞南牆，說不定就能把牆撞開一個窟窿，殺出一條血路來。」

米臣服軟，一語雙關：「老爺子你就饒了我吧，我現在真的開始喜歡人了。」

董全卓說：「我剛才打針時倒是在想，諸葛超那小子畫的畫上，他舉起來的到底是個什麼玩意兒，會不會是條蛇呢？」

此話一出，顧天衛和米臣有些驚愣。

的確是像，蛇這種動物，他們竟然從沒想到過。

米臣驚喜地說：「厲害啊，老爺子！像，太像了！咱們縣裡不是有過毒蛇咬人致死的先例嗎？」

顧天衛卻質疑道：「沒聽說屍檢時還有另外的致命傷，而且就算是毒蛇，那麼技術中隊當初也應該進行過毒化檢測……」

董全卓說：「所以，我們現在必須要去技術中隊重新查看一下當時的現場勘查資料和屍體檢驗資料。」

米臣向董全卓伸出了大拇指：「老爺子，你皮膚黑，如果額頭上再貼個肉芽兒，怎麼看怎麼都像老謀深算的包青天！」

董全卓嘆口氣：「老了，人一老百了。我倒是想你快點成為包拯，少年包拯也行，我們倆給你打下手！」

米臣借茬發揮：「張龍、趙虎？」

顧天衛打斷說：「一張口又冒出兩種動物來，還說改興趣了？」

董老忽然嚴肅起來說：「要真能是龍啊虎啊中任何一種動物幹的，天衛你當證人，讓米臣脫下褲子來我親他的屁股蛋兒！」

顧天衛問米臣：「你小子好意思當眾裸體？」

米臣一拍胸脯，滿不在乎：「這有啥？真那樣，我可英雄了，圍觀者多多益善！」

技術中隊跟刑警大隊同樓辦公，整整占了一層，目前有一半空間正在裝修，籌建全省領先的DNA檢驗室。所以辦公用房臨時拼湊在一起，比較緊張。

三個人上樓時正巧碰到往樓下走的賈汝強，賈汝強滿臉興奮特意將顧天衛叫到一邊說：「隊長，我們有重大發現，經過反覆倒查監控錄影，終於有一組錄下了飛車搶奪案其中兩名犯罪嫌疑人的鏡頭，而且經過刻畫其行踪線路，我們終於在縣城魚龍混雜的小商品城發現了兩個人的行跡。這兩人騎一輛紅色無牌照彎把摩托車，摩托車後座上纏著一大圈拇指粗的綠色纜繩，而且其中一個嫌疑人摘下過頭盔，他有一個很明顯的個人特徵被我們發現了！」

「什麼特徵？」顧天衛問。

賈汝強說：「那人額頭正上方有一簇白髮，不像是故意染的，就是單獨一撮白毛，活像隻『白頭翁』。雖然監控裡的鏡頭隔得比較遠，但是經過放大處理基本能確定這個特徵！」

「又是一隻鳥？」顧天衛脫口而出，繼續問道，「還有嗎？他們作案大都戴著頭盔，光有這個特徵還不夠。」

「那只『白頭翁』腳上穿的鞋，看標志很像以前我們常穿的那種『回力』牌球鞋，這種鞋可很些年頭了。」

「嗯，有這些特徵，你們守候時就更有的放矢了。去吧，你們這組誰帶隊？」

賈汝強邊走邊回過頭來說：「是二中隊的中隊長，熊志偉。」

技術隊因為臨時聯合辦公，各種資料堆積成山。幸虧案子就發生在半年前，電腦中的部分資料還沒有整理刻盤入庫。

三人在技術民警的配合下，湊頭趴在存檔電腦前，經過十幾分鐘搜索，「六・二六」案的所有資料便都逐一顯現眼前。

儘管有充足的思想準備，可顧天衛的目光一接觸到那些現場照片，心裡還是立即湧上一股針扎般的刺痛。他直起身子，掏出煙來正準備點，董全卓卻拍拍他的肩膀，示意他先去一邊休息，讓他和米臣先看。

顧天衛感激地點點頭，在兩名技術中隊民警帶著些疑問的目光裡自顧走到窗前，將自己深深沉浸在煙霧中。

不知過了多久，眼前的煙灰缸裡已經塞滿了煙頭，顧天衛轉過頭來，看見董全卓和米臣仍然死死地盯著電腦螢幕，董全卓為此還戴上了花鏡，不時與米臣指指點點地說著什麼。

顧天衛正要走過去加入其中，手機忽然響起來。

「看見你的車了，過來一趟。」電話竟是高山河打來的。

顧天衛匆忙下樓，來到高山河辦公室。

高山河一見顧天衛進來立刻從電腦前站起來，兩人的手緊緊握在一起。

「高大隊，東北冷嗎？」顧天衛關心地問。

「不冷能叫東北？上廁所尿出來的都是冰柱子！」高山河誇張地說，「其實天寒地凍都不要緊，關鍵是人心裡頭暖和！這次去當地公安機關配合得不錯，但最大的遺憾是兀龍沒出現，不過倒抓了幾個他舊日的馬仔回來。」

顧天衛好奇地問：「兀龍這兩年還真的跑東北去了？」

高山河說：「這小子現在太鬼了，反偵察能力不是一般地強，東北他的確去待過一陣兒，而且最近還電話聯繫過，我原本判斷他在乾莊逃掉後應該立即跑過去，不過現在看來可能性很小了。那邊他黑了不少人的錢，也有不少事兒，應該不敢回去。」

顧天衛說：「我倒覺得，他可能還沒走遠。這麼冷的天，到處都是通緝令，他能往哪跑……」

高山河說：「你這麼想，他也一定能想到，所以我才決定立即往東北趕。現在看來，他的確應該沒跑遠。我估計不是在市裡，就仍然藏在縣裡頭。」

顧天衛問：「你抓回的人沒交代出啥來？」

高山河說：「這就是我這趟的收穫了。抓到的幾個人都跟兀龍混過，在咱們市裡的夜總會裡看過場子，身上都有幾起故意傷害案和尋釁滋事案，再就是吸毒，只有一個承認來過咱們縣，搶過幾個人，還都是一年前的事情了。」

接著，高山河話題一轉：「聽說你手上案子的進展不小？把樹根都挖出來了？」

顧天衛說：「正要向你彙報呢，給楊易金辦理取保候審的難度很大，因為從目前掌握的線索來看，他涉嫌搶劫證據確鑿。再就是你說的樹根在哪兒現在還不知道，但我卻感覺好像是捅了簍子。高大隊，徐局長跟你談過了？」

高山河沉吟道：「天衛，你要記住，我們刑警的天職就是破案！只有破案才是真理，而真理是毋庸置疑的。我雖然不在家，但情況周局長和徐局長都找我談過了，我可以明白無誤地告訴你，我的壓力比你還大。我們常說一句話：紙是包不住火的。無論如何，咱們都要儘快破案！」

顧天衛點點頭，滿臉憔悴。

高山河問：「現在進展怎麼樣？」

顧天衛又搖搖頭，正準備開口向高山河詳細彙報，卻被高山河阻止了。

「不要發愁！這案子，我瞭解一部分。既然徐局長和周局長已經親自部署交給你們了，你們就抓緊時間好好辦。我等著給你們擺慶功酒。」接著，高山河轉了話題，「這次去東北，我也帶走了你們一中隊的幾個同志，他們表現都不錯，回來你要注意鼓勵，過段時間我們還要專門開會嘉獎。最近，中隊上案子多嗎？」

顧天衛說：「大案沒有，倒是街面搶奪又開始頻發，前幾天有個婦女被從電動車上拽下來，摔成了重傷。」

高山河立即說：「什麼叫大案沒有？天衛，這就是標準的大案啊！這我也聽說了，老百姓反映強烈，縣領導也很關注，正壓著我們破案呢。咱們警力不足，彼此都是分工不分家，這幾天你也盯緊點，開車時把車上的電臺打開，隨時提高警惕，儘早除掉這幫王八蛋。」

顧天衛點頭說：「是，王文慶教導員已經安排兄弟們守候好幾天了，目前掌握了一些線索，破案應該是遲早的事！」

高山河又說：「剛才我從徐局長那裡回來，王教導員這邊的會正開了一半，針對這系列案件，我也臨時強調了幾點，要求同志們這幾天全力以赴靠上，這些案子不僅要破，還要爭取是我們刑警打頭陣破！對了，你來大隊上幹嗎？」

顧天衛說：「和老董還有小米，在技術中隊查看『六・二六』的現場資料。」

高山河說：「那你去吧，幹我們這種活兒，時刻就跟屁股後頭有狼追著似的連軸轉，要注意身體！」

顧天衛答應著站起來要走，高山河忽又想起什麼似的問了一句：「對了，你最近聽說過有個叫『白毛』的傢伙嗎？」

顧天衛驚訝地轉過身來，把賈汝強剛才跟他彙報的情況又說了一遍。

高山河聽完，猛地一拍桌子說：「真是踏破鐵鞋無覓處，得來全不費工夫！這個白毛，我們一定不能讓他跑掉！說不定，這次連兀龍也一鍋端了！」

原來，高山河此次帶隊去東北，迅速找到當地警方配合，根據掌握線索直撲兀龍可能藏身之處，不料兀龍沒來，卻抓了幾個躲在地下室裡偷食白粉的男女。經過就地審訊得知，其中三個人以前當過兀龍開夜總會時的馬仔。現在他們回東北老家投靠了當地的另一個黑老大，基本上已和兀龍斷了來往。用他們的話說：「龍哥仗義是仗義，但是太陰，在他身邊永遠沒有安全感！」他們中有個叫綽號叫「黑毛」的交代，他有個弟弟還跟著兀龍混，從小腦門處就無端長出一撮白頭髮來，怎麼治都治不好，所以人稱「白毛」。黑毛好幾次想勸白毛回東北，可白毛不聽勸。

高山河的意思很明顯，找到白毛，離抓住兀龍就不遠了。

顧天衛回到技術中隊，見董全卓和米臣都背靠著沙發閉目養神，想來資料都吃進了他們腦子裡正在反芻。

顧天衛也想去看看現場檔案和檢驗資料，此時電腦前卻正坐著技術隊的民警在上傳最近出現場拍攝的數位照片。

董全卓睜眼見顧天衛回來，立即招呼米臣和顧天衛下樓。

「天衛，走吧，路上說。」

三個人下樓，米臣開車一起往中隊走，顧天衛途中問：「怎麼樣？有收穫嗎？」

「我沒看出有什麼其它的道道兒，小米呢？」董全卓說。

米臣也悶悶地道：「我也沒啥新發現，倒可以很肯定地說，作案者一定是禽獸不如的人，絕不是動物！」

董全卓補充道：「屍檢很明確，沒有任何中毒跡象和其它傷口。體表的傷痕或淤血處都在最敏感的地方——乳房、陰部和大腿上，這應該都是諸葛超作案時造成的。」

米臣憤憤地說：「真他娘的沒人性，看著挺斯文的一個人，作案時還不如一頭畜生！」

顧天衛突然說：「你們聽說過伍子胥鞭屍嗎？以前覺得好笑，輪到自己頭上了才覺得那還遠遠不夠！我現在真想把諸葛超的屍體從地底下挖出來，用刀子把他碎屍萬段，然後扔給山裡的野狼！」

米臣說：「這種人渣的肉，恐怕野狼也不吃，嫌臭！」

顧天衛問：「那就是說，我們還得回去繼續抱著他的臭腳猜他的謎題？」

董全卓沉吟道：「剛才我為什麼叫你們趕緊走？天衛，實話跟你說，再不走我老頭子的邪脾氣又要上來了！我一看當時的現場勘查人員名單才發現，那都是些剛畢業的小毛孩子——小米，我不是對你們所有年輕人都有意見——這麼大的案子讓他們幹簡直是胡扯蛋！嚴重缺乏經驗啊，看看就知道，他們在現場提取的痕跡物證過於簡單隨意！不想看的、明擺著的、沒價值的東西一大堆，你想看的、背地裡的、有可能對質疑案件起到關鍵作用的東西統統不全或沒有！儘管當時下了雨，可能損失了部分痕跡物證，也更增加了現場勘查的難度，但是既然案子另有真凶，難道他真能像鳥一樣會飛？」

顧天衛側臉望著窗外：「我們還是犯了同一個錯誤。當時，所有人都為案子感到震驚，所有人又都被諸葛超的自首蒙蔽了。也包括我在內，腦子裡全是怒火和仇恨。那時候，所有人關心的都是凶手已經落網，至於剩下的事情好像就不那麼重要了，就是儘快弄完資料送他歸西……」

話題越說越沉重，三個人不禁都陷入了沉默。

突然，米臣指著警車前方某處驚叫起來：「快看！那不是賀斌、賈汝強他們嗎？」

顧天衛和董全卓順手向外看去，發現何斌和賈汝強穿著便服同乘一輛大踏板摩托車，從前方十字交叉路口嗖的一聲衝了過去。在他們身後，還跟著兩輛巡邏警車和更多的便衣摩托車。

顧天衛反應過來，朝米臣喊道：「快，打開無線電！」

米臣摘下車打了無線電遞給顧天衛，顧天衛剛一打開按鈕就聽見二中隊中隊長熊志偉的吼叫聲：「嫌疑人拐到花山路上了！快，摩托車給警車讓開，你們抄小道兒走！」

米臣興奮地回過頭來問：「怎麼辦？」

董全卓說：「上！」

顧天衛說：「追！」

倆人幾乎是同時吼出一個字來。

米臣迅速打開警燈警笛，猛打方向盤，同時將腳底的油門加到最大，SONATA右後輪再次發出一陣吃力地「嘎嘎」聲，像箭在弓上漸漸拉滿了弦，然後飛射出去。

偌大縣城，幾條主幹街道上立即充滿了警笛聲。

從電臺裡隨時收到的指令判斷，對方異常狡猾，對路況、地形甚至人流情況也相當熟悉。而且他們還是一群亡命徒，騎的又是輕便工具，所以十幾分鐘後，警方越來越被動。

這從熊志偉他們堵截的聲音裡就能判斷出來。

「警車卡住了，對方進了體育館西邊胡同！中華路摩托車組去南邊路口！去南邊路口！一定要截住！」

「收到，正往那邊趕！馬上就到！」

「他們從胡同中間向西拐了！沿河路上的摩托車組注意堵截！」

「報告熊隊，他們沒從這條路出來！沒發現有人！」

「又回來了，他們又原路返回了！所有人注意包抄！」

顧天衛和董全卓仔細收聽著無線電，而米臣舞弄著方向盤卻將速度逐漸降下來。他從小到大在縣城裡生活了二十年，幾乎熟悉這裡的每個地方，特別是每條路段。他發現光是這樣跟在屁股後面追不是辦法。

必須要智取！

米臣根據地形估計歹徒從那條胡同裡返回來以後的路線——如果他們能衝出來回到板橋路上，東面是一所中學，眼下正是下午放學的時候，他們根本就走不動，很容易被俘；而西邊是文化廣場，沿著板橋路可以直奔沿河路，從沿河路上過了橋也就進了地形錯綜複雜的城郊村。

如果這幫孫子在胡同口不被俘，就一定要向西跑！米臣絕心賭一把，將車抄近道直奔沿河路，等先一步趕到橋頭時，正見一輛紅色無牌摩托車載著兩個戴頭盔的人直衝而來，後面跟著一輛警車和兩輛摩托車。

就是他們！

兩名歹徒徑直闖過紅燈，就要向西徑直衝上橋去，米臣速度不減由南向北從斜刺裡插過去，只聽砰的一聲巨響，歹徒的摩托車撞在了警車右前輪上摔倒，兩個歹徒被直接甩進了河道。

民警漸漸聚攏，顧天衛和董全卓迅速打開車門往下衝，米臣在斜坡上拉起手刹車，也跟在後面衝出來。

兩名歹徒幸虧是掉在水裡，經過剛才的劇烈撞擊竟然毫髮無損。但河道是專門改造後蓄了水的觀景區，水深三米有餘，眼下天雖冷，但因為地下有泉眼沒有上凍。

只見兩名歹徒一個會游泳，摘掉頭盔迅速向對岸游去，而另一個顯然是個「旱鴨子」，從掉進水裡的那刻起，就一直不停在原處掙扎，起起伏伏上上下下，現在水面上只剩下了一半黑漆漆的頭盔。

熊志偉連忙指揮幾個民警去對岸捉那個會游泳的，自己正要脫衣服下水，只聽噗通一聲，顧天衛已經甩掉上衣和長褲躍進了水中。

顧天衛小時候的暑假，整天泡在水庫裡，似乎沒怎麼學過游泳，天生就識一副好水性。此時出乎他預料的是，寒冬臘月河道裡的水不但不刺骨，反而還帶著些微溫，這讓他游得更加通暢無阻，很快就接近了那個頭盔。

不會水的歹徒似乎暈過去了。顧天衛將其身子一提，用右胳膊肘使勁夾住其胸膛，左手划水往岸邊回游，岸上已經有人準備朝這邊扔繩子。眼看顧天衛再游幾步伸手就能勾住繩子。突然，他右臂一沉，感覺身體猛然被兩條腿死死夾住，懷裡那個歹徒醒過來了。顧天衛原本帶著兩個人的體重就很吃力，現在多了向後和向下的反作用力，也突然一下沉進水裡，喉嚨裡立即嗆進幾口冷水，手臂頓時一鬆，大腦一片眩暈，耳邊響起了嘩嘩的水浪聲。

顧天衛竭力踏水探出頭去，想換口氣再次實施營救，這時才驚訝地發現，歹徒不但會在水下踩水游泳，而且正手推腳踹堅決不讓自己露頭，非要置他於死地！

顧天衛隨即捉住其雙腳想把他也拽進水下來，卻又發現對方戴著的頭盔浮力巨大，根本就拽不進來！情急中，顧天衛在水裡迅速頭腳倒位，用腳猛踹歹徒襠部，只可惜水下力道兒太弱，只將歹徒踹開半米左右，顧天衛趁此機會迅速浮上水面大口喘氣。

顧天衛只呼吸了一口，忽然身前冒出一個黑漆漆硬梆梆的頭盔，衝著他腦門就是迎頭一擊！顧天衛眼前一黑，像只斷了線的木偶，再次沉入水中。

這一次，顧天衛沒有嗆水，隱約感覺在最無力的時候忽然被人提起來托住，迅速向岸邊移動。暈眩中，他睜開眼，看到身邊已經多了很多個身影——熊志偉和賈汝強兩個人擒住了歹徒，且掀掉了他的頭盔，儘管歹徒頭髮濕透了，但是顧天衛還是一眼就看到了他腦門正上方的那撮顯眼的白毛！

救助顧天衛上岸的是米臣，米臣之所以能那麼快游上岸來，一是因為顧天衛半暈半醒中知道主動配合，再者還有岸邊無數群眾在猛拉繩索協助。要不然，僅憑米臣在警校游泳池裡學到的那點花拳繡腿，他甚至都不敢保證自救。

與此同時，河道西邊的抓捕工作也已結束。那名歹徒眼見河道兩岸站滿了烏壓壓的警察，根本無處可逃，乾脆自己游到淺處賴著不動了。最後還是民警朝他喊話，並遞給他一根竹竿，他又實在凍得夠嗆，才不得已順竿爬了上來。

這是一場暗含凶險的營救加抓捕，不但附近群眾紛紛聚集過來觀看，媒體的鼻子也很靈光。轉眼間，電視臺的記者乘車趕到，一個小姑娘趁熊志偉和賈汝強還在穿衣服，已經和攝影跑到近前來開始現場採訪。可是任憑她怎麼問，倆人就是一言不發。實在問急了，熊志偉朝顧天衛指指，女記者恍然大悟地衝過去，顯然她跟顧天衛是老相識了。

「顧隊長，又是你們？太好了，能說說剛剛都發生了什麼事情嗎？」女記者問。

「是袁玲啊？」顧天衛正往腳上穿鞋，「我都快凍僵了，吶，你採訪他，米警官……」說完，朝米臣一指。

叫袁玲的女記者無奈，只好又走到米臣這邊。米臣想躲，卻見顧天衛、熊志偉和賈汝強紛紛穿好了衣服向警車跑去，熊志偉邊跑還邊回過頭來衝他喊：「小米，抓住機會！這可是政治任務，給咱們長長臉兒！」

米臣穿衣服最慢本來就落在後頭，這下在攝影機面前動作更不自然，不知不覺竟把襪子當成手套戴在了手上。

「河水涼嗎？」袁玲知道此時不能緊逼，要循序漸進。

「不涼，倒是上來涼……」米臣支吾著，往脖子上套保暖內衣。

「你們一共救了幾個人？」袁玲再問。

「一個，不，兩個，不，我們是在抓人。」

「抓人？他們是壞人嗎？」

米臣用手一指，說：「你看，他們不都戴著手銬嗎？趕緊去採訪他們，要不他們就被押走了。」

袁玲卻不上當：「他們還可以去看守所採訪，你嘛，這副樣子錯過了可就太可惜了。」

米臣迅速穿戴好了，撲簌著頭上的水珠，有些著急：「這段你們可別播啊，少兒不宜！」

袁玲笑了：「米警官，我們知道剪輯，放心好了。請問他們是怎麼掉進河裡的呢？」

「逃跑！撞在我們的警車上，是自己摔進去的！」

「逃跑？」

「嗯，他們倆人合騎一輛摩托車，見女人戴著金鏈子就下手搶！」

「哇，你是說，最近咱們縣城搶包搶首飾的案件，就是他們幹的？」

「就是他們，專搶婦女、老人，作惡多端！」

「那你們這麼大冷天還跳進河裡去救他們？」袁玲激將米臣。

米臣搓著手：「你這話問的，他們再惡也是人，是兩條人命。他們犯的罪法律會懲罰，但罪不至死，即使能判處死刑，槍斃前掉進水裡我們也不能見死不救。」

袁玲不依不饒：「可這麼做值得嗎？如果你們的人萬一出事呢？想沒想過這要冒很大的危險，甚至可能付出極大的代價？」

「這倒是，剛才我們隊長差點就被暗算了！可我也問你一句話，你看見有人落水，因為他們是歹徒就會眼睜睜看著他們淹死嗎？」

袁玲不知是計，天真地回答：「我不會游泳，當然也不會看他們淹死，我會報警！」

米臣強憋住笑，豎起大拇指來說：「高，您可真是高啊！報警多好！」

袁玲猛地反應過來，臉上羞紅一片：「哦，對不起，我忘了！我現在採訪的就是警察，報警還是得你們來救！」

米臣呵呵一笑說：「這就叫『騎驢找驢』！」

袁玲有點惱羞成怒，忘了身後還有攝影機：「你是說你是屬驢的？」

米臣徹底穿戴完畢，原地跺跺腳說：「行了姑奶奶，我是驢唇不對馬嘴行了吧？我得撤了！渾身掉小米啦！對了，這段你播的時候，可以有！」

第十四章　情竇初開

傍晚，顧天衛接到大隊辦公室的電話通知。

晚上大隊要舉辦一次小型聚餐，高山河要顧天衛帶著白天參加行動的民警一起去大隊食堂吃飯。

顧天衛讓米臣下了一圈兒通知，米臣回來時問：「怎麼沒見董老爺子？」

顧天衛說：「他請假了。下午咱們抓白毛那會兒，他往車下跑時可能太猛了，傷著腰了。當時他蹲在那裡沒人發現，事後是二中隊民警送他去的醫院，我到現在還沒來得及去看他呢。不過剛才我打過電話，他說沒啥大礙，但得養幾天。看來人老了，年輕時再英雄也無濟於事，要不都說咱幹刑警的還不如空姐脆弱，吃的是地道的青春飯。」

米臣聽了附和幾句，再開口卻是跟顧天衛請假。

顧天衛不允：「下午算是你救了我一命，抓捕時也是你開車撞的人，高大隊今晚很可能要重點表揚你，我也準備隆重推出你，你請什麼假？」

米臣推辭說：「隊長，你就饒了我吧！下午接受採訪時，我就虛得不行，胡說八道都不知道自己說的啥。我年輕，需要改進的地方還太多，現在巴不得你們多批評我，我最害怕的就是受表揚。再說，我確實有點事。」

顧天衛不解：「平時怎麼沒見你有事？還有什麼事比你和高大隊有機會坐在一起吃頓飯更重要？你小子還想進步嗎？」

米臣撓撓頭，語氣仍很堅決：「隊長，我真的有點私事要處理，你要真盼我進步，拜託多給我美言幾句！改天我發了工資，專門請你吃涮羊肉去！」

顧天衛無奈中點點頭，只得答應。經常加班，好不容易休息一回，誰又沒點私事處理？他再三叮囑米臣早點回隊上休息。米臣反問晚上喝完酒後，需不需要開車去接？顧天衛表示不用，今晚喝完酒他直接回家去睡，不回中隊。

米臣聽了，涎著臉討好顧天衛說：「隊長，那，我開輛便車用用？」

顧天衛很爽快地同意了：「用吧，我還是那句話，注意安全，早點回來休息！哎，對了，如果你順道又有空，先代我去看看老董，我實在抽不出身來，畢竟人家現在和咱們在一條繩上拴著。」

米臣問：「哪有晚上探視的？不好吧……」

顧天衛說：「咱幹刑警的還信這一套？平時你有時間嗎？你不懂，人一上了年紀往往特別脆弱，最怕的就是受冷落。再說你去也不全是探視，順帶向他彙報我們的工作，總之看你的時間定吧，我也不強求。」

米臣答應了，轉頭扎進宿舍去換衣服，正換著褲子賀斌回來了，米臣抬臉見他一臉媚笑，以為自己走光了，說：「男人換褲子，有什麼好看的？」

賀斌一臉不屑，從口袋裡掏出一個藍色小盒晃晃說：「還用看嗎？我早知道你不是處男了，我笑是因為下午剛從局裡領了福利回來！」

「福利？什麼福利？」米臣不解，「我怎麼沒接到通知？」

「你還不夠格，得是結了婚的才有！」說完，賀斌將那個藍色小盒扔過來。「見者有份兒，看你換衣服就知道佳人有約，拿著這個保證你手到擒來！」

米臣接住盒子，定睛一看才發現，那竟是盒裝的兩只保險套，連忙尷尬地扔在床上。

賀斌見了直搖頭，等米臣終於換上了一件新夾克，卻拿起那盒保險套重新砸進米臣手心裡。「拿著，兄弟！常言道：書到用時方恨少，車到山前必有路！」

米臣哭笑不得，只好把保險套裝進夾克口袋裡，說：「謝謝哥有關保險套的至理名言，我就不賣萌了，收下了！」

說完，米臣快速走出宿舍，去找內勤高曉要車鑰匙。

高曉極力憋著沒問米臣去哪兒，米臣鑰匙一得手馬上開了車就走。

很快，米臣駕車趕到城區最繁華的新華書店明清街一帶，在附近停好車，用眼光四處逡巡，確定沒有發現熟人的影子。忽然，他又兩手捂臉靠在椅背上思考。良久，似乎是下了很大的決心，才終於下車大步流星地向著一家路邊花店走去。

離情人節還早，花店的生意卻並不冷淡，各式鮮花琳琅滿目香氣撲鼻。米臣注意到，店裡來來往往的人竟大多都是學生，像他這般年齡的人倒顯得孤立。也因此，米臣忽然意識到，人生其實就像是一棵植物，一生也要分很多個花期。無論如何，他再也不想像往常那樣渾渾噩噩地錯過戀愛季節了。劉歡不是有首家喻戶曉的歌詞嘛：該出手時就出手！

米臣想出手買一大束玫瑰，他覺得此刻唯有一大束開得熱烈、紅得深沉的玫瑰才能襯托自己忐忑難安的心情。

他久久盯著櫃檯前的一張「玫瑰花語」，反覆掂量著——

一朵玫瑰代表我的心中只有你！
兩朵玫瑰代表這世界只有我倆！
三朵玫瑰代表我愛你！
四朵玫瑰花語至死不渝！
五朵玫瑰花語由衷欣賞！
六朵玫瑰花語互敬互愛互諒！
七朵玫瑰花語我偷偷地愛著你！
八朵玫瑰花語感謝你的關懷扶持及鼓勵！
九朵玫瑰花語長久！
十朵玫瑰花語十全十美無懈可擊！
十一朵玫瑰花語最愛只在乎你一人！
十二朵玫瑰花語對你的愛與日俱增！
十三朵玫瑰花語友誼長存！
十四朵玫瑰花語驕傲！
十五朵玫瑰花語對你感到歉意！
十六朵玫瑰花語多變不安的愛情！
十七朵玫瑰花語絕望無可挽回的愛！
十八朵玫瑰花語真誠與坦白！

十九朵玫瑰花語忍耐與期待！
二十朵玫瑰花語我僅一顆赤誠的心！
二十一朵玫瑰花語真誠的愛！
二十二朵玫瑰花語祝你好運！
二十五朵玫瑰花語祝你幸福！
三十朵玫瑰花語信是有緣！
三十六朵玫瑰花語浪漫！
四十朵玫瑰花語誓死不渝的愛情！
五十朵玫瑰花語邂逅不期而遇！
九十九朵玫瑰花語天長地久！
一百朵玫瑰花語百分之百的愛！
一百零一朵玫瑰花語最最愛！
一百零八朵玫瑰花語求婚！
一百四十四朵玫瑰花語愛你生生世世！
三百六十五朵玫瑰花語天天想你！
九百九十九朵玫瑰花語天長地久！
一千零一朵玫瑰花語直到永遠！

米臣出手很大方，他要花店裡的小姑娘一次性包裝了五十朵紅玫瑰，既不能太多不好攜帶還過於招搖，又讓它們的寓意不至於太俗氣和直白，而且這大束花握在手裡很沉實、有分量，正好能平穩一下他此時失控的心跳。

玫瑰當然是送給蘇珊的。自從米臣下午與她「不期而遇的邂逅」，包括他在緊急開車追擊白毛時，眼前都數次閃現出那個清瘦瑰麗的身影，那雙幽幽清澈的大眼睛。甚至他跳進河道裡救人時都沒覺得冷，他的心從見到蘇珊那刻起，就變成了一座熊熊燃燒的火焰山。

站在樓下的風口，米臣再次猶豫了很長時間，醞釀了好幾種開場白，才最終深吸一口氣蹬上了樓去。

剛一敲門，屋內響起一聲蒼老的回應：「誰呀？」

米臣這才想起來，蘇珊是跟媽媽一起住。該怎麼回答她老人家的質問，又是一個問題。時間根本來不及多想，米臣硬著頭皮回答說：「我。」

「誰？」那聲音又問，突然充滿了警惕。

米臣熟悉這種警惕，明白半年前的那場傷害，至今仍然在這個家裡揮散不去。不過正因如此，一想到自己的警察身份以及和顧天衛的關係，他突然猛增了些底氣。

「是我，小米，蘇珊的……同學。」

「同學？」門後的質疑更強烈了，「沒聽說她有你這個同學！」

米臣後背都出汗了：「阿姨，我是刑警隊的，我叫米臣，蘇珊在家嗎？我……來看看她。」

門後響起了臥室門開的聲音，米臣興奮地聽到了下午那種熟悉的拖鞋聲再次響起。

「你誰呀？」這次是蘇珊的聲音。

「是我，顧天衛隊長的搭檔，米……臣。」

門「吱呀」一聲開了條小縫，蘇珊上穿長白毛衣下穿淺灰色彈力褲和拖鞋站在門楣處，睡眼惺忪，隨意扎了一個馬尾，有一縷長髮還從腦後脫落下來垂到唇邊，這看似有些漫不經心和不修邊幅，卻讓米臣格外感到心動和親切。

蘇珊站著不動，沉默著像看陌生人一樣盯著米臣。米臣再次邂逅那雙水霧淋漓的杏眼，儘管心裡有充足準備可還是感到心速驟增，甚至比下午初次見面時更加劇烈。他不敢長久地回視生怕引起對方反感，忽然想起躲在身後的玫瑰花，馬上右手一個反肘亮出來遞上前去，說：「送給你的，感覺好點了嗎？」

蘇珊並不驚訝，眼光終於挪到別處，卻努起嘴向著虛空裡問道：「你是誰？」

米臣正著急不知道該怎麼回答，蘇珊緊接著又問了一句：「你到底是誰？」

這後一句問話簡直都有些輕飄飄的文藝腔了，直弄得米臣窘迫尷尬到極點。突然，蘇珊收回眼光，呵呵地笑起來，門也瞬時敞得大開。

「熱烈歡迎，米警官！」

米臣長吁一口氣，捧著玫瑰花走進屋去，正不知所措，蘇珊從身後一側接過花去走進了東邊的臥室。

米臣發現靠南的臥室門關上了，猜測大概是蘇珊的媽媽在裡面，但是裡面黑漆漆的沒有開燈。

米臣輕輕坐到沙發一角，眼睛盯著蘇珊的臥室方向。不一會兒，蘇珊走出來，已經換了一身裝束：長頭髮整齊地披散下來，只在髮尾翻上來一排烏黑的浪花，長白毛衣換成了收腹卡體的黃毛衫，腰臀上多了一件深藍色牛仔短褶裙，腿上是彈性十足的黑色連褲襪，腳上的棉拖鞋也換成了外帶純白山羊毛的高跟短筒靴。

這身打扮瞬間照亮了燈光黯淡的客廳，米臣一邊望得失態，一邊難以掩飾眼中的驚喜。

「躺得骨頭都散了，陪我出去走走？」蘇珊從門後摘下一件粉紅色羽絨服來，邊穿邊問。

米臣立即刷地一聲站起來，打了一個標準的敬禮回答道：「是！」

蘇珊笑著請米臣先出門，自己去南邊臥室跟母親道了別，然後輕輕地鎖好門，這才踩著清脆的步點一步步下樓。樓梯很窄，沒有燈光。米臣緩緩地走在前面，手裡捏著翻蓋的手機向後照著樓梯，不時回過頭來叮囑蘇珊：「慢點……」

車子在胡同外的超市前，米臣出了樓洞打聲招呼就往外小跑，他要提前出去開車調頭。等他快跑出胡同口時驀然回首，只見蘇珊剛好走進樓下的風口裡，頭上的長髮被冷風吹拂而起，腳上靴子頂的白山羊毛正一前一後地做著交替，儘管臉面看不清晰，可只是那種窈窕的身姿和娉婷的步態，就足以讓米臣滿心歡喜。

米臣在胡同口接上蘇珊，問：「去哪兒？」

蘇珊望著華燈初上的街道說：「隨便。」

米臣其實早就選好了地方，只怕蘇珊拒絕：「我們去吃『凱盛』吧，然後只要你不怕冷，就在附近公園轉轉？」

「好，只要有位子，正巧回來時給我媽帶點披薩回來。」蘇珊說著不經意間側身衝著米臣嫣然一笑。

米臣立時心花怒放，謙虛了一把：「試試吧，就算過去沒位子，這輛破車暖風的水溫也該提上來了。」

「這車一點都不破，還是那輛『東風雪鐵龍・愛麗舍』（Dongfeng Citroen Elysee cages）吧，我總叫它『小龍』，以前坐過幾次。」蘇珊輕描淡寫地說道。

米臣辯白說：「我是覺得用它來接你，有點讓你受委屈，聽說……你們公司副總級別的車，都是『豐田・凱美瑞』？」

「功課做得挺足啊，其實我對車沒概念，一輛車就像一座移動的房子，可再好的車，都不如一個溫暖的家……」

「那是！」米臣附和說，「可我現在寧願住隊上也不想回家跟父母住，主要是怕我爸媽嘮叨。我都這麼大歲數了，他們還把我當幼兒園小孩兒，其實我比誰都想有個自己的小窩……」

說完，米臣並沒聽到蘇珊的回應，他偷偷從擰轉的後視鏡裡查看，見坐在副駕駛上的蘇珊此時正用食指在車窗上畫著什麼，眼睛始終盯著窗外，完全又是一副失神凝思的模樣。

「凱盛」是縣城最有名的一家西餐廳，不只因為其裝修豪華、環境上乘，而且裡面的廚藝非常正宗，理所當然也就價格不菲和位子難定。

米臣早有準備，順利和蘇珊走進預定的包間。蘇珊脫掉粉紅色外套，金黃色的毛衣再次讓米臣眼前一亮。

「我們吃套餐？」米臣徵詢意見。

「不，我只點道羅宋湯，沒有胃口。」

「哎，對了。」米臣這才想起來，蘇珊大病初癒。「你腸胃不好，其實我們應該去喝粥。」

蘇珊搖搖頭：「你點就行了，我只要湯，都一樣的。」

米臣點點頭，要了黑椒牛排和兩份披薩，服務生一走，剩下兩個人單獨面對面地對視著。

蘇珊的眸子裡仍是秋水盈盈，看似寧靜卻攝人心魄。米臣的眼睛裡則滿是雲蒸霞蔚，萬馬奔騰。

這次倒是蘇珊先崩不住了，突然低下頭去，盯著桌子一角輕輕地說：「謝謝——你送的花。」

米臣有了自信：「謝什麼，大家都是朋友。」

「我們什麼時候是朋友了？」蘇珊問。

「不是嗎？如果不是，吃了這頓飯可以是嗎？」

「讓我想想。」

米臣樂了，有點好奇地問：「今晚我敲門時，你真的認不出我來了？」

蘇珊很認真地點點頭：「嗯，真的。你又沒穿警服。」

「可我下午去你家的時候也沒穿警服啊！」

「是嗎？那你穿的什麼？」

「不好意思，我沒那麼多時間換裝，就是現在這身。」

「你是不是想諷刺我，出來走走或者吃頓飯，還要專門換衣服？」

「不不！……我，挺喜歡的，這身衣服，真漂亮！」

「衣服漂亮？那肯定人讓你很失望了？」

「不……人更漂亮！哎，我發現你嘴皮子可真厲害。」

「嘴皮子厲害？那肯定別的就好欺負了？」

「不……我不是這個意思。」米臣直接語無倫次。

「米警官，下午救人時看著挺勇猛的，接受採訪時也蠻英雄的，怎麼現在說話結結巴巴的？

哼！」

米臣覺得臉都燒起來了：「電視新聞你看了？」

蘇珊說：「你是你們中隊的新代言人呢？還是我姐夫顧天衛的擋箭牌？」

米臣問：「你這是什麼意思？我們現在不談工作好嗎？」

蘇珊說：「那我很好奇，你想談什麼？」

米臣心直口快：「我覺得你比你姐蘇甜……厲害多了，我見過她好多次，你們倆都很漂亮……可你們好像完全不是一種性格。」

蘇珊聽完，突然陷入沉默。這時，服務生端來羅宋湯和牛排在桌前一陣忙碌，米臣沒有察覺到蘇珊表情的變化。

等服務生轉身走出包間，蘇珊突然站起來冷冷地說：「誰讓你提我姐的？你什麼意思?!」說著，眼睛裡已經沁出了淚花。

米臣慌忙驚訝地站起來，一副很無辜的表情解釋：「我……對不起，我不是故意的，我想……」

蘇珊直視著米臣的眼睛一字一句狠狠地道：「我恨你們，就是你們害死了我姐！」

米臣險些脫口而出「我們正在追查殺死蘇甜的凶手」！可話到嘴邊想起保密紀律又改作：「凶手已經被判了死刑，人死不能復生，你要冷靜點，想開點！」

蘇珊站在原地拚命地搖頭，長髮飄揚不時遮住她淚雨橫飛的臉龐，可米臣不想給她任何拒絕自己解釋的機會：「你聽著！事情已經過去了，我知道那對你、對你們家，甚至對顧隊長都傷害太大！可是你想過沒有？走了的人已經走了，活著的人還得繼續！你看看你的樣子，雖然我只是第二次見你，可你現在瘦成什麼樣子了你自己最清楚！你不讓我提你姐，我現在偏要提！如果她還活著，她絕不想看到你現在這副樣子！她絕不想你放棄靠努力打拚的事業，她絕不想你三天兩頭進醫院打針吃藥，她也絕不想你現在瘦得臉上看得見顴骨！你這個樣子，讓所有人心疼……」米臣說到最後幾乎是吼出來的，吼完才發現自己眼前竟也被淚水衝得模糊一片。

蘇珊停止了搖頭，木木地抬起淚眼，用一種像極了被主人踩傷了的母犬一樣的目光望著米臣。這種目光，讓米臣不忍卒讀又黯然心碎。

這時，服務生再次端著披散進來，見到兩人劍拔弩張，嚇得趕緊小心翼翼地放下披薩退出去。米臣也正是從此刻起發現，蘇珊的目光變了，漸漸氤氳出濃濃的怨恨和憤怒。

突然，蘇珊冷冷地問道：「告訴我，他到底想要你來幹什麼？」

米臣不解：「誰？你說什麼？」

不等米臣反應過來，蘇珊已經迅速推開拉門跑出去，米臣只好拔腳就追。

「蘇珊！」

蘇珊不答。

「蘇珊！等等……」

蘇珊一路奔下樓去，米臣急忙用遙控器打開車鎖，蘇珊一聲不吭拉開車門坐進去。

米臣追進來，壓低了嗓門喊道：「東西沒吃，衣服都沒穿，就這麼走？」說著，急忙脫下自己的皮夾克來遞給蘇珊——這是為見蘇珊專門換的，他這才後悔穿得太單薄了。見蘇珊用手接住沒有拒絕，米臣心裡才稍有安定：「你等會兒，我去給媽拿披薩，還有你的衣服！」

蘇珊白了他一眼，米臣知道自己的措辭中省了很關鍵的部分，但他的確是故意的。他迅速推門跑下去，一會功夫又喘著粗氣坐回車裡來。

「我把羅宋湯裝紙杯裡了，這是吸管，趁熱喝了吧。」

蘇珊再次側過臉來，輕輕地搖頭：「謝謝，把衣服給我，你上去吃，我還是自己走走……」

米臣萬分不捨地抱著蘇珊的羽絨服，不想鬆開手裡的輕軟和溫暖。「蘇珊，剛才我的語氣很重，我跟你道歉。可你的話我有些不明白，什麼叫『他到底想要你來幹什麼』？我來看你……是我自己的意思。」

蘇珊冷冷地問：「你不用解釋，其實我很瞭解他。他不親自來，就是在一直躲避。可我現在才明白，這世上有些事情根本就躲避不了……」

米臣越發迷惑：「你說的是顧隊長？他，不是下午剛剛來看過你嗎？」

蘇珊說：「難道你下午就沒來過？那些花……也是他讓你帶來的吧？」

米臣恨不能多長出一隻嘴巴來辯解：「蘇珊，你醒醒！那起案子已經過去半年多了，不但你很受傷，顧隊長他也很不好過！有些事我現在不太方便跟你說，但我可以告訴你，他也一直沉浸在深深的悲痛裡難以自拔。他對你姐還有你和你媽，都抱著深深的愧疚。可你也應該很清楚，那不是他的錯！你們不應該把過多的責任和壓力再推給他……」

蘇珊突然把懷裡的皮夾克往米臣這邊一擲，伸手拽過自己的羽絨服去穿上，悻悻地說：「你不用替別人解釋！你只是個局外人，好了，我走了，謝謝你……」

米臣心中湧起萬千不甘：「蘇珊你別走！我不是局外人，如果以前是，如今不是了，如果剛才是，那現在不是了。我今晚來找你，千真萬確只是我自己的意思，本來單位上有重要活動，可我向顧隊長請假了，他不知道我來找你……」

「那你是什麼意思？」蘇珊低下頭去，輕輕地抿著唇問。

「我喜歡你！」米臣突然提高了聲音，「蘇珊，給我做女朋友好嗎？我一定會好好保護你、對待你……」

蘇珊慢慢轉過頭來，眼睛裡寫滿了驚訝。

「你開什麼玩笑？」

米臣急得六神無主，眼睛卻勇敢地盯著蘇珊：「蘇珊，我說什麼你才肯相信？現在坐在你面前的我，是個人，不是石頭，是人就會有感情，我是真的喜歡你！」

蘇珊情緒低沉地回答：「可我不需要你的可憐！」

米臣猛地抓起蘇珊的一隻手，牢牢捂在胸前。

「蘇珊，我是人生第一次給異性送花，五十朵玫瑰不多但代表著我們的邂逅，其實我這裡還有一朵，最重要的一朵，她是鮮紅色的，從今天起只屬於你！五十一朵玫瑰花，我這輩子只想你做我的唯一，希望你能給我愛你的機會……」

蘇珊低著頭，手拚命往回抽，臉色緋紅一片。

「你喝酒了？」

「我沒有！」

「對不起，太晚了，我得回去了。」說完，蘇珊拉開車門疾步離去。

米臣著急地在背後喊：「等等，我送你！」同時，看到蘇珊起身處遺留了一件藍色飾物。蘇珊朝身後擺擺手告別，卻招來了不遠處的一輛計程車，她乾脆抬腳坐上去，消失在街道的拐角。

米臣坐在車上愣愣地發呆，先是將頭深埋進手中的皮夾克裡，貪婪地臭著上面殘留的香味和余溫，繼而抬手拿起那個飾物仔細地端詳——原來，是枚鑲嵌了藍色寶石的金戒指。

他快速發動車子，想去追趕蘇珊，可一直追到樓下，也沒有見到蘇珊的身影。

這次短暫的約會，令米臣既緊張又失落，既興奮又迷惘。蘇珊能主動提議出來走走，甚至順利去「凱盛」吃飯，再加上自己情急中的表白，這似乎都在米臣的意料之外，但有了這些開始，也彷彿已經足夠。

時間還早，米臣記起顧天衛要他順道去看看董全卓，雖然此時並不順道，但他寧願去醫院探視也不想這麼早回隊上睡覺。

米臣到病房樓下的小超市買水果，忽然想到董全卓患有糖尿病，就改買了一箱純奶和一箱無糖餅乾，而且很容易就打聽到了病房號。

董全卓住的是三人房，可能眾人剛吃完飯，屋子裡熱烘烘的飯菜味和來蘇水消毒水氣味相互摻雜，讓米臣感覺非常不適。

「老爺子，我來看看您，順便向您彙報工作！」米臣提著東西邁進屋，躺在床上的董全卓竟一時沒認出他來。

「啊……是小米來了？」董全卓有想坐起來的意思，可立即就讓老伴摁住了。

「您躺著別動！」米臣趕緊放下東西，拖過一把椅子來坐在床邊。

米臣發現，才只半天不見，董全卓竟然像衰老了十歲，十分虛弱。

「沒事吧，老爺子？您那麼結實的身體應該沒什麼大不了的！」

「老話說得對啊，『傷筋動骨一百天』。小米，下午你很勇敢，你放心吧，我的腰不是你開快車害的。」

米臣笑笑，自忖下午開車是夠猛的。

「怎麼樣，人都抓住了吧？是幹什麼的？」董全卓問。

「都抓住了，兩個在大街上專門騎摩托車搶奪婦女皮包首飾的。」病房裡暖氣很足，米臣感覺又熱又悶，只好脫下夾克來降溫。接著，就把下午發生的事情經過一一向董全卓作了彙報。

「諸葛超的謎語你們有新答案了嗎？」董全卓問。

「沒有，或許真的如您所說，就是一場無解的騙局。」米臣回答。

「這下好，我最不願意動腦子，現在又沒法跟著你們跑，只能躺在床上瞎琢磨了。」

米臣安慰說：「我們需要的就是您的老謀深算，其餘的，我們跑跑腿就行了。」

兩個人年紀差距較大，話題也沒有多少，米臣越說越覺得無聊，而且他注意到病房裡漸漸安靜了，其餘人不知道得的什麼病，都一動不動地躺著聽他們說話。

米臣趕緊站起來告辭，董全卓老伴將他送到門口他才注意到沒穿夾克，米臣回過頭來衝董全卓吐了吐舌頭，一把抓起夾克就走，口袋裡忽然嘩啦掉出一些硬物來，叮叮噹噹響個不停。

「不好意思，老爺子！」米臣臉色刷得一下就變了，飛速抓起那些掉在床櫃上的硬幣、名片之類的東西，可是再快董全卓也看到了那盒醒目的藍色保險套。

「好小子，來看我耽誤約會了……」董全卓一眼識破，打趣他說：「想追女孩兒，以後別那麼毛手毛腳的！」

米臣撓撓頭，逃也似地跑出了病房。

刑警大隊的食堂本就不大，晚上擠在一起坐了三桌，接近四十號人，直把大廳塞得滿滿當當。人多氣氛熱烈，酒也喝得盡興。不消一個小時，地上、桌子上、窗臺上已經擺滿了大大小小樣式各異的空酒瓶子。

高山河年輕時就是出了名的海量，歲數大了酒量卻絲毫不減當年，不但他主持的這桌喝得量大，他還端著白酒串到另外兩桌分別敬了滿滿一杯。

一斤高濃度白酒下肚，話音裡仍然聽不出任何酒意。

「剛才我們是分頭喝的，我看各位也吃得差不多了。我說過，這次聚餐不是慶功酒而是鼓勁酒，是增進感情交流思想暢所欲言，所以這種場合我們也不宜多喝，下面我想提議最後一杯酒，喝了這杯我們早點回去休息，明天還有更重要的工作等著我們，來，大家都倒滿酒！」

一中隊的高曉也來了，因為人年輕，又是女同志，為了少喝酒，聚餐時在哪兒都喜歡服務。聽高山河這麼一說，她趕緊招呼大隊辦公室的另一名警花童妞妞端起酒瓶來四處倒酒。

高山河見酒已經斟滿，滿面紅光微微一笑，話音似從丹田裡發出，聲聲震耳：「同志們，最近一段時間其實和以前沒有什麼不同，我們始終都工作戰鬥在基層一線的最前沿，仍然時時刻刻擔負著各種急難險要的偵查破案任務，隨時有可能與各類違法犯罪分子展開艱苦卓絕的鬥智鬥勇，或者面對面近距離投入激烈殘酷的殊死搏鬥，這些艱鉅的任務無疑給我們帶來了巨大壓力，所以我們今晚需要聚餐、需要鬆弛，也需要久未見面的同志們交流情感。但是同志們，當前的任務越是艱鉅，我們刑警就越應該感到光榮，因為偵查破案就是我們刑警的天職！講條件、講享受、講安逸，你就不要來幹刑警！幹刑警要的就是講勇敢、講拚搏、講奉獻！我們刑警是時時刻刻要為黨和人民衝鋒陷陣的刀把子！我們所從事的是唯一一種在和平年月裡隨身攜帶槍枝隨時都可能與敵人展開交火射擊的高危職業！

「今晚大家喝得都夠盡興，有什麼牢騷怨言也都半開玩笑地發洩了不少，從明天起我們又要投入緊張繁忙的工作，我們一定要認清當前全縣的治安大局形勢，繼續全力以赴對違法犯罪保持高壓態勢，只有這樣我們的親人、朋友、領導、同事才能生活得更加安全和幸福。這就需要我們從各自手頭上的點滴工作幹起，拿出認真、專業、務實和不要命的精神來！等徹底順利忙完了這陣子，我專門向局黨委請示，咱們去縣裡最好的大酒店擺宴慶功開懷暢飲！大傢伙有沒有信心？」

頓時，屋子裡三十多個人齊齊發出一聲震耳欲聾的：「有！」

高山河帶頭將杯子中的白酒一飲而盡，接著依次做了一下監督，見二中隊中隊長熊志偉遲遲沒喝，不禁問道：「志偉，有難度？」

熊志偉站起來揚揚杯子說：「高大隊，難度沒有，就是有咱也不怕，倒是有請示。」

「說說看。」高山河回答。

「這次抓獲飛車搶奪嫌疑人，咱們刑警搶了頭功，比他們巡警和派出所下手都要快，既然案子到手了，我們二中隊想主動申請往下辦，這可是我們嘴邊的肥肉，不能再讓別的兄弟們搶了。」

高山河點點頭笑著，用眼睛徵求顧天衛的意見。顧天衛雖然已喝得月朦朧鳥朦朧，但當然明白熊志偉和高山河的意思。隨即趁著酒意說：「嫌疑人本來就是志偉他們發現的，二中隊居功至偉，我看別人也不敢搶，誰搶我第一個有意見……」

高山河用手點點顧天衛，意思是他喝多了，轉頭對熊志偉說：「就這麼定了，我把白毛交給你們，你們得讓他給我講出故事來！」

熊志偉將酒仰頭飲盡，挺直了身板兒應道：「請高大隊放心，不管是白貓黑貓，我一定都讓它們洗心革面、能唱會跳！」

高山河滿意地點點頭，嗓子陡然一亮：「散席！」

第十五章 愛恨同眠

高曉回到中隊上，見男同胞宿舍亮著燈，就給米臣打電話，米臣果然在宿舍裡躺著，高曉讓他立刻滾出來。

米臣根本沒睡，正躺在床上迎著燈光觀察那枚蘇珊遺落的藍寶石戒指，剛看到戒指背後隱約刻有個「珊」字，就接到了高曉的電話。米臣掛了電話急忙走出來，見高曉正一臉怒氣站在走廊上，搞不清到底發生了什麼事。

「喝多了？高曉……」米臣抬手在高曉眼前晃晃。

高曉沒好氣地說：「你才喝多了呢！」

米臣問：「到底咋了？」

高曉反問：「你晚上去哪兒了？」

米臣心裡一驚，支吾說：「我，沒去哪兒啊。」

高曉越發生氣：「都有人看見你跟某位一起出去吃飯了，證據確鑿，你還抵賴？你說還是不說？不想說就算了，反正也沒人逼你說！」

米臣心下更慌了：「不可能！我到現在……還沒吃飯呢。」

「真的？」高曉湊上來，往米臣的眼睛問。

米臣下意識避開，高曉雖然也是雙眼皮大眼睛，可眼神同蘇珊的完全不一樣。在米臣頑固的心裡，如果蘇珊的眼神像清澈深邃的湖水，那高曉的眼神最多只能算是淺而無味的自來水，而更多女人的眼神恐怕只能算是洗腳水。

「真的，我騙你幹嗎？餓死我了都！」說來話巧，米臣話音剛落，肚子突然爭氣地「咕咕」叫起來。

「哎，還是姐想得周到！」高曉立時轉怒為喜，「剛才我是詐你呢，看把你緊張的，大隊上這麼重要的聚餐你都不去，還想進步嗎？高大隊專門問你為啥請假呢？」

「你咋說的？」

「你又沒和我請假，我還能怎麼說？是顧隊長說你有點急事要辦，而且是個人私事。高大隊聽了問不是約會去了吧，大傢伙哄堂大笑。」

「笑什麼？真約會，還犯法啊？」米臣明顯底氣不足，突然看見高曉抬起胳膊，手腕上吊著一個裝了飯菜的塑膠袋。

「喏，給你的。約會不犯法，但總不能不吃飯吧？」

米臣有些難為情：「這，不好吧？」

高曉撇嘴問：「不好？你放心這不是我們吃剩的，是我給領導服務時專門問廚房另要的蛋炒飯和炒菜，還有你最愛吃的炸排骨和西蘭花。我——去給你用電爐熱熱？」

米臣連忙制止，考慮到在又冷又黑的走廊裡站久了不好，趕緊接過飯菜，以攻為守地說：「那謝謝了老妹，減肥還是吃涼的好，我進被窩吃去，外面太冷啦，要不你進來坐坐？」

高曉得知宿舍裡就米臣自己，有意要進去坐會兒，可聽米臣說要鑽被窩，畢竟羞澀，又問了句：「有好書看嗎？我，喝了酒，睡不著。」

米臣推開宿舍門，進去放下飯菜，去枕頭下翻出那本小說集《鄉村涼拌》來說：「喏，就這本了。」

高曉嘴上說：「是宣傳科老紀的書啊，都翻過好幾遍了，我還有他另一本《愛恨同眠》呢，寫得都什麼呀，不是酸兮兮的，就是很悲劇的那種，一句話——爛極了……」可手上還是接過了書去。

米臣站在床前，作勢要送客，但高曉卻沒有立即走的意思，圍著米臣的床鋪像搜查證據一樣。

「請問，您還有何指示？」

「姐發現你的床太齷齪了，不只味道難聞，顏色也很難看，這些還都是在屋裡別人看不到，至於這個呢……」高曉忽然抓起床角上的一條警褲轉身跑開，到了門口才回過頭來說：「這個我就先沒收了，你實在讓姐看不下去了！」

米臣反應不及，忽然想起那條沒來得及洗的褲子上依稀有些可疑殘留物，慌忙窘迫地去追：「拿來！這個不行……」

高曉卻早已經像條魚一樣滑走了。

人在酒後，思維總是不受控制的活躍。

顧天衛回到家沖了澡，躺在大床上，身體已經疲憊到了極致，可還是無可救藥的失眠。

在他腦海裡不停閃現的，一會兒是慘不忍睹的凶案現場，一會兒又是跟他有過愛恨交織的女人。

婚後，在顧天衛的眼裡，陳文梅更多的缺點暴露無遺。

顧天衛一直覺得，護士這種職業理應與安靜、溫柔、勤快息息相關，可他從陳文梅身上完全看不到這點。結婚後不久，陳文梅就變得懶惰和邋遢，除了偶爾做頓自己喜歡吃的，就是整天拉著顧天衛往娘家跑，顧天衛是個要面子的人，去娘家從不空手，久而久之開銷比自己在家做飯吃還大，這還不說，陳文梅不是獨生子女，家中還有兩個如狼似虎的哥哥，兩個哥哥背後是兩位性格迥異的嫂子，每次回娘家陳文梅如入無人之境連吃帶拿絲毫不感到難為情，可顧天衛恰恰相反時時處處感覺謹小慎微如坐針氈。

光是在娘家隨意也罷，陳文梅回到家裡尤其是在洗衣服做飯的事情上也和顧天衛分道揚鑣劃清界限讓他格外無法接受。假如只是這樣倒也罷了，顧天衛有過常年的單身生活，生活自理完全沒有問題，可問題是陳文梅就連自己的衣服也很少打理，不管新舊回家就手一扔，壁櫥裡、衣架上、地板上、床底下，到處是她的上衣、褲子、裙子、內衣、鞋子，偏偏顧天衛又有點莫名其妙的家庭潔癖——在外面怎麼髒亂都能應付，可在家中就是無法接受。他實在不習慣，陳文梅夜裡像頭豹子似的主動凶猛地攀上他的身體，對他連抓帶咬狂轟濫炸後打著呼嚕睡去，然後半夜突然跳起來光腳咚咚地跑進廁所裡很響地小便，早晨醒來不沖澡不吃飯隨意換上一件幾天前的內衣趕去上班，扔給他或扔給這個家裡的是昨夜挑在床角上的斑斑內褲以及遍地狼藉的戰場。

除此之外，陳文梅開始刷牙不規律，牙齒終年橙黃，嘴中有一股異味。

陳文梅開始穿裙子再也不穿絲襪，腿上的汗毛隔得老遠還清晰可見。

陳文梅的飯局太多。

陳文梅的見識有限。

陳文梅的脾氣暴躁。

陳文梅在性愛上貪得無厭。

陳文梅太矯情。

陳文梅太物質。

陳文梅太庸俗。

後來的後來顧天衛才意識到，其實這些與漫長的生活比起來，根本就算不上什麼大不了的事情。難道他就沒有缺點和過錯嗎？有，不但有，而且很多，甚至還有很多和陳文梅十分相像的地方。其實，人在希望對方如何做的時候，往往自己根本就沒有那樣做。正如顧天衛和陳文梅在婚後不久進行的一次交流時，兩人不約而同的表達了一種觀點：

「人只有在結婚以後才明白，什麼叫對人生的妥協。」

與熱鬧的性格相比，陳文梅的肚子顯得很沉默。婚後半年，陳文梅沒有懷孕。婚後一年，還是沒有。一年半以後，老家的父母著急了，催著他們四處體檢、求方、拜佛，經過一番折騰發現，顧天衛的精子正常而且很活躍，可陳文梅竟然是雙陰道、雙子宮，據醫生說這種情形世上每一百萬個人中才出現一個，但是對受孕影響不大。從那以後，陳文梅大大咧咧的性格再次占據優勢，她甚至還向顧天衛如實坦白了婚前的一些荒唐經歷，這其中包括一次陳文梅在小時候險些遭到一個變態鄰居老頭的強奸，還有一次和一個剛畢業的男老師在校園裡發生的初戀，但是沒有提及她和那位開大貨車的男同學的事情。對此，陳文梅有充足的理由：「現在這個時代，不可能每個女人都是丈夫的初戀。可我是雙子宮、雙陰道，醫生說有一個還從未開發過，也就是說我至今還是你的處女。你可要珍惜！」

顧天衛苦笑不得，陳文梅一把揪住他的耳朵說：「至少一半還是，機會要靠自己把握，有能耐你就插進來！」

顧天衛卻正是從那時候起，對性愛徹底失去了熱情。但是那段日子，他們依然嚴格按照規律同房。因為他們都迫切地想要孩子。這個家，太冷清了。兩個人的吵鬧和髒亂怎麼都顯得冷清，它需要增添孩子的吵鬧和髒亂。

事情往往如此，期望快要破滅時總會出現希望的曙光。

陳文梅懷孕了，而且是龍鳳胎。這簡直就是奇蹟。

可十個月後，陳文梅只剖腹生下了一個健康的女孩兒。另一個男孩兒因為子宮畸形胎兒先天發育不良而夭折。

儘管懷著無限遺憾，但他們還是異常欣喜地迎接了女兒的到來。顧天衛給女兒起名叫顧陳。他和陳文梅終於找到了婚後唯一一項共同的重大愛好——疼愛寶貝女兒。

那真是一段溫馨平靜的日子。

可惜一切都太短暫了。

後來，就是那個大貨車司機徑直把這個家給撞爛了。撞得稀巴爛。

那個夏天，顧天衛和陳文梅兩個人都很忙，鄉下的父母只來縣城住了幾天就待不下去，於是把三歲的顧陳帶回鄉下老家去照看。有一天夜裡，顧天衛和同事去一家小旅館查夜，旅館樓下停著一輛嶄新的大貨車，從貨車車廂露著的綠帆布一角來看，上面裝滿了電纜線。這麼貴重的貨品，怎麼不找個安全的停車點呢？

上了樓，本來是簡單的例行檢查，可顧天衛那天特別較真。老實說，他對大貨車司機並沒有多少好感，但更擔心車上的貨物安全，並且他還有種莫名其妙的感覺，那種感覺非常不好，就像大貨車廂上的電纜線緊緊纏住了他，折磨著他。

有一扇門敲了很久不開，等終於有了反應，一個隻穿了一件三角褲衩的壯漢打開一條門縫，睥睨著門外。

民警要求出示證件，男人關上門回屋拿了遞出來，身份證、駕駛證、行車證一應俱全，按慣例民警通常要撤了，可顧天衛那天特別看不慣那男人的神態，或者換句話說，看那男人的眼神就知道他不是什麼善類。

顧天衛要求他打開門進屋檢查，對方置之不理正要關門，顧天衛一把推開門強行進入室內，發現屋裡的床上還躺著一個人。床下放著一雙高跟鞋。

顧天衛在黑暗裡看見那雙明晃晃的高跟鞋，大腦即刻像被炮彈轟了，一片空白。

有同事在背後，打開了房間裡的日光燈。

所有人立即倒吸一口涼氣，摒住了呼吸。

陳文梅從床上坐起來，顯然也沒穿衣服，用被子捂住胸口，目瞪口呆。

顧天衛突然轉身，一把扭住男人的脖頸，像拖一條死狗一樣把男人生生拽出房間。所有民警也都跟著退出去。

「裡面是誰？」顧天衛眼中噴火。

男人拚命掙扎，力氣很大翻著白眼，聲音趾高氣揚：「我老婆！怎麼著？」

顧天衛猛地揮出一記直拳，拳頭正中鼻樑與眼眶之間，男人的五官頓時扭作一團，當場被噴湧而出的眼淚和鼻血染花。

男人不服氣，掙扎著上前抬腳就踹，顧天衛迅速向一側躲過，順勢向男人的支撐腿猛掃，男人狠狠摔在地上半天爬不起來。

男人乾脆躺著不動，喊聲沖天而起：「警察打人啦！警察私闖民宅，還動手打人啦！」

顧天衛正打得興起，被幾個同事拉住，這時房間裡的陳文梅向外喊了一聲，顧天衛沒聽清她喊的是什麼，地上躺著的男人卻灰溜溜爬起來跑回了房間。

一陣短暫的安靜後，男人穿好衣服走了出來，他狠狠瞪視著顧天衛問：「我可以走了嗎？」

顧天衛被同事死死拉住胳膊，極度蔑視地回瞪著男人，咬牙切齒地說：「不想再挨揍，就快滾！」

男人用手指堵著不斷流下的鼻血，低下頭發出一陣冷笑：「告訴你，你老婆沒出差，在這跟我玩了一整天！她想我了……」

顧天衛就像頭被關進鐵籠的豹子，嗷嗷叫著想掙脫身邊的胳膊。

男人邊向旅館走廊外走著，邊又回過頭來朝顧天衛豎起了中指：「我累了，不陪你們玩了，有種你就打死我？打不死我，我就告死你！別以為我不懂法……」

男人說完剛一轉身，顧天衛就覺得自己被眾多的胳膊解放了，接著身邊的同事一起飛撲上去，圍著那個男人群毆。後來，不知道是誰從房間裡扯出了一條毛毯蓋在男人頭上，扒下了他的褲子，一條條皮帶朝著那個骯髒的屁股猛抽，男人在毛毯下嗚嗚地發出鬼哭狼嚎的慘叫……

離婚是陳文梅提出來的。自從那次事件發生後，顧天衛就再也沒有回過家。直到陳文梅在電話裡提出離婚。

而且直到他們離婚，陳文梅也沒向顧天衛道過歉。或許，她也認為任何的道歉都已經沒有任何意義。離婚後，陳文梅對那次事件的唯一一次解釋，是她告訴顧天衛說：「那晚，你打了他後，我把他叫進房間，想問他還願意帶我走嗎？你猜他怎麼說的？他罵我，他說有的是女人，我連給他提鞋都不配！那就是我刻骨銘心的初戀。也就是從那時起，我才明白自己是多麼下賤，下賤到了極點……」

顧天衛沒有對陳文梅動粗。婚後，他們曾吵過很多次架，有很多次顧天衛都有動手的衝動，可是他都忍住了。他覺得打女人是男人無能，這一次同樣如此。

離婚幾乎是他們在這座日益擁擠的縣城裡所辦理的最快速、最順利的一件事情。

但是在女兒撫養權歸屬問題上，顧天衛始終有著痛不欲生的矛盾。和陳文梅離婚或許是上天的特殊安排，也可以說是他以前曾假想過卻從沒敢想去實現的，然而女兒的照料問題卻無時無刻不在撕扯著他的心。

——父母年老體弱，顧天衛忙於工作，而顧陳還實在太小，她根本就離不開陳文梅的精心照料。於是，他們只得協議決定，女兒顧陳的撫養權歸顧天衛，但暫時由陳文梅帶在身邊，由顧天衛貸款購買的房子也歸陳文梅所有。

他們的離婚可謂轟動一時。而另一個更讓顧天衛感到驚訝的事實是，隨著時間的慢慢推移，隨著對撫養女兒顧陳的諸多問題的交涉，顧天衛竟發現自己依然還愛著陳文梅！這個發現簡直把顧天衛都嚇了一跳。他在離婚前都完全搞不清楚自己是不是愛過陳文梅，居然在離婚後有了這種匪夷所思的發現！他的判斷來自於他對她的可憐、回憶、惦念甚至是仇恨、懷疑，來自於一種莫名其妙的不離不棄，這一度讓顧天衛認為自己是個極度缺乏原則的人，但是他始終無法拋棄那種感覺。

離婚後，他一直沒有升起過再找的念頭，而是為拚命工作和照看女兒投入了全部精力。離婚後，他的世界完全成了空濛的黑白色，對所有女人都提不起興趣。離婚後，他才發現，如果結婚是對人生的妥協，那麼離婚將意味著對人生的丟棄。

顧天衛永遠也忘不了顧陳初上幼兒園的那一天。他和陳文梅一起去送顧陳，由於是步行，顧陳一路蹦蹦跳跳。忽然，她站到兩個大人中間非要拉著爸爸和媽媽的手玩「坐花轎」遊戲。

推辭不掉，又實在不忍心拒絕到底，顧天衛和陳文梅久違地握住了彼此的手腕，托起興奮地高喊高叫的女兒一路向前。直到顧陳在老師的引領下走進了幼兒園，顧天衛和陳文梅依然站在學校門前躊躇不定。

那一刻，他們無所適從。顧天衛卻終於明白，他對陳文梅的感情不只來源於幾年間的朝夕相處和同床共枕，他們還有了一個共同的結晶：顧陳。顧陳身上有著顧天衛和陳文梅共同的血脈和基因，他和她之間，因此也就由結婚前完全不相干的兩個人，變成了一對擁有著某種特殊血脈關聯的人。他們已經成為親人。而親人永遠都是親人。親人之間根本沒有原則，更無關背叛。

如果後來不是顧陳也出了意外——也許陳文梅不會徹底離開？也許他們還會有感情的轉機？

一想到顧陳，顧天衛的腦殼就像要崩潰的主機一樣，發出嗡嗡的疼痛難忍的轟鳴。

一時間，他竟搞不清自己身在何處，像墜落進深深的地獄。他感到壓抑、胸悶、焦躁、口渴，掙扎坐起來去找水喝，這時才發現自己正躺在一座完全不同的新房裡。

這不是他和陳文梅的老房子。那座房子已經被陳文梅變賣掉，後來因為縣城道路擴建而推倒了，永遠地消失掉了。

房間裡新鮮的油漆味和木器味提醒顧天衛，這是他和蘇甜剛剛購買的新房。

臥室牆上還掛著一張蘇甜的大幅寫真照片。

顧天衛在黑暗中久久盯著那副照片，淚水漸漸模糊了視線。他一直都覺得，照片上的蘇甜，還沒有她真實容貌的一半好看。

顧天衛感覺天旋地轉，竭力掙扎起來去客廳裡接了一杯白開水喝下，然後去浴室裡沖澡。

打開浴霸，站在花灑下，顧天衛將水流調至最大，盡情接受熱水的沖刷和滌蕩，這向來是他感到最鬆弛和愜意的時刻，可突然間，顧天衛驚訝地發現自己勃起了，下身堅硬如鐵，勢不可擋。

這已經是很久沒有過的現象了。長期以來，顧天衛一直以為自己未老先衰，經歷了那麼多坎坷跌宕，無論是年齡還是心理，無論是心理還是身體，都已蒼老無比。

顧天衛無可奈何，儘量將全身放鬆，將注意力分散，可腦子裡還是無可救藥地在剎那間閃過多個女人的影像：

陳文梅粗壯有力的大腿、濃密的陰毛以及肥碩的臀部；蘇甜綢緞般的皮膚、堅挺的乳房以及淺紅色的濕潤的陰唇；甚至是蘇珊無限幽怨的眼神、尖尖的黑色鞋跟以及手指尖上鍍金的豆蔻……

顧天衛越是想努力驅除這所有的一切，越是無法禁止腦海裡亢奮的跳躍。他禁不住狠狠握緊下身，在水流的沖蕩下發出一聲歇斯底里的長嚎。

第十六章 無名屍骨

顧天衛在一片鑼鼓聲中醒來，頭腦昏昏沉沉。

時間還早，顧天衛簡單吃了一碗麵條，開車往中隊上走。可車子還沒拐出小區，就見門口的廣場上人聲鼎沸鑼鼓喧天，道路也被堵得一塌糊塗。

原來眼看到年關口了，縣城附近一些村莊開始陸續找地方演練遊樂隊伍，為慶賀年後的元宵節做準備。村中的打麥場少了，他們就搬到城裡的小區廣場上演練，這樣正好能尋到不少看熱鬧的觀眾。

顧天衛繞不過去，只好也停車下來觀看，並很快被隊伍中一種「撲蝴蝶」的民間絕技深深吸引。這是一種有著悠久歷史傳統的迎春遊藝表演項目，近些年隨著舊村改造和藝人逸散已很難再現，顧天衛也只是小時候在農村生活時見過，如今能在城中小區門口見到著實稀罕——只見幾個老藝人腳踩超過兩米的高蹺，在水泥地上隨心所欲地飛奔，其中一年紀最長者手執長條竹竿，竹竿頂繫著紙紮的彩色蝴蝶，其餘人皆為爭搶蝴蝶競相奔走。老者雖步履不快，但手中竹竿甩出的路線異常刁鑽，撲蝴蝶者走出得速度和姿勢也頗為驚險。突然，老者手腕一抖，竹竿一斜，蝴蝶翩翩棲落地面，其餘人忽然就近劈開雙腿，迅速作出撲蝴蝶狀！動作之快，讓人眼花繚亂。細看之下，有人一條腿向前伸直，另一條腿半跪在後；有人兩條腿刷拉一下前後劈開，來了個一百八十度的貼地劈叉；更有人從高空做出一個前撲動作輕盈落地，在伸手碰觸蝴蝶後突然一個「鴿子翻身」緊接著「鯉魚打挺」，硬是又將身體連高蹺一起直立起來。

人群中爆發出陣陣喝彩，顧天衛也看得入迷。撲蝴蝶後，一群頭戴面具或卡通形象頭盔的少年上場表演，他們身體勻稱，動作輕盈，紛紛做著各種滑稽動作，逗得人群爆出陣陣哄笑。接著，是傳統的踩芯子、撇芯子、抬芯子、扭秧歌、划旱船，然後是精彩的鬧獅子，扮演獅子的分一個人、兩個人和三個人，有的俏皮，有的老辣，有的頑皮可愛，有的威武凶猛，扮演的獅子有時互相爭鬥，有時就地打滾，有時一躍沖天，直將現場的氣氛引向高潮。最後，那群金黃獅子是被一條巨龍趕下場地去的，只見舞龍的是一群清一色的青壯漢子，他們高高擎著筆直的木棍做出各種動作，在獵獵寒風中，將一條足有三十米長的巨龍舞得威風八面栩栩如生。長龍舞動，人們原本圍得又小又緊的圈子一下子擴大了，人們生怕被那些木棍碰到，被巨龍身上的竹片刮到。

人群後退顧天衛這才發現，那些舞龍者不但身材健壯，表情也各個賣弄誇大，滿臉的囂張狂傲，似乎唯有如此才能配得上舞龍。突然，顧天衛從裡面發現了一個例外，那個人和其餘舞龍漢子的表情相比，顯然還顯得稚嫩羞澀，力氣也稍稍不濟，更主要的是他臉上戴著一副黑框眼鏡。

此情此景，讓顧天衛像被一道閃電劈中。腦子裡倏地閃現出諸葛超留下的遺書！

那道謎題——

那張拙劣的圖畫——

諸葛超頭頂舉著的是一隻線條簡易的龍，而那個姿勢如果是個象形字，它不是「丁」，而是「個」。

一個龍？不對。

「龍個」？——對，就是「龍哥」！

諸葛超一定不認識他。

而案發之時，一定是聽到有人喊凶手叫「龍哥」！

「龍哥」根本不用再找了。

刑警大隊幾乎每個人都知道他是誰！

如果是這樣，那麼凶案現場還有別人？

是誰？——當然是「龍哥」兀龍的馬仔！

兀龍的馬仔在哪裡？——當然，現在就在二中隊熊志偉他們的手上！

顧天衛正想得驚心動魄，忽然被一陣電話鈴聲驚醒。

「顧隊長，有點急事跟你彙報。」打電話的是賀斌。

「這麼早，什麼事？」顧天衛抬腕看表問。

「今天一早道莊村村主任打一一〇報警說，他們一個村民在果園裡發現了一具屍體。」

「屍體？」顧天衛驚訝地問，「怎麼回事？」

賀斌說：「死亡原因還不確定，聽說已經高度腐爛，只剩下一堆骨架。法醫和技術中隊已經趕過去了，他們都知道我前段時間調查楊易金交通肇事案時去過那邊幾次，想通知我也過去看看。」

「嗯，這也許是個突破口。屍體是被掩埋的嗎？」顧天衛問。

「是村民刨地窖挖出來的，肯定是經過掩埋。」

「這條線索非常關鍵，我們一定要重視，你叫上米臣一起趕緊走，我現在也朝那邊趕，咱們到那匯合！」

「米臣？」賀斌有些猶豫。

「怎麼了？」顧天衛問。

「這小子還沒起呢。昨晚我回來得晚，見他還沒睡，今早上我都起來跑完步了，他還打呼嚕呢。」

「不像是他的風格啊。」

賀斌一笑說：「我看見昨晚高曉回來給他捎帶的飯菜了，可能這小子昨晚沒吃飯，不過飯菜他也一動沒動，估計是因為日有所思，前半夜失眠，後半夜睡死了……」

「不管什麼情況，你趕緊把他叫起來，一會兒看完了死人我請你們喝羊湯去！」顧天衛催促說。

「就等顧隊你這句話！」賀斌興奮地答應，「我馬上去叫，估計他也快餓暈了。」

道莊村在小區另一個方向，顧天衛立即扭轉車頭拋下遊樂的隊伍快速駛去。

等他剛在路邊停好車，賀斌和米臣也趕到了。

三人遠遠看見技術民警正蹲在離路邊不遠的蘋果園裡，他們快步走上前去，見到了地上那具散發著惡臭的腐敗屍骨。

技術中隊正準備收兵，見顧天衛來了，簡單向他介紹了一下情況。

原來屍骨是村民在新挖一個蘿蔔地窖時發現的，而且是挖到一米半以下才發現的屍骨，這說明屍體是被有意深埋在此，時間推斷在半年以上，從死者遺留的長髮、牙齒特別是恥骨緣支角的開合度特徵分析，應該是具女屍。

顧天衛詢問能否確定屍骨的身份？對方回答說很難，因為現場基本沒留下任何有價值的線索，除了一個繩子已經腐爛了的掛飾——一塊體積微小的白色玉佛，估計是假的，不值什麼錢。若想確定死者身份，除非能找到認識這塊掛飾的人，否則目前唯一的辦法就是提取頭髮上的DNA送檢，然後根據失蹤人員慢慢進行排查。

可誰都知道，這兩種可能微乎其微，不啻於大海撈針。尤其是他們從事技術偵查工作的更加清楚，這些年走南闖北遇到的無名屍骨太多了，如果是異地拋屍，或者拋棄的是外地屍骨，最終能查到下落的，比例實在不容樂觀。

接下來面臨的問題就是死者的致死原因：究竟是自殺、他殺，還是自然死亡？這方面法醫剛一開口，顧天衛他們就感覺興奮——雖然死者從被埋葬到發現時間跨度很大，又因為這一帶地下土質的特殊原因，屍體已經高度腐敗，就連骨頭都腐爛得特別嚴重，完全失去現場辨認條件，但是這具屍骨呈現出的另一種異常現象不得不讓技偵民警感到意外，那就是其顱骨開裂成兩半，已經嚴重腐爛，對比屍體其他部位的骨頭分析，堅硬的顱骨不應該這般脆弱，除非死前遭受過猛烈打擊或劇烈撞擊，再或者發掘屍骨時頭曾碰巧傷害到顱骨——但從顱骨開裂腐爛的程度看，這種可能性不大。

也就是說，死者很可能是意外死亡，然後被人有意埋葬，綜上所述，極有可能是他殺！

這究竟是又一起命案，還是跟楊易金交代的那起交通肇事案不謀而合？

比起惡臭的屍骨，米臣似乎對那塊玉佛掛飾更感興趣——要知道，破案有時候往往是從很微小的細節處開始的——要求帶回去研究研究。法醫沒有答應，他們用鑷子小心翼翼地把玉佛放進了取證包的塑膠袋裡，稱先要回去做進一步檢驗，看上面是否存有血跡、指紋等其它證據。

法醫和技偵民警走後，三個人輪番推測著女屍的身份，大體意見基本相似，那就是死者很可能是個外地人，否則死亡或失蹤這麼長時間不可能沒人報案。

然而，這只是一種假設，或者說一種可能。

離開現場前，顧天衛提議請賀斌和米臣喝羊湯，哪知二位看了法醫拖走的那堆東西後，無論如何不想去了。於是當即兵分兩路：賀斌回中隊叫上賈汝強一起去調查局裡其它單位受理的失蹤報案情況，時間擴大到失踪一年以來的所有女性。至於具體年齡，要等法醫檢測後才能基本確定，眼下要先全面撒網，然後再逐一排除。

顧天衛和米臣立即趕往二中隊，繼續調查「六・二六」案。路上，顧天衛對米臣說：「昨天高大隊說過，咱們抓的那個『白毛』一直跟著兀龍混，現在咱們得過去看看熊隊長的力度了。」

米臣說：「我看那傢伙油得很，現在嚴禁刑訊逼供，熊隊長能審出啥來？頂多也就吐出幾起搶奪案罷了。」

顧天衛搖頭：「那不見得，在任何時候，審訊永遠都是考驗一名刑警是否業務過硬的槓桿，也是一門必修課。刑訊逼供只是老時代的陋習，確實百害而無一利！時代發展到今天，法律越來越完善，咱們社會越來越講人權，難道說禁止刑訊逼供了我們就不辦案、辦不成案了？小米，這一點不是我說你，一個刑警光有勇敢還遠遠不夠，他必須要有腦子。」

米臣不但不服氣，而且連聲音也陡然高了：「我倒覺得一個人在關鍵時刻丟了勇氣就完了，簡直就是無可救藥的窩囊廢！熊志偉要有膽量的話，他幹麼不第一個跳下河去？難道他把腦子動在了那個節骨眼上？」

顧天衛吃驚地轉過頭來，發現米臣眼圈都紅了，這才覺得自己剛才的話也許太重了，有些挫敗米臣的自信心。但是對著手下，顧天衛也不想含糊其辭：「小米，我覺得你太過於偏激！這不好。老熊也許當時就是動作慢了，最後不是也下去了嗎？而且，就算當時他有別的想法，也是人之常情。畢竟，穿著衣服跳下河去要考驗水性，而且救助的對象還是犯罪嫌疑人，在那種時刻，面臨特殊的生死抉擇，任何人可能都會猶豫……」

「那你呢，隊長？」米臣問道。

「我之所以跳下去，一是因為水性好，再一個，也許是因為我知道抓捕白毛的重要性！『六．二六』案陷入僵局，抓到了白毛，或許咱們的案子才可能有突破……」

顧天衛說：「是白毛和兀龍有關係。現在看，只有抓到了白毛，才有可能找到兀龍的下落……」

米臣吃驚地打斷顧天衛說：「你說白毛和『六．二六』案？他們之間有啥關係?!」

米臣再次打斷顧天衛問：「這個你已經說過了，可是這究竟和咱們的案子有啥關係？」

顧天衛見米臣還處在剛才的激動中，刻意停頓了一會兒，待車內的氣氛稍稍平靜了，方才緩緩說道：「我琢磨著，『六．二六』案和兀龍有關係！」

米臣覺得難以置信：「隊長，為什麼？有線索，還是有證據？」

「我說了，我的意思只是推測，你還記得諸葛超的遺言嗎？」

米臣恍然大悟：「昨晚我按你的吩咐去看董老，還跟他提起過呢，我們都覺得那是諸葛超在玩我們！」

「也許是。」顧天衛說，「但也許不是。我今早上出門碰見一群鬧元宵演練的遊樂隊伍，最後一個節目是舞龍表演，而那其中有個戴眼鏡的，讓我突然醍醐灌頂一樣想到諸葛超的那幅畫，他要表達的意思是……」

突然，米臣大喊一聲：「不好！有車！」就見前方路口突然從左側疾速衝出一輛無牌廂型車，徑直向這邊撞來，顧天衛心裡大驚緊急剎車，輪胎立時發出一陣尖銳的摩擦聲，硬生生停在路口最中央，直行的廂型車被迫在一瞬間調頭轉向，車身幾乎擦著警車的左側衝到了正前方去！

「這人不要命了？大白天的敢闖紅燈！」顧天衛正覺得可疑，忽見左側路口迅速衝過幾輛警燈閃爍的交警摩托車。這下才明白，原來是交警隊在左邊路口查車，那輛無牌照廂型車一定是在逃避檢查。

「隊長，追不追?!」米臣被惹急了。

顧天衛也驚出了一頭冷汗，罵道：「媽的，還真是要錢不要命了！」

米臣也罵道：「操，剛才咱差點沒命了！隊長，咱追啊！」

顧天衛把車緩緩開出路口，說：「算了，看交警那陣勢，那車跑不了，咱們車沒撞到，人也沒事，算了。」

米臣卻不甘罷休：「隊長！咱們不能饒了那小子！」

顧天衛吃驚地望著米臣說：「我說小米，你還來勁了？早上沒吃飯，你吃了火藥？剛說了不要爭強好勝有勇無謀，馬上就忘了？我說算了就算了！管這些閒事？咱還有正事忙不過來。」

「是，隊長。」米臣情緒低落下來。忽然，又想起顧天衛講了半截的話，再次激動地問道：「隊長，剛才說到哪兒了？對，舞龍中有個戴眼鏡的——諸葛超的畫是什麼意思？」

「差點讓剛才那傢伙嚇出病來！」顧天衛努力調整一下思路，繼續說：「我推測那幅畫的寓意是，諸葛超頭上舉著的就是一隻線條簡單的龍，那個姿勢也是一個象形字——不是『丁』，而是『個』，連起來也就是說『龍個』——『龍哥』，說的不就是兀龍嗎？」

米臣質疑道：「兀龍總共就二字，那他幹麼不寫出來？」

顧天衛說：「也許他根本就不認識兀龍，只知道他叫『龍哥』……」

「那為什麼不寫『龍哥』？卻要畫畫？」

「這就是他留謎題的用意了，目的就是讓我們自己參透。」

米臣還是覺得離譜，可顧天衛接下來的話更令他感到震驚！

「如果這個推測成立，那麼現場極有可能不僅出現過第三者『龍哥』兀龍，而且還有過第四者、第五者甚至更多人……那些人，就是兀龍的手下！是他們在現場喊老大的綽號時，諸葛超記在了心裡，畫在了畫上。」

車子這時開進了大隊院落穩穩停下，米臣轉頭望著顧天衛，臉色像紙一樣蒼白：「隊長，雖然這只是你的假設，但它太可怕了！」

熊志偉正靠在審訊室的窗戶外站著吃泡麵，顧天衛和米臣敲門進來，見兩名坐著負責審訊的民警也都兩眼通紅，看情形都是一夜未睡。

「熊隊長，還沒吃呢？」顧天衛向熊志偉打招呼。

熊志偉忙著把吊在下巴處的一撮麵條吸溜進嘴裡，抬起頭嘟囔著回答：「還沒吃？還沒睡呢……」

「呵，拘傳要過十二小時的檻兒了吧？」顧天衛平時和熊志偉熟絡，說話總帶幾分玩笑，並不怕對方生氣。

「十二小時？嗯，拘留證辦好了……這不——吃了飯，正準備把『這朵毛』送進去……」熊志偉情緒明顯不高。

顧天衛望一眼窗戶裡受訊的白毛，此時正蔫頭耷腦懨懨欲睡，但眼珠子不忘朝這邊偷看，心下也就明白了個大概。

等熊志偉終於吃完麵，連帶將那碗湯都喝光了，顧天衛才向他招手示意出去說話。

「熊隊，戰果怎麼樣？」到了門外，顧天衛這次問話的口氣很嚴肅，也很誠懇。

熊志偉搖搖頭說：「他奶奶的，在東北時就有過好幾次前科，骨頭挺硬，除了昨天當場發現的那起，其餘的啥都不承認！」

「就一起？」顧天衛笑了，他當然不信。

顧天衛回頭看看米臣，米臣和他對視一眼接著將目光抬起來，晃著身子去看走廊上的天花板。

「法子想了不少，嘴皮子也快磨出泡了，就是不招，要不是另一個吐了幾起，他還想咬住牙抵賴。」

「那就是交代了幾起？」顧天衛又問。

「交代完這幾起，他以為我老熊沒法子了？我把從技術中隊調出的監控錄影給他放了幾段，哼，這朵毛不吭聲了，往後就老實了。」

「那是他對你缺乏瞭解！那就是交代了十幾起？」

「十幾起？」熊志偉扳著指頭做出一個手勢，「七十多起！怎麼樣，這是今年縣城街面兩搶犯罪[3]案發率的百分之八十！」

米臣把眼光放下來，落在熊志偉「地方包圍城市」的頭皮上。

顧天衛忙向熊志偉豎起大拇指：「厲害！辛苦了！還有嗎？」

---

[3] 中國對街上發生的「搶劫」、「搶奪」犯罪的統稱。

熊志偉警覺起來：「高大隊半夜打過電話來，說哪怕別的可以先放放，但白毛跟兀龍的關係一定得搞清楚。這事你們也知道？」

顧天衛回答：「知道一點。」

熊志偉點頭笑笑：「老顧啊，抓兀龍人人有份，用不著這麼一大早就跑到我這刺探軍情吧？」

顧天衛也笑著說：「抓兀龍我肯定不和你搶，我們有我們的案子，你就直說你問出啥情況了吧？」

熊志偉賣起了關子：「那你先告訴我你們辦的是啥案子？」

顧天衛稍作停頓，語氣乾脆地說：「抓兀龍！」

熊志偉也頓了一下，伸出手來輕輕拍著後腦勺問：「老顧，你以為頭髮少的人傻是吧？還是你做夢都想立功？我告訴你，不是我不告訴你，而是高大隊還有過吩咐，這事一定要決對保密，除了參加審訊的這幾個兄弟，誰問都白搭！」

顧天衛知道再問不出什麼了，只好順梯子就下，繼續開著玩笑說：「熊隊，搞得這麼嚴肅幹麼？好像我是來探聽內幕，然後去給兀龍那狗日的通風報信似的！既然有紀律，我就不問了，不過這朵白毛落在你手裡，真是太對了，你們倆簡直就是絕配！」

「啥意思？我們倆是狠對狠？還是硬碰硬？」熊志偉一臉自信地問。

顧天衛一邊轉身告辭，一邊說：「都不是，你是老熊，他叫白毛，你們倆碰到一塊，那叫中國『國寶』——大熊貓（熊毛）！」

離開二中隊，顧天衛和米臣徑直去敲高山河的辦公室門，高山河不在，大隊辦公室內勤童妞妞見到他們主動打招呼說：「高大隊剛走，去縣局參加黨委會了。你們有事情，可以先在辦公室坐坐，也可以直接給他打電話。」

顧天衛點點頭，走到走廊盡頭無人處給高山河打手機，高山河很快接起來：「天衛，什麼事？」

「高大隊，我剛從二中隊出來，想瞭解一下白毛的交代情況，特別是關於兀龍的……」

「你先別急！抓兀龍迫在眉睫，但我們絕不能掉以輕心，保密紀律是我定的，現在也只有極個別人瞭解最新情況。你先查你們的案子，兀龍這邊你就先不要插手了。」

「可我們發現，兀龍也極有可能與『六・二六』案有關……」

「是嗎？這麼說你們的工作有進展了？太好了！這樣吧，我馬上開會，來不及多說，先簡單說下情況，你瞭解個大概就可以，因為接下來的工作我已經有安排了。」

「高大隊，我們什麼時候成了外人？」

「放心，好鋼用在刀刃上，關鍵時候有讓你表現的機會！長話短說，這次志偉那邊收穫很大，通過審訊得知白毛現在並不受兀龍的賞識，已經從以前的親信變成個最外層的小混混，靠搶奪盜竊進貢加分，目前在他和兀龍之間還有個上線，名叫岳亮，綽號『月餅』，也叫『餅哥』，這人同樣惡跡斑斑，心狠手辣，家住臨縣的縣城，按日子算今天正好是他回家給父親祝壽的日子。所以，我們抓住岳亮，兀龍還會遠嗎？」

「高大隊，那我們申請立即參加抓捕行動！」

「這事已經有人辦了，大隊自有大隊的考慮，你服從安排繼續查你的案子吧！好了，我不跟你說了，徐局長進會議室了。」說完，高山河掛了電話。

第十七章 鏖戰前夜

米臣正和童妞妞說笑，顧天衛神情抑鬱地走到辦公室門口。

「小米，咱們走。」

「去哪兒，隊長？」

顧天衛眉毛緊蹙，長長吐出一口氣說：「還能去哪兒？去醫院！」

米臣匆匆跟童妞妞告別，跟上去。

「隊長，高大隊什麼意見？白毛那邊……」

「白毛還有上線，抓捕沒用咱們。」

「為什麼？」

「你問我，我問誰去？服從命令吧。」

兩人買上禮品趕到董全卓的病房，進了房間卻發現走錯了，病床上躺著三個陌生人。

兩人再一打聽才知道，董全卓早上換到了隔壁的一間單人房。他們拐進隔壁病房，見董全卓正一個人泛著迷糊，倚著被褥打點滴，聽見響動低埋的眼皮猛地一抬：「啊，天衛你們來了？」身子明明想動，卻又不敢動彈。

「感覺好點了嗎，董老？」顧天衛連忙打出個暫停的手勢，「實在抱歉現在才來看你，幸虧咱們不是外人……」

「該道歉的是我。」董全卓自我解嘲說，「本來想發揮點餘熱，沒想到現在成了你們的累贅！」

「哪能呢？我孀子呢？」米臣沒看見董全卓的老伴兒。

「上廁所了，這房裡廁所的馬桶壞了。這幾天，她老毛病便祕又犯了。」董全卓回答。

顧天衛和米臣放下禮品，分別坐在病床兩側。

「董老，不是我說難聽的閒話，我現在真是羨慕你能在床上躺著，有老伴兒和護士伺候著，有公款給你報銷著，你看，現在住的還是單人房……」顧天衛開著玩笑說。

董全卓把臉朝向顧天衛：「我巴不得咱倆這就換換，可老天不隨人怨啊，這才一天一夜，我卻感覺度日如年，躺得心煩氣躁，腦袋裡也混沌不清，怎麼樣，案子有新進展嗎？」

顧天衛側臉望望米臣，乾脆把自己早上的推斷和盤而出，董全卓一直閉著眼睛傾聽，等顧天衛說完了很久才慢慢睜開眼睛說：「有道理，可這樣一來，捲入案子的當事人越來越多，案情也越來越玄乎……不知道怎麼了，我近來一連做了好幾個惡夢，每次都夢到這案子詭異得很，就像無底洞，洞裡鬼影幢幢，非常可怕，而我們越忙越亂，越陷越深……」

說著，董全卓長長嘆出一口氣來：「天衛、小米，我是不是真老了？不過碰巧扭傷了腰，可怎麼感覺腦子也壞掉了……」

顧天衛覺得詫異：「董老，這話可不像是你的風格啊，你什麼場面沒見過、什麼風浪沒經過？有你在就是我們的定海神針，你可不能洩氣！」

米臣也說：「是啊，老爺子，我們時刻都需要你運籌帷幄！」

董全卓疲憊地眨下眼睛：「你們就別安慰我了，以前我一直都不服老，總覺得只要領導和工作需要，我隨時都能衝上去。可現在看，不服不行，不光是體力，就連腦力也遲鈍了！——假使天衛的推斷成立，我現在實在想像不出案發當時的情景，或者乾脆說我的大腦下意識地排斥那種不可思議的場景！」

顧天衛隔著白色的棉被，安慰性地拍拍董全卓的雙腿：「董老，你也別太謙虛，案子再急也急不過病去，你好好靜養，如果我們有什麼新線索，會隨時來向你彙報，你有了什麼新想法，我們也可以隨叫隨到，咱們現在可都是一條繩上的螞蚱！」

董全卓苦笑：「其實我現在多想跟著你們跑，想親手解開我腦子裡的那些疙瘩和謎團，但我這把老骨頭不答應啊，現在腰椎以下就跟埋進土裡腐爛了一樣……」

這句話忽然提醒了顧天衛，顧天衛就又把早上在縣城東郊發現無名屍骨的事情也說了，見董全卓興趣不大，他卻緊接著又說出一句令董全卓和米臣都感到石破天驚的話來：

「董老，有件事我一直埋在心裡沒向任何人提起過，直到今早上我看到和那具無名屍骨一起出土的玉佛掛件時，我才猛然間想起來，其實『六・二六』案發時，現場遺失了一件很重要的證物——蘇甜當時手上應該戴著一枚戒指——那是我給她特別訂製過的一款鑲藍寶石的金戒指，背面還刻著一個『甜』字。」

董全卓頓時覺得難以置信：「婚戒不是要在第二天的儀式上，你親手給她戴上嗎？」

顧天衛說：「按程序是這樣，可戒指做出來後蘇甜立即愛不釋手，考慮到我們已經提前幾天領了證，她也就一直那樣戴在手上，說好了進行儀式前再臨時交還給我……」

董全卓竭力瞪大眼睛，暴露出眼白上通紅的血絲，嘴唇像因為憤怒顫抖著繼續問道：「天衛，那你，你為什麼……此前，一直不說?!」

顧天衛的眼圈也紅了。

「董老，當時發生了那麼大的事，一聽到諸葛超投案自首了，我整個身心都沉浸在極度的悲痛中，根本沒有精力注意婚戒在不在，到後來猛然意識到婚戒不在蘇甜的手上時，案子已經定性並且對外公布了。我一直想，蘇甜人都沒了，我還在意什麼戒指？我感覺萬念俱灰，不想再陷入回憶，只想被動地等待判決結果，於是也就漸漸把這事放下了——直到現在，發現案子一波三折，根本就不是那麼回事！」

米臣聽了，內心萬分驚奇地問：「如果是這樣，案子還真有可能就是兀龍他們幹的，他們順道路過，見財起意，殺人滅口……」

董全卓也彷彿喃喃自語：「人都說夢是反的，可我腦子裡現在像煮了一鍋八寶粥，真亂套了！我現在就是不閉眼睛，眼前都能看見那個黑洞……」

屋子裡安靜下來，三個人都默默地盯著彼此陷入了沉思，彷彿各人都要從另外兩人的眼神裡挖出些線索來。

直到董全卓老伴兒回到病房打破了這種沉默，顧天衛和米臣才匆匆告辭。

出了病房，顧天衛和米臣站在走廊裡，一時不知道該幹什麼，突然，一個穿著拖鞋慢騰騰擦肩而過的身影吸引了顧天衛的注意，顧天衛情不自禁地喊出聲來：「蘇珊！」

那個身影緩緩回過頭來，臉上帶著口罩，眼睛卻是一片茫然。顯然，她不是蘇珊。

顧天衛很尷尬，低聲問身邊的米臣：「我怎麼覺得她那麼像蘇珊？」

「隊長，你是不是也太累了？她從後面看是很像蘇珊，可蘇珊能有那麼大的腳嗎？再說，她不是剛出院？」

幽暗深長的走廊，散發著濃重的來蘇水味道，顧天衛愣愣地杵在那裡，目送那個不是蘇珊的身影慢慢地挪進病房裡去，竟有一種恍如隔世的錯覺。

這座醫院，他曾經再熟悉不過，可如今正變得越來陌生。

長長的走廊裡，曾穿行過陳文梅鏗鏘的腳步，他悄然出現在護士站一角，在女孩兒們羨慕的眼神裡，接陳文梅回家；狹窄的急救室裡，曾橫陳過顧陳冰冷的身體，他像個瘋子一樣摔在那張床下，哭得昏天暗日，痛得死去活來；病房的陽臺上，曾佇留過蘇珊崩潰的背影，他像個罪人似地站在那裡，在最後關頭將躍出窗外的身體抱住……

這是一個他永遠都不想面對，卻又一次次無法避開的地方。顧天衛突然想到了死，想到了地獄，也許只有死亡和地獄才是如此。

兩人剛出了電梯，賀斌就打來了電話。

「隊長，有兩個消息一好一壞，你先聽哪個？」

顧天衛問：「哪來那麼多廢話，什麼壞消息？」

「壞消息是我查遍了所有失蹤記錄，符合條件的一共有七個，但是剛才我和法醫那邊聯繫了一下，他們動作很快，根據屍骨的特徵分析研判已經把死者年齡範圍縮小到了十六至二十五歲之間，身高在一六六公分左右，我所查到的這七個人中，沒有一個符合條件。」

「條件相似的也不能放過。」

「相差都太大了，這七個人中有六個是五十歲以上，身高都很矮，剩下的是個十歲的小女孩兒，個頭也只有一百四十公分。」

「那好消息呢？」顧天衛把車鑰匙扔給米臣，皺著眉頭點上一支煙問。

「好消息是，聽說二中隊去臨縣把『餅哥』抓住了，恐怕最近又得聚餐了。」

顧天衛感到震驚：「『餅哥』？你是怎麼知道的？」

賀斌在電話那頭笑笑：「隊長，現在全大隊的人都在憋著勁兒抓兀龍，徐局長以前不是說過嗎，誰抓住那傢伙就給誰至少立二等功，這事他們想保密就能保住密？我現在不光知道他們得手了，就連他們往回走，走到哪兒了我都知道……」

「行了，這麼能耐你還想劫法場是怎麼的？千萬別亂說，這可是高大隊親自定的紀律，小心拿你開刀，我到現在真的啥情況都不知道，也沒接到任何通知，不過如果你說的是真的，我估計咱們很快就要搞大動作了。到時候，有兄弟們表現的機會。」

賀斌問：「那隊長，我這邊又僵住了，怎麼辦？」

顧天衛問：「法醫就沒說死者致死的原因嗎？」

賀斌答：「問了，基本確定係生前顱骨遭受重創致死，但懷疑有可能係遭鈍器擊打，也不排除在車禍中受過劇烈撞擊。可是隊長，我懷疑這就是楊易金那起交通肇事逃逸案中的受害者！只不過這個受害者根本不是本地人，就是個路過的。」

「我也這麼想，可我們都沒有證據，如果這人就是楊易金撞死的那個，那掩埋屍體的又是誰呢？如果是楊易金本人，那既然他撞人都交代了，為什麼不交代埋人呢？這有些說不通。難道是他撞沒撞死，又下來殺人滅口？這個過程，我們一定得查清楚！」

顧天衛抽完最後幾口煙，將煙頭扔進附近的垃圾箱，然後坐進車裡繼續說：「這樣吧，你和小賈再到網上搜尋一下相鄰縣市的失蹤報案者，看看有沒有特徵匹配的。我和米臣跑趟看守所，再去會會那個楊易金！」

顧天衛話音剛落，米臣就發動了車子。

「隊長，帶提審證了嗎？我怕某些挨了批評的人給咱們臉色看。」

「我包裡帶著呢。怕什麼？他們看守所就是開銀行的，我們是提錢的，只要手續對路，想提就提！你見哪家銀行門沒看好錢丟了，去怪客戶？」

米臣噗哧一下笑了：「隊長，你這比喻太經典了！要是什麼時候看守所也弄臺ＡＴＭ機，咱們就更方便了！」

「真要那樣，那些來會見的律師還不夜夜做夢笑醒了？」

值班民警換成了新面孔，一切還算順利。幾天不見，楊易金仍舊那副無賴德行。見了顧天衛和米臣，滿臉都是興奮的巴結相。

「兩位領導，盼星星盼月亮終於把你們盼來了！怎麼樣，都查清楚了吧？是來放我出去的吧？」

米臣笑著從包裡往外拎電腦：「放你？就你這態度？」

楊易金連忙狡辯：「我這幾天在監牢裡也跟人學了不少法律，我打架搶錢的事情不光需要原物返回，還要另外交些罰款的對吧？這我完全支持！你們隨便看著罰就是，拿著發票去找我老婆要，我的錢都在她那裡存著！只要你們能放我出去怎麼樣都行啊！她不往外拿你們帶著我回去，我親自和那死老娘們要錢……」

顧天衛打斷楊易金：「廢話少說，你學的也不知道是哪國的法律，讓你注意態度，意思是叫你實話實說，不要存在僥倖心理，你以為我們查不出你隱瞞的犯罪事實?!」

楊易金臉上的五官再次扭作一團，聲音嗚咽著說：「兩位領導，我真願意發毒誓啊，我該交代的確實都交代完了，這幾天在裡面吃不飽誰不著，我也徹底反思悔悟了，求求你們讓我出去吧！我保證再也不做壞事了……」說到這，楊易金鼻涕一把淚一把，嗓子哽住說不下去了。

「楊易金，現在我們給你最後一次機會，你要不說實話我們也確實幫不了你了，你就在裡面待著吧！」顧天衛盯著他，「你到底願不願意說實話？」

楊易金抬起頭連連點著：「我願意！我願意！」

「你再把你開車撞人的那件事情詳細說一遍！不要有任何保留，不要放過任何一個環節！」

米臣打開電腦，準備記錄。

「我都如實說過了啊！」楊易金彷彿無限委屈。

「是讓你再說一遍。」米臣朝他伸出一根食指，動作卻像豎起了中指，「這是最後一次機會！」

楊易金呆在那裡，顯得茫然無措，忽然他恍然大悟似的問道：「我明白了，那個女人是不是被我撞死了？這個也需要賠償，我早就知道的……」

顧天衛質問：「你怎麼知道被你撞的是個女人？」

楊易金說：「車擋風玻璃上有血和頭髮，那頭髮一看就知道是女人的。還有那個被雨刷器卡住的女士髮夾……」

「你撞了人之後，接下來怎麼做的？」

「我很害怕，那段路雖然好走，但路邊有一大片陰森森的玉米地，我沒敢停車就跑了，我錯了……我當時要是下車看看，興許那人還有救。」

「你怎麼判斷她還有救？」

「我是這麼猜啊，再怎麼說我也不應該跑的，是我太沒有良心了……我就知道，她做鬼也不肯放過我的，我現在天天晚上都做惡夢，原來是她回來找我了，說不定現在她就附在我的身上……」

「少胡說八道、裝神弄鬼！我最後再提醒你一次，你到底下車了沒有？你下車以後幹的什麼？那女的穿的什麼衣服？或者說，你下車後有沒有認出那個被你撞的女人來？」

「兩位領導，我指天發誓，我是……是真的沒敢下車……確實不知道那女人是什麼情況，至於穿的衣服也沒看清，好像渾身上下是同一種較深的顏色，不然太明顯了我就可能有警覺了，是不是黑或藍色的連衣裙確實不敢確定。到了後來……我良心上實在是過不去，想去那片玉米地附近看看，但又害怕她家人和你們就在那裡等著我，就沒敢去……不信，你們可以問我老婆，這過程我也和她說過，她一生氣我從來不敢對她撒謊，她說聽說現在一條人命特別是城裡人的命都值好幾十萬了，我們也沒敢報警……」

顧天衛和米臣對視一眼，轉向楊易金問：「這麼說，你確實沒下過車？」

「誰下車誰遭天打五雷轟！」

「你到現在還沒搞明白？我們只信證據，不信毒誓！你以為當時沒有人看見你？」

楊易金突然哭號著說：「兩位領導，如果誰看見我當時下過車我給誰當一輩子的奴隸！就是你們現在槍斃了我我都願意！雖然事情過去小半年了，可那時候我記得嚇得都快尿褲子了還使勁憋著沒敢下車，我這人天生膽小，你們可以去調查，村裡他們誰都知道哇……」

顧天衛一臉厭煩地繼續訊問：「那你沒下車？也就沒埋屍體了？」

「埋？屍體？我都不知道那女的是不是真死了，我怎麼可能埋她呢？——她被人埋了？沒去醫院搶救？」

「都像你一樣知道逃逸，就是撞上大象也沒救了！我告訴你，那女人不但被埋在了附近，而且埋得很深。她為什麼被埋、是不是你幹的，你現在可以說也可以不說，可以說實話，也可以繼續狡辯，但是你別忘了，法網恢恢，疏而不漏，事情總會被查得水落石出。而且我還告訴你，時間是檢驗真理的唯一標準，既然這些謎題還沒解開，那你就還得繼續在裡面蹲著。」

「可這些確實不是我做的！我現在連撞死人都承認了，埋屍體這點小事我還能不說嗎？是不是她家屬埋的？」

「如果是你老婆或閨女叫人撞了，你會一聲不吭就埋起來？」

「難道沒有人向你們報案？你們查查誰報的案不就清楚了！」

「目前好像還沒有人報案。好了，不跟你廢話了！我們向你明確說明一點，你的行為涉嫌嚴重的刑事犯罪，想短時間出來是不可能的，再說就從今天的交代談話來看，你根本還沒有徹底地反思悔悟，回監牢後繼續好好改造吧。」

楊易金露出一臉巴巴的可憐相：「是不是你們查不清楚人是誰埋的，就不會放了我？可到底是誰能把人偷偷埋起來的呢？難道這個人和我一樣心裡有鬼……」

米臣用力地合上電腦，附和說道：「我看你今天就說了這麼一句有用的話，那個人即使不是你，肯定也和你一樣，良心大大地壞了！」

出了看守所，顧天衛徵求米臣的意見：「你覺得他說的是實話嗎？」

米臣說：「我感覺問題不大，就我對楊易金的觀察和瞭解，他好像還幹不出撞一次人見對方沒死，害怕受牽連為圖賠償省事，然後再撞一次直到撞死的事情。他雖然滑頭但是是那種農民式的狡點，他雖然無賴但是還不至於壞到骨頭裡去。」

顧天衛點點頭：「我也這麼覺得，但我們需要證據，最好得去找他老婆證實一下！」

「如果不是他埋的屍體，那究竟會是誰呢？——路人不可能，一般的路人見到這種情況只可能走掉或報警；親人也不可能，根本就說不通；難道是別有用心的人，見財起意？可那種地段、那樣的時辰、那樣一個穿著的女人，如果只是獨自一個人，隨身又能帶什麼貴重財物值得埋屍滅跡？」

顧天衛也覺得難以理解：「看來，這也是個謎案。我隱約覺得，案情也不僅僅是交通肇事那麼簡單！甚至我還感覺，它有可能與我們手頭上的案子有關聯。」

「跟『六．二六』案有關？不可能吧……」米臣質疑道。

「是不太可能，可我好像就是有這種預感，誰叫這案子是從楊易金身上牽出來的呢？『六．二六』案一開始的漏洞不就是因為他嗎？」

米臣笑言：「『花開兩朵，各表一枝』，雖說這肇事案也越來越棘手，但我實在看不出它們之間還有什麼必然聯繫。」

顧天衛也自嘲地一笑：「腦子亂得很，可能是我想多了，它們之間的聯繫僅僅就是楊易金而已。」

兩人說著話剛坐上車，幾乎是同時接到了刑警大隊辦公室的電話通知。辦公室有兩部外線電話，給顧天衛打的是位男民警，而打給米臣的是童妞妞。

「『大米』？注意聽好了，下個緊急通知！」

「您是哪位啊？」

「妞妞，明知故問！」

「哦，我還以為是老鼠呢，你那邊怎麼那麼吵？」

「廢話，兩部內線、兩部外線都在下通知呢！好了，聽好，晚上早點吃飯，六點鐘準時在大隊辦公室集合開會。」

「那麼早，你不請客？」

「請你個頭，掛了！」

米臣收了線發動車子，顧天衛笑著打趣說：「是童妞妞吧？哎，我看這女孩兒也不錯，你沒爭取一下？」

米臣立即搖搖頭，腦子裡卻閃出蘇珊的影子。一想到蘇珊，他心裡又開始莫名其妙地激動和忐忑。

「隊長，不是我挑揀，確實不是一種風格。」

「我看童妞妞比高曉還漂亮，不就是人家左邊眼窩下有顆痣嗎？你知道痣長在那種地方有什麼寓意嗎？那叫大吉大利、大富大貴！今後要是你倆成了，保證金山銀海吃喝不愁……」

「隊長，我發現你每次給我介紹對象時都變俗了，難道找對象就是為了金山銀海？再說現在人誰還為吃穿這種簡單需求發愁？有感情，或者說有感覺，才是最最重要的啊！」

「唷？談婚論嫁的事老頭子倒輪到要光棍子提醒了！時代不一樣了，真要跟著感覺走的話，不知道誰才能入咱們米臣的法眼？鞏俐？范冰冰？還是章子怡？」

「不好意思，隊長，明星我只喜歡外國的，而且很有限，知道潘尼洛普・克魯茲（penelope cruz）和莎利・塞隆（Charlize Theron）嗎？」

「不知道，她們是誰？」

「一時很難說清，絕對地一見鍾情……」

「那樣的女人，恐怕只在電影裡才有！你小子……」

「不，隊長，現實中也有！」

「現實中？誰？你遇到過？下手追啊！」

「隊長……我喜歡蘇珊！」

米臣說完，沒聽到顧天衛的回應。這時，車子正好駛進一條短暫幽暗的隧道。

「隊長，隊長？」

米臣在明滅不定的隧道燈影下轉過頭來，發現顧天衛不知何時已閉上了眼睛。

傍晚六點，刑警大隊會議室內座無虛席，甚至圍著長條會議桌還加了一圈座椅。

顧天衛剛一進去就遠遠看到有人向他揮手打招呼，示意身邊有空座，顧天衛看清那人是劉永平，一路側著身子向裡擠去。

米臣驚訝地發現高曉也來了，而且還化了妝，默默地坐在外圍一角玩手機，抬頭見他進來趕緊衝他擺手，可惜那邊沒有座位了，米臣乾脆在門口坐下來。

劉永平與顧天衛用力地握手，掩飾不住一臉興奮，刻意壓低嗓門說：「兄弟，大哥我要謝謝你！」

顧天衛納悶地說：「謝我什麼？」

「不是你推薦和美言，這次行動我能來嗎？」劉永平臉上笑意未減。

「咳，老大哥，這你就冤枉我了，我這級別的哪有什麼機會美言和推薦？再說你也用得著那個？這次行動來不來參加都是縣局黨委的意見，也是縣局黨委對咱們每一個人的信任，與我可真沒有半點關係！」顧天衛澄清說。

「別謙虛，兄弟，你離廟堂近，我在江湖遠啊！總之我知道你為人實在，今天我能來也特別高興，聽說一會兒徐局長要親自來參加會議，我們這些人是他一個個點的將！你說這說明啥？說明領導心裡有咱啊！」

「大哥，這些話我早就說過，是你一直有些多慮！其實咱這些人天生就是幹活的命，跳出三界外，不在五行中，誰的人都不是，幹活也不是給哪個領導幹的，至於外人有啥想法那是他們外人的事，咱們對得起自己的良心不就行了？」

「兄弟你說的很對！上次咱們交談了以後，我想想你的話說得特別在理，活了大半輩子為的到底是個啥呢？不就圖個心裡頭踏實！其它真的什麼都是浮雲了。今晚咱們要大展身手，知道嗎？我好久沒摸槍了，手都癢癢得很！」劉永平一邊說著，一邊快速地搓著手。

顧天衛鼻子裡笑哼一聲，打趣說：「大哥這話說得，色瞇瞇的！」

劉永平聽了點頭直笑，這時屋子裡突然靜下來，氣氛驟然緊張，徐千山、周興海、高山河還有幾個專程從市局趕來的領導，邁著大步匆匆走了進來。

「同志們，我先說幾句，一會兒讓市局領導以及周局長和高大隊再做具體的部署和強調！」徐千山站在桌子一頭開門見山，「這次行動是縣局黨委經慎重考慮後專門報請市局主要領導、分管領導批准後，迅速組織實施的，目的只有一個——對長期在逃的本縣籍犯罪嫌疑人兀龍實施抓捕，徹底摧毀以其為首的，涉嫌販毒、搶劫、故意傷害、非法持有槍枝等多種犯罪的團夥。下面我介紹兩位市局的領導，一位是市局禁毒支隊的仇海副支隊長，另一位是市局刑偵支隊的趙剛副支隊長，感謝他們對我們即將開始的抓捕工作提供巨大的支持和保障！好，同志們，長話短說，現在我宣布，『十二・

三一』抓捕專案組正式成立，今晚在座的每一名同志都是縣局黨委經過層層選拔和慎重考慮後通知到會的，抓捕工作要面臨各種意想不到的凶險，因此每個人的政治覺悟和業務素養都非常關鍵，我相信同志們一定能擔負得起局黨委的信任和囑託，能夠勝任各自的戰鬥任務，為黨和人民堅決除掉這一危害社會的毒瘤！為我縣公安史冊再次書寫濃彩重墨的一筆！明天就是元旦，哦，不，今晚我們就將迎來嶄新的一年，在此，我代表縣局黨委預祝抓捕行動馬到成功！同志們辛勤地付出一定會贏得出色的戰績……」

會議室裡，除了幾位領導陸續的動員講話、情況介紹以及分工部署、講解各種注意事項，一直都靜得出奇，甚至連聲咳嗽都沒有。但是每個人的血液此刻都在燃燒和沸騰，每個人都知道接下來，將要面臨的是一場什麼性質的戰鬥！

彼此真槍實彈、狹路相逢，對方人多勢眾、狗急跳牆，聲浪、人群、酒精、煙霧、毒品、凶器、槍枝、包廂、射燈、女人、攻擊、驚叫、擁擠、肉搏、碎裂、鮮血、矮巷、逃亡、追擊……

顧天衛腦子裡飛快地閃現著這些場面，甚至能感受到自己手臂以及挨著的劉永平的膝蓋處所發出的那種微微地顫抖。

毫無疑問，這必將是一場驚心動魄的決戰！

第十八章　喋血擒凶

分組乘車的共有四十二名民警，加上在市局待命的兄弟單位民警，顧天衛估計這次行動至少有五十人參加。

根據可靠情報，兀龍今晚將在市區百老匯歌劇院的三號ＶＩＰ包廂，與債主們做一筆交易。相關部門警種已經提前做好了布置工作，所有行動民警一律著便衣，有的化妝成一般觀眾坐在大堂內隨時待命，有的化裝成官員老闆提前進入相鄰包廂協助接應，有的化裝成跑堂的端茶送水偵察情況，還有的扮成戀人做好隨機應變工作。

顧天衛被分在突擊抓捕組，擔任這一小組組長。突擊抓捕組一共有八人，各個身強力壯，槍法精準，現場抓捕經驗豐厚，除了顧天衛、熊志偉等幾個中隊長外，還有幾個參加工作在五年左右的刑警，他們的任務就是一旦時機成熟，果斷實施強攻抓捕。

劉永平等三個派出所所長和兩名刑警共五人分在協助抓捕組，劉永平擔任小組成員，他們的任務是提前進入相鄰的ＶＩＰ包廂靜觀其變、協助抓捕。

米臣被分在隨機應變組，因為和高曉都來自一中隊，彼此之間熟悉，所以被安排成臨時戀人。兩個人的任務看似輕鬆浪漫，但是要相對單獨地在包廂外走廊裡活動、「親密」，隨時都有可能遭遇犯罪嫌疑人，實則同樣凶險。

廂型車在漆黑的省道上行駛，有人在默默地擦槍，有人凝望著窗外的夜色，也有人閉目養神休息，車廂裡瀰漫著一種鏖戰前夕的寧靜。

高曉習慣性地掏出耳機來，想用和米臣一樣的iphone 4聽聽歌曲舒緩一下情緒，可又反應過來手機剛剛被統一保管了。她這一組，因為所處位置特殊，甚至連一部保持通話的電臺或警務通手機都沒有配備。

黑暗中，高曉伸出手來緊緊拉住了米臣的胳膊。

這一次，米臣沒有拒絕。因為他很快就從高曉的手臂間，感受到了一種前所未有的緊張。

早前被抓獲的岳亮此時也坐在車上，而且「享受」的待遇不低，不但沒戴手銬，而且穿著一身名牌，頭髮上噴了慕絲，皮鞋擦得錚亮。和他同乘一輛車的，都是本次抓捕行動的領導成員。

據岳亮此前透露，兀龍不但一向為人陰狠、手段毒辣，而且凡是到了他手上的錢財，向來只進不出、一毛不拔，手下人都對他這點敢怒而不敢言，之所以還為他賣命，大多數是害怕他的淫威，再就是靠他心狠手辣得來的名頭在凌強欺弱時能夠「分成」。

岳亮還進一步交代，其實兀龍早已不得人心，不光是警方想抓捕他，很多債主也想方設法尋找他，現在就連他的手下也都漸漸離去所剩無幾。兀龍暗中存有大量錢財，可因長期揮霍無度，在外界債臺高築、樹敵太多。之所以到今天還沒有倒臺，那是因為他有一項別人都沒有的本事，那就是只有他能從外地「搞貨」——今晚，他就是想利用搞來的「粉兒」，和債主們談交易。

帶著岳亮參加抓捕行動肯定要冒很大的風險，但是岳亮在今晚這場交易中扮有重要角色，按照兀龍和他之前的約定，岳亮必須要按時提前出現，負責看場子和震場面，和他有同樣分工的至少還有兩三個人，個個都是身上紋龍刻虎、脖子裡墜著大金鏈子的主兒。

當然，岳亮之所以能夠交代得如此詳細，之所以能夠繼續出現在百老匯歌劇院，警方事先早已經過了種種大量細緻的工作，確保又狠又準地捏住了他的「七寸」！

半小時後，行動小組迅速抵達市區，悄然靠近百老匯歌劇院。行動總指揮部所在的IVECO轎車，停放在歌劇院對面的一家魯菜酒店門前，其他小組成員分時間、分批次地按照計劃下車展開行動。

兩個協助抓捕小組最先進入劇院二層的二號及四號ＶＩＰ包廂。劉永平和同事進入的是四號包廂，一名眉清目朗的服務生緊跟著進來送點心、倒茶水，隨後靜立一邊等候客人點單，劉永平抬頭看到服務生穿著深褐色的西服馬甲，大約在心臟位置處佩戴著一個類似於西裝品牌的標誌，心裡馬上明白這是行動標記，表明彼此都是自己人。可是正因為本次行動紀律極其嚴格，這個服務生絲毫沒有流露出異樣，表情、動作、語氣都顯得十分專業。

劉永平他們點了一些酒水和小吃，等服務生一走，立即環視四周的環境。這是一個視野開闊、布置精美的包廂，地上鋪著圖案大氣、質地醇厚的綿羊毛地毯，走在上面甚至聽不到任何聲響；衝門的牆壁上懸掛著一盞巨幅的山水國畫，壯觀的瀑布似乎要奔流出牆面，將本來溫熱乾燥的室內環境調解得水氣淋漓；另外兩面牆壁一面鑲嵌著一臺巨型魚缸，魚缸內燈火通明游動著各式各樣的熱帶魚，讓整間包廂立時充滿了動感；另一面鑲嵌著一臺薄薄的ＬＥＤ螢幕，螢幕的內容就是歌劇院的舞臺，如此隨時可以近距離地觀看舞臺的任何一個角落；此外，室內所有的長條茶几、多人沙發、單人座椅、茶具托盤都是紅木製作；唯獨衝著歌劇院舞臺方向的是一個開放式的半圓弧形看臺，看臺自上而下有一整片帶弧度的自動升降壓克力玻璃，此時玻璃處於打開狀態，通過目測看臺距離樓下坡形大廳的落差有六七米。

劉永平和同事圍著包廂轉了一圈，發現角落裡的牆壁上還有個隱藏的門，打開一看是間同樣堪稱奢華的廁所。由於包廂彼此之間隔音效果極好，想要探聽隔壁的聲響很難。行動之前，包廂門不便打開，而一旦關門，這裡又似乎立即與世隔絕。毫無疑問，這種包廂只適合一門心思地觀看演出，對於實施協助抓捕，地形位置都很不利。

米臣直到下了車才發現，高曉脫掉羽絨服後，裡面穿的竟是條墨綠色的百褶長裙。高曉本就個子高挑，可能因為久坐活動少的原因，臀部和大腿上的脂肪較多，穿牛仔褲時顯得下身有些過分得豐滿，可穿上這樣一條墨綠百褶長裙，高曉整個人立時顯得婷婷玉立、凹凸有致，很有女性的風韻。

從縣城乘車出發開始，高曉就一直沒有鬆開過米臣的手臂。從高曉的表情和目光中來看，他們在一起根本不是表演，完全就是本色流露。

米臣任高曉挽著胳膊徐徐步入歌劇院，耳畔迴響著高曉有節奏的高跟鞋聲，餘光時而看見高曉抬步時露出的腳踝上的黑色絲襪，鼻子裡嗅著高曉頭髮上散發出的香水味道，大腦一時間有些恍惚：他是第一次到這種奢華浪漫的場所來，但他居然毫不陌生，甚至感覺自己早就來過，只不過身邊的人不是高曉，而是那個讓他魂牽夢繞的蘇珊。

米臣發誓，等這次抓捕行動結束，他一定要帶蘇珊來這裡看演出。他們要以真正的戀人身份，來看一場真正的演出！

顧天衛等八個人，一直在一輛停在另一條街道上的商務車裡待命，距離百老匯歌劇院演出開場時間十九：三十分，還有不到五分鐘時間，對講機裡依然沒有任何指令。

看來，想在大批群眾入場前實施抓捕的方案，已經宣布失敗。

眼下，兀龍那只驚弓之鳥能否真的出現，都是一個問題。

指揮部這邊的領導也都長時間地陷入沉默，大腦卻在一刻不停地飛快運轉，突然，一陣電話鈴聲劃破寂靜，岳亮掏出手機來朝周興海喊：「局長，是龍哥打來的！」

「說什麼自己有數！」周興海一臉凝重，「接！」

岳亮接起電話來，所幸手機質量一般，安靜的車廂裡所有人都能聽得到。

「喂，龍哥？」

那邊接通了，卻沒有聲音。

「喂，龍哥？能聽清嗎？」岳亮又問。

對方仍然長時間沒有回聲。

所有人的心都隨之提到了嗓子眼處，那邊忽然說話了。

「什麼時候回來的？」聽聲音，正是兀龍。

「下午。龍哥，天大的事也不能耽誤咱晚上的正事。」岳亮對應得還算及時。

「你現在，在哪兒？」

「到百老匯了，一切按照你的安排走的……」

「情況怎麼樣？」

「沒問題，龍哥你什麼時候到？」

「沒問題？你那邊怎麼那麼靜？」

岳亮聽到這裡，額頭上的汗都下來了，抬眼望周興海，周興海示意他繼續編下去。

「我……我在洗手間裡。」

「我讓你提前到，你跑洗手間裡幹嘛？吸著呢？你個沒出息的玩意！」

「不，龍哥，我貨早沒了，拉屎呢，我在拉屎。」

「拉屎？」對方頓了頓說，「好，你現在沖一下水我聽聽！馬上！」

都知道兀龍狡猾得很，但是誰也沒想到岳亮會把自己安排進廁所裡去，眼下沖水是絕對不可能的，興許岳亮知道自己走到絕路上去了，反應出奇地快——

「龍哥，不瞞你說，我都快臭暈了！」岳亮使勁憋著嗓子艱難地說，「挑了只壞馬桶，我痔瘡犯了漏血，它水箱壞了露水。真他媽夠背的！」

對方又陷入了沉默，不知道是在判斷呢，還是在猶豫。

終於，兀龍再次開口，卻讓所有人感到震驚。

「你這狗兒，耍我是吧？快點拉，活動改地方了，中華路全球通影院三號ＶＩＰ，你給我馬上滾過來！」說完，兀龍掛了電話。

關鍵時刻更換地點，兀龍實在老奸巨猾！

這樣一來，所有的抓捕方案都將前功盡棄。

正在所有人都在思考該如何調整方案時，眼明手快的高山河突然手指窗外一輛出租車說：「快看，那是誰?!」

窗外，百老匯歌劇院門口停下了幾輛出租車，其中一輛下來一個穿米色風衣的男人，男人一米八五左右，身材結實，燙了捲髮，戴著墨鏡，下車後正面朝指揮部這邊側著臉點煙，周興海及岳亮馬上就認出了這人就是兀龍！

看似改弦易張，實際上是虛晃一槍！

「說不定他已經圍著這附近轉了好幾圈了。」岳亮感慨道。幾位專案組領導也立即意識到，沒有安排在門口附近埋伏抓捕是對的，那樣很可能連這隻狡猾至極的狐狸影子也見不到。

既然交易地點沒變，抓捕方案也不需要調整。但畢竟兀龍已對岳亮產生了懷疑，因此只要他進入歌劇院，抓捕行動就要立即開展！當然，岳亮的任務也就到此結束了。

兀龍大步流星地走向歌劇院，門衛依然是歌劇院的普通門衛，也就在半個小時前，他們還對穿便服的民警們開展過嚴格檢查，可此時面對凶神惡煞的兀龍幾乎沒有檢查就放他進去了。這，也正是指揮組想要的結果。

行動要確保人贓俱獲！

指揮部立即電臺通知抓捕組，目標出現！而其餘各部門，則通過統一配發的警務通手機簡訊通知。

顧天衛和隊友走進百老匯時，演出已經開始了。

今晚是來自法國的波爾多芭蕾舞劇團正在上演經典舞劇《胡桃鉗》，因為劇目是根據德國著名作家霍夫曼的同名童話改編，因此現場來了不少孩子。他們興奮地叫著喊著，為舞臺上打扮得像個芭比娃娃似的女主角嘉麗揮舞著小手臂熱情地鼓掌。

現場越是熱鬧，顧天衛他們越是緊張。

他們一路經過樓梯、走廊，通過與先前到達的民警眼色和手勢溝通，得知三號ＶＩＰ包廂裡坐著五個人，包廂外還站著兩人。要想強攻，難度很大，必須先要不知不覺地解決那兩個看門的馬仔！

顧天衛和熊志偉等人立即兵分兩組，由熊志偉帶三個人上去解決那兩個看門的，然後人員重組展開強攻。

熊志偉和三名民警四人立即兩兩一夥，假裝路過三號包廂向裡面走，中途突然閃電般出手，四個人幾乎同時用手捂住了那倆馬仔的嘴，同時用手上的槍口對準了他們的脖子。

「警察，別動！」他們低聲亮明身份，帶著人就走。

意外就在一刻突然發生，有個馬仔被扭到背後的手臂掙扎了一下，雖然立即就被熊志偉鐵鉗般的大手摁住控制了，但這突然一掙碰到了熊志偉的手臂，使熊志偉的手臂無意中碰到了包廂門。

兩馬仔被二號包廂裡的同事迅速接手押下去，但那咚的一聲，還是引起了VIP包廂裡的警覺。

「誰?!」裡面立即有人喝問，隨後像是呼喊馬仔的名字。

這時，早在一邊策應的服務生反應極快，立即回答道：「老闆，您點的酒水！」

與此同時，顧天衛這一小組成員也已迅速到位，他和熊志偉對了一下眼色，打開手槍保險，隨時準備強攻。

門內的人似乎猶豫了一會兒，但還是將門慢慢打開了一條縫隙，就是這道縫隙像吹響了進攻的號角，顧天衛和熊志偉同時抬腳，猛力踹門，八名刑警眨眼間衝進包廂。

抓捕過程遠比顧天衛他們想像得順利，屋內所有人幾乎沒做任何抵抗，就被民警牢牢制伏擒獲，可被抓獲的只有四個人，兀龍竟然不知去向！顧天衛意識到情況不對，迅速帶人冒險踹開洗手間的門板，結果發現裡面依然空空如也。

就在這時，「砰」的一聲槍響震驚了所有人，顧天衛發現槍聲來自隔壁的四號包廂！立即帶人衝出去，只見走廊裡米臣和高曉等隨機應變組也衝了過來，所有人衝進四號包廂，發現地面上殘留著一攤鮮紅的血跡，而屋子裡原先待命的民警則都趴在看臺上往下看。

顧天衛事後才知道，就在他帶人衝進三號包廂展開抓捕時，狡猾的兀龍早一步警覺迅速沿著敞開的看臺攀援到了隔壁的四號包廂，此時的四號包廂內LED和音響全部處於關閉狀態，正時刻留意走廊及隔壁的一舉一動，兀龍一爬過來就知道這裡也是埋伏，而劉永平他們眼見兀龍從看臺處爬過來，第一反應就是掏槍應戰，結果兀龍手裡的槍先響了，距離兀龍最近的劉永平胸部中彈，就在兀龍準備開第二槍時劉永平奮力跳起來撲向對方，兀龍的手槍再次擊中劉永平額頭後被碰掉，然後兩個人朝著看臺下方迅速跌落。

從六七米高的看臺上掉下來，兀龍命大正巧摔在一張空閒的沙發上沒受重傷，埋伏在劇場大廳的民警迅速衝過來將其制服銬牢帶走。不幸的是，劉永平在落地以前就已經犧牲了。

劉永平的遺體告別儀式是在三天後舉行的，顧天衛和米臣等刑警大隊民警以及乾莊派出所的民警們先是來到縣醫院殯儀室，親手將身披鮮紅色黨旗的劉永平屍體抬上了殯儀車，然後一路陪同駛向火葬場。

一場不期而至的小雪正飄落而至，飛舞的雪花和凜冽的寒風似乎在呼喊著烈士的名字。一路上，縣城及周邊村鎮的群眾聞訊後，自發趕來站在道路兩側為英雄垂淚送行。而在殯儀館前的院子裡，更是站滿了上千名前來為英雄送行和祈禱的各界人士。

劉永平被縣委縣政府正式追授為全縣優秀共產黨員，被省人民政府批准授予革命烈士。隨著縣公安局局長徐千山致辭結束，低迴的哀樂再次響起，人們依次圍著劉永平的遺體作著永別。

哭聲持續連綿不斷，驚起禮堂外一群群灰黑色的野鵲。

遠山大地一片縞素，人人追憶英雄音容悲痛到了極點。

第十九章　山重水複

兀龍在百老匯命大沒被摔死，落網後卻滴水不進隻言不發。民警押解其去醫院渾身上下檢查了一遍，除了一點皮外傷，再沒發現別的傷病。

於是，懷著無限的憤恨，高山河大隊長親自參加了對兀龍的第一輪審訊。對這種犯罪嫌疑人來說，撬開他的嘴才是最關鍵的。

「兀龍，你認識我嗎？」狹小的提審室內，隔著粗實的窗戶，高山河的嗓音異常雄厚。

兀龍垂著的頭微微一抬，算是點頭默認。

高山河繼續說道：「我們也算是老熟人了，光你在眼皮底下就溜過三次，說你狡猾也好，說你聰明也罷，總之你不傻。既然你不傻，你就應該明白你現在的處境！有病治病，沒病改造，裝病是裝不到頭的，也不明智。再者說來，你的『光輝事跡』刑警大隊裡有幾個人不知道？你準備隱瞞到什麼時候？兀龍，這已經不是你十幾年前第一次進局子時候的老皇曆了，那時候你不說可以把你往死裡整，也不信你不說，你以為只有你說了才能定你的罪。可現在呢？大家都知道，要文明辦案，即使我個人現在多麼想一槍崩了你，可是法律不允許。但是你也要明白，你就是一句話不說，其它我們掌握的證據一樣可以定你的罪！

「人活一口氣。不知道你活著，想過沒有到底是為了什麼？一個人，不管外表多麼輕鬆瀟灑，肉體多麼舒坦享受，真正過得好不好，那最終是要看他內心的感受！既然做了，就要承擔，說出來並不意味著會減輕後果，但至少那是你面對自己和他人的一種交代，否則懲罰你的第一個就將是你自己，是你自己的心！你的心會慢慢懲罰你，叫你吃不下、睡不著、做惡夢，直到你死都不會放過你！不信你可以試試！」

許是長時間低垂著頭很累，兀龍慢慢將頭抬起來，仍然閉著兩眼仰頭朝天，長長地吁出一口氣來。

高山河盯著兀龍的臉，頓了一頓，繼續說：「既然還喘氣，就不妨活得像個男人，你的手下在這，你的客戶在這，你的案底也都在這，還有什麼顧慮嗎？告訴你，我現在親自跟你談，是出於我抓你多年的份上的一種特殊的尊重！我希望你能對得起我這份尊重，讓我看看你身上還有沒有一絲一毫的人性?!」

說著，高山河咳嗽了一陣，然後端起桌上的杯子來喝水。屋子裡重新安靜下來，只剩下兀龍粗重的呼吸聲。

這也是一種對峙。

高山河及負責錄製筆錄的民警，正在用眼神和兀龍的內心展開特殊的較量。儘管兀龍閉著眼，可他的內心正在急速思忖和變化。儘管高山河及民警用的只是眼神，但那種巨大的壓力正一點點衝擊和摧毀著兀龍最後的意志。

長時間的安靜之後，高山河放在桌子上的手機響了起來，高山河置之不理，仍然抱著膀子靠在椅背上一動未動，普通的手機鈴聲此刻在安靜的屋子裡聽來顯得特別刺耳。說來也怪，一般很快就能停止的鈴聲，這次高山河不伸手去接卻一直響徹不停，那種單調的和旋鈴聲一直響、一直響，像一群蜜蜂嗡嗡地往人耳朵裡鑽，往人血肉裡擠，往人骨頭裡爬。突然，兀龍睜開眼看著天花板，低聲下氣地說：「高大隊，我說之前，能不能先問你一句話？

高山河關掉了手機鈴聲，這是他在審訊開始前就提前設定好了的，看來效果還不錯。

「好，我讓你問。」

「那天……我開槍打中的那個警察，現在怎麼樣了？」

兀龍一開口，高山河立即就明白了他的意圖。據初步掌握，兀龍雖作惡多端，但目前身上似乎還沒有人命。很明顯，他是想摸底試探。如果是這樣，高山河跟他實話實說，他很可能會放棄抵抗，一一交代。但高山河憑多年的刑偵工作經驗判斷，決不能輕易將這張底牌打出去，否則會陷入被動，會出現不該有的紕漏。這時候，決不能讓他牽著鼻子走。

「還在搶救，到現在還沒有脫離生命危險。倒是你的命大，活得好好的。」

果然，兀龍聽了，臉色有了不易察覺的輕鬆。

「命大有時候也不一定是好事啊！高大隊，你說吧，你讓我從哪裡開始交代……」

「你想從哪兒開始都行，只要別拉下。」

「那你們得加班了，我的故事得說好幾天……」

「兀龍，我和兄弟們抓了你好幾年，加班早都習慣了，你就敞開了說吧，別怕麻煩！」

兀龍敞開了笑笑說：「高大隊，我真佩服你，原來我是想等死。可讓你這麼一說，我現在倒感覺像有泡屎憋在肚子裡一樣難受，非拉不可！」

高山河也朗聲笑道：「可不嘛，我們幹刑警的有時候還不如小姐嫖客，不光隨時可能挨槍子，抓了人還得整理那些臭氣熏天的噁心事。看起來是很不公平，但這總得有人幹吧？你不想打掃公廁，並不意味著你從來不去公廁拉屎。而公廁不打掃的後果，人人都很清楚。因此說，像你們一樣的社會敗類和垃圾我們就得捏住鼻子、忍著惡臭抓起來關進去。這就是我們的職責！」

高山河喝了口水，問兀龍：「是來支煙呢？還是喝口水？」

兀龍眼睛一亮：「要是現在能有那玩意就好了，高大隊，那就來盒煙吧！要兩盒……」

高山河從包裡抽出半條煙來，撕開一包，給自己點上一顆說：「沒問題，這些都是你的。就看你排洩的什麼情況了。」

高山河說完，端起杯子來走出提審室。

室外的走廊上，顧天衛和熊志偉等一幫人正在等候，見高山河出來，紛紛走上前去。高山河衝他們點點頭說：「張嘴了。但我估計也沒那麼簡單，志偉，該你了，爭取讓他吐乾淨，為了抓他我們付出了相當慘重的代價，在審查上不能再留遺憾了。」

熊志偉信心滿滿地回答：「放心吧，高大隊！把門的鎖都讓你撬開了，剩下的活就簡單了，那我進去了。」

高山河點點頭，又囑咐一句說：「煙別讓他抽得太凶，萬一上來毒癮，出現幻覺，胡說八道就不好了。」

熊志偉答應著，推開提審室的門走進去。

高山河繼續對眾人說：「大家都去監所辦公室坐坐吧，審訊這活大家都幹過，不要著急。」說著，又朝顧天衛招手道：「天衛，你陪我出去轉轉。」

走出監所大樓，視野豁然開朗。由於看守所建在半山腰上，所以站在監所大樓門前的臺階上，就能放眼四周十幾里路遠的地方。

元旦過後的那場落雪，在縣城的街道上已經融化殆盡，但在這偏僻的山野裡，遠處的山峰、河流、土地、莊稼，甚至蒼天，都依然白茫茫一片，讓人不禁懷想到毛主席那首氣勢雄奇的〈沁園春・雪〉：

北國風光，千里冰封，萬里雪飄。
望長城內外，惟餘莽莽；
大河上下，頓失滔滔。
山舞銀蛇，原馳蠟像，欲與天公試比高。
須晴日，看紅裝素裹，分外妖嬈。
江山如此多驕，引無數英雄競折腰。
惜秦皇漢武，略輸文采；
唐宗宋祖，稍遜風騷。
一代天驕，成吉思汗，只識彎弓射大雕。
俱往矣，數風流人物，還看今朝。

高山河甩給顧天衛一支煙，顧天衛掏出打火機來分別給高山河和自己點上。兩人狠狠吸了幾口，開始說話。

「天衛，說說看吧，你懷疑兀龍這傢伙跟『六・二六』案有關係？」高山河問道。

「我也只是推測。」說著，顧天衛從諸葛超的遺書開始說起，把他和米臣還有董仝卓的推測爭論一一道來，最後直到自己偶然間看到舞龍隊伍，然後聯想到「龍個」很有可能是「龍哥」，將此間過程托盤而出。

高山河靜靜地吸煙，沒有打斷顧天衛，直到顧天衛講完，仍然陷入沉思。良久，高山河搖搖頭說：「你的推測只能說有一定的道理，可是要說蘇甜那案子是兀龍一夥所為，我總覺得有些異想天開。」

顧天衛說：「我也覺得這種可能性不大，但只要有一絲可能性，我們就不能放過！」

高山河屈指一彈，手中的半截煙頭飛入花壇的積雪裡，發出「嗤」的一聲響。

「是他幹的最好，一粒子彈解決所有的仇恨恩怨！就怕不是他。這也是我要你們幾個有審訊經驗的同志都過來的原因，目前這種情形，還得看兀龍本人的交代。」

顧天衛點點頭，高山河轉身過來說：「走吧，太冷了，外面空氣雖好但不能長待，清醒一下腦子咱們去監所辦公室研究一下別的案子。」

看守所的領導班子已經進行了調整更換，他們熱情地收拾好了會議室，倒好茶水後寒暄幾句就離開了。剩下高山河和在場的刑警，開始就近期整個大隊存在的現案、積案進行討論，不知不覺時間就到了午飯時分。

監所食堂專門為高山河他們蒸的白菜豬肉大包子。吃中午飯時，高山河打電話讓熊志偉和記錄資料的民警也一起出來吃包子，兩人來到食堂，看見高山河臉上寫滿輕鬆。

「怎麼樣？」高山河問。

「那傢伙現在就像條蟲子，看著聽著都叫人噁心，但是嘴巴一直沒停下，半上午的時間，小張已經記了二十多頁A4了。」熊志偉指指身邊的民警小張說道。

「好，中場休息。咱得嚴格按照看守所提審的法律規程辦，不能叫檢察院的領導說咱們搞接力審訊變相刑訊逼供，下午其餘人先回去，家裡還有一大攤子事。志偉你和小張休息好後接著把活幹完，中午多吃幾個大肉包子，這回看守所可真是出血啊，肉包子裡全是白花花的大油！」

從看守所回來，顧天衛順道又去醫院看望董全卓。

董全卓身體又消瘦了一大圈，顧天衛一邊和他老伴兒寒暄，一邊要董全卓保重身體。

董全卓問米臣怎麼沒一起跟著，顧天衛說自己剛和高山河還有幾個中隊長從看守所回來。

董全卓又向顧天衛抱怨說自己早就想出院回家修養了，可是老伴兒一根筋，怎麼也不同意，於是只能繼續整天躺在病房裡。倒是有專人伺候，可無聊得很，心裡也煩得很。

顧天衛輕言細語安慰了一番，話題不禁又轉向了幾天前的抓捕。說起劉永平的壯烈犧牲，兩人唏噓感嘆，眼睛裡不約而同都沁出了淚花。然後說起兀龍的入獄，倆人又都痛恨得咬牙切齒。

董全卓問：「兀龍交代得怎麼樣了？」

顧天衛回答：「一開始是死豬不怕開水燙，直到高大隊親自上陣才算是撬開了嘴巴。眼下熊志偉在接著審，具體情況還不清楚。」

董全卓鎖著眉頭問：「光這麼乾審能行嗎？兀龍罪惡累累，人又奸詐狡猾，怕是很難吐乾淨！我看，關鍵時刻，還得靠證據，儘量能掌握一種拿捏他七寸的把柄！」

顧天衛說：「董老，不瞞你說，我也一直這麼考慮。對待兀龍，是不能只用對付一般犯罪嫌疑人的策略！」

話說到這裡，董全卓忽然盯著顧天衛的眼睛，一字一句地問：「你現在，還覺得兀龍就是『六・二六』案的凶手？」

顧天衛心中一凜，回答有些猶豫：「不瞞你說，自打接手這案子時我就有這種預感，後來我無意中破解了那個諸葛超的謎題，心裡也越發覺得兀龍跟這案子有關！可是現在……上午我和高大隊在看守所時談起來，他覺得我的推測有些異想天開。而現在你也這麼問我，我倒有些搖擺……」

董全卓緊盯顧天衛的目光忽然撤下來，轉向頭頂的天花板，額頭上也立即顯現出一大把皺紋，隨後深深嘆了口氣說：「天衛，我這輩子查過多少案子我自己都數不清了，這裡頭也包括我查過的人命案子。但是有一個數字一直在我心裡藏著，我誰都沒有對誰說起過，但我一直記得清清楚楚，可能到死也不會忘。你知道是什麼數字嗎？」

顧天衛搖搖頭，笑著說：「我知道有個數字你不會忘，那就是你的年齡。」

董全卓目光呆滯地說：「你還真說錯了，我從小就是個孤兒，是在一個大冬天被過路人撿回家裡才僥幸活到了今天。人，有時候就是那麼可悲，竟然連自己的年齡都不知道！」

說到這裡，董全卓的老伴兒把一個剛削好了皮的蘋果遞給顧天衛說：「這個死老頭子，每次過生日都跟我搶，非要跟我擠同一天，小顧，你他說是不是想不開？」

顧天衛謝過接了蘋果，邊吃邊笑。老伴兒還準備繼續削蘋果，被董全卓制止了說：「求求你老人家別削了，我現在不想吃，你趕緊出去透透氣，讓我們說會兒話行不行?!」

老伴兒從床頭刷地一聲站起來，嘟囔一句：「好心當了驢肝肺！你不吃不興別人吃？我天天給你削蘋果，你見過我吃過幾個？」

董全卓說：「你不是也血糖高嗎？平時又不活動，還是少吃點水果！」

哪料老伴兒得理不饒人：「老頭子，你也不看看這是啥蘋果？這還是上次那個刑警隊的小米來看你時買的『國光』，這種蘋果醫生都說了一萬遍了，有糖尿病的人也可以放心吃！」

「那你吃吧、吃吧，多吃幾個！」董全卓表示認輸，「你這麼說，別人還以為我虐待你！再說，天衛在這裡，別搞得跟咱向人家要東西似的，多不好……」

老伴兒邊往門外走，邊佯裝生氣地說：「趙本山的小品怎麼說得來？我可沒提自行車……其實，我巴不得你們趕緊談談你們的破案子！你這幾天，天天晚上做惡夢吆喝，不知道是那個劉所長走了把你嚇得，還是哪個大姑娘把你迷的！我出去走走，給你們倒空，到了飯點我做鍋稀飯端過來……」

老伴兒走了，顧天衛自嘲說：「沒心思大嫂還很幽默，你倆這樣的性格，保管退了休以後不寂寞！」

「哼，想不寂寞就得天天吵！」

顧天衛想起剛才的話題，一本正經地問道：「董老，你剛才說有個數字一直揣在心裡沒忘，到底是什麼數字？」

董全卓的眼光重新落下來盯著顧天衛說：「二十四，這個數字就是直到今天，我所調查過的人命積案中，被害人的數字！」

「二十四條人命！這麼多？」

「我十六歲參加公安工作，今年五十二歲，整整幹了三十六年，算下來，一年就有大半條人命不明不白地沒了！知道幹刑警的遇到什麼事情最窩囊嗎？不是殺人凶手逃掉了，怎麼抓都抓不住，而是人命案子查來查去怎麼也查不出結果來，死掉的人都在地獄裡睜著眼睛看著你，這才是最窩囊的事情！」

顧天衛聽了，沉重地點點頭，但又禁不住安慰董全卓說：「董老，這數字確實有些觸目驚心，可畢竟有很多案子發生在二三十年前，那時候的條件太簡陋，也確實在一定程度上制約了破案……」

董全卓越說越激動：「話是這麼說，但這話外人可以講，唯獨我們自己不能講，為什麼？因為那是人命！你可知道每一起人命案子背後，還有多少受害人的目光在盯著你?! 不光死人在盯著你，他們這些活人也無時無刻不盯著你記著你，因為就是你負責調查他們親人意外死亡的案件，就是你沒有能給他們一個最終的交代……」

說著，董全卓又一次沉重地嘆氣：「所以，人人都說幹刑警危險，不能長時間幹。其實危險只是表面原因，更大的負擔還在於心理壓力！心裡頭年年壓著石頭，越來越重，你說這滋味好受嗎？」

顧天衛想說其實除了特殊的時代原因，過錯和壓力不能只背在刑警個人的身上。可眼見對方正處於悲情地亢奮中，話沒說不出口。

董全卓繼續說：「所以，我從刑警上退下來，不想直接回家，而是寧可待在縣局工會裡，養花種草，賞石讀報，我得讓我自己有個緩衝和過度，讓心裡那些沉重的遺憾從哪裡來的漸漸還回到哪裡去，只有這樣我才能輕輕鬆鬆地安度晚年……」話說到這裡，董全卓神情愈發暗淡：「這也就是我特別欣賞像你和小米之類的年輕人的原因！刑警，說白了幹的就是良心活，只有有強烈責任感和使命感的人才配得上幹刑警，只有這樣的人越來越多，老一輩才能真正從內到外地退下來。」

顧天衛深知這番話的含義，也深知這番話的沉重。以前，他也曾跟很多老一輩人探討過，時代不同了，年輕人的想法和做法已經與先前有了很大的不同，即使都穿著警服，都是光榮的人民警察，可有的年輕人在責任擔當、紀律遵循、道義堅守、奉獻意識等等方面的欠缺，還是不同程度的存在著。他們可能比老一輩在文化層次上更優秀，在身體素質上更出色，在技能本領上更高強，但是在精神層面的傳承上相對屬於較弱環節，而這對於如今的公安事業發展至關重要，不能不令人擔憂。因為畢竟，警察這一職業在人民群眾心目中的形象，依仗的永遠不是打打殺殺和寫寫畫畫，靠的是一種正義和光明的象徵，是一種集體力量所呈現出的高尚的精神導向。

見董全卓說得有些疲倦，顧天衛起身去給他倒了一杯白開水，董全卓接過杯子邊喝邊說：「天衛，跟你說句實話，當我接到周局長的指示，叫我和你們一起辦案子時，我心裡其實有一百個不情願。一來我老了，不想再摻和你們年輕人的事情，特別是這個案子當時有著那麼複雜的背景；二來我從一開始就覺得這案子玄乎，接手後天天晚上做像以前一樣的惡夢，那就是有人繼續走到鬼門關那裡停下了，轉回身等著我，盯著我，有男人，有女人，穿著白色長袍，披掛著頭髮，臉是平的看不清五官，統統高舉雙臂，像是要把我拖下去……我這人年輕時從來不信邪，誰信邪都招我罵，沒想到老了竟老是做這種邪夢……」

顧天衛接過董全卓遞過來的杯子，放在床頭櫃上說：「董老，可能咱們壓力都太大了，我也老是做惡夢，想起來的不是不堪的過去，就是殘酷的現在……這不是調查案子，簡直是受折磨……」

董全卓憂心忡忡地望著顧天衛說：「天衛，要不就算了，你看你憔悴成什麼樣了，你的人生還長，總得要重新開始。」

「算了？董老……」顧天衛充滿疑惑地問道。

「二十四個，我心裡壓著足足二十四條人命呢！破不了案，難道我們就該死？天衛，『聽人勸，吃飽飯。』如果這案子不是兀龍幹的，最後的結果恐怕就太……不是有領導已經為結案留好了退路嗎？你剩下的時間不多了，這個你一定要想清楚，小心別把自己逼瘋了！」

董全卓的最後一番話，讓顧天衛感到了深深地震驚。

的確，剩下的時間不多了。

案子，仍然一團迷霧，看不到終點。他自己能不能看到那個終點？他想不想看到那個終點？那個終點到底存在不存在？這些都是問題。

直到兩天後，顧天衛才接到了高山河的電話通知，讓他帶上米臣去大隊開會進行案情分析討論。

顧天衛和米臣趕到大隊辦公室，看到中隊長都到齊了，另外還有幾名辦案主力，桌子上的每個座位前都擺了厚厚一疊資料。

顧天衛和米臣打開來看，竟是連續幾天來對兀龍的審訊筆錄。兩人不看不知道，一看之下，兀龍涉及的犯罪種類和次數太多了，光親身參與或指派人手參與的尋釁滋事就有數十起，還有盜竊、搶奪、搶劫、故意傷害、販賣毒品、買賣槍枝、誘拐中學生少女賣淫……主要涉案人員多達四十餘人，這些人除部分已經被抓之外，大部分在逃；涉案地域遠至東北三省，近在本市縣中心區域，可謂惡貫滿盈，罄竹難書。

但是兩人最關心的，關於「六・二六」案的細枝末節，裡面卻隻字未提。除此之外，兩人還發現熊志偉在第三次訊問兀龍時，提出過年前發現的那具無名屍骨的事情，可兀龍一口咬定自己毫不知情，不知道是怎麼回事。

不一會兒，徐千山、周興海、高山河等幾位局領導走進會議室，會議馬上開始。中心議題主要是分組討論個人手頭上掌握的案件案情，與兀龍現時交代的還有什麼差異，會議目的就是為了把兀龍犯罪集團的罪惡勾當逐一理清，一一查實查透，然後明確分工，該上網追逃的上網追逃，該組織抓捕的組織抓捕，該繼續審訊的繼續審訊。這正是積極響應中央政法委提出的「黑惡必除，除惡務盡」。

雖然徐千山親臨現場，但會議氣氛仍很熱烈。高山河按座次順序點名，被點到的人暢所欲言交流完自己心中的想法，時間已不知不覺過去了兩個小時。顧天衛和米臣一直沒有被點到名字，不過這在他們的意料之中。

高山河最後做了簡短總結和分組，命令各組要根據會議匯總交流後所掌握的情況迅速展開行動，同時對兀龍的審訊決不能到這裡結束，剩下的工作交由顧天衛、米臣和董全卓小組繼續深挖。

高山河部署完畢，周興海又作了一番重點強調並講解了下一步偵查工作中需要注意的問題，而徐千山的講話則從抓捕兀龍開始，一直講到今後的刑偵工作開展，鼓勵全體參戰民警要繼續苦戰到底，縣局已經向市局及省廳上報了一大批立功受獎人員名單，並將於近期專門召開「一二・三一」專案表彰大會，希望同志們以犧牲的劉永平同志為榜樣，牢記使命、忠於職守，乘勝追擊、再接再厲！

會後，果不其然，顧天衛和米臣被幾位局領導留在了會議室內。領導接下來的談話意圖更明確，一是詳細聽取他們此刻的工作進展彙報，二是給他們繼續審訊兀龍調查其是否與「六・二六」案有關的時間。這次談話，幾位領導臉上的表情都極其凝重，話裡話外都透著時間緊迫務必要做最後一搏的巨大壓力。

散會後，顧天衛沒有立即趕往看守所，而是帶著米臣來到技術中隊。經過仔細詢問，法醫對那具無名屍骨的研判訊息並沒有什麼最新進展，而且最近各種盜竊案發現場、輕重傷受害人較多，一時沒有更多的精力去圍繞那具屍骨做進一步深究。

顧天衛有些失望，臨走前專門向法醫主任索要了那枚和無名屍骨一起出土的白玉掛飾。據法醫介紹，掛飾上沒有提取到成型的手紋，但是從提取到的ＤＮＡ來看，與死者完全一致。除此之外，繼續研究的價值不大。也正是出於這種原因，法醫同意顧天衛將掛飾帶走。

兩人從大隊裡出來，顧天衛示意米臣開車，自己坐在副駕駛上，一直盯著、把玩著手裡的那枚掛飾。

「隊長，這是枚不值錢的假玉，不用說在全中國，就是在咱們縣城裡，恐怕也能找出幾萬件來。」米臣沮喪地說。

顧天衛沒說話，盯著玉件的目光有些呆滯。直到米臣特意看了一眼歪斜的後視鏡，才發現顧天衛確實是走神了。

午後陽光迷離，晃動在顧天衛眼前的已經不是一塊布滿瑕疵的白，而是一朵晶瑩剔透的藍。

隨著那次「對話英雄」播音節目地現場錄製，顧天衛從身邊坐著的蘇甜身上聞到了一種久違的陽光味道，那種味道裡不僅有溫暖的陽光，還有春天裡正在破土發芽的青草和抽枝開花的樹木所散發出來的清新和芬芳。這種味道讓他難掩隱隱的興奮，面露久違的笑容，說話不但不緊張反而變得前所未有的幽默，內心裡卻又湧動著一絲絲的惶惑。

隨後，顧天衛還從蘇甜那雙清澈的大眼睛裡讀出了一種天真、勇氣、歡喜、敬佩、默契，甚至還有很多他第一次邂逅就被深深吸引的東西。整個錄音過程，他始終都覺得自己被一種神奇的雲霧托舉著、包圍著，直到走出直播間，他才發現自己口乾舌燥，後背汗濕，兩條腿軟得都快走不動路了。

顧天衛清楚地記得，錄完節目後他和蘇甜互相留了電話號碼，但是整整三天沒有聯繫。那三天白天，顧天衛無論做什麼事都很難集中精力，好不容易改掉的丟三落四的毛病又犯了，而且做事無端地想笑，越是想克制臉上的笑肌就越是不受控制，而到了晚上就連一貫的失眠內容都變了，他最驚訝的發現是他接連三天再也沒有夢到遠走他鄉的陳文梅以及因意外而慘死在車輪下的顧陳，取而代之的是另一個輕盈細挑的身影。那感覺，像極了五年前的某個夜晚，他在回憶與陳文梅相識時的輾轉難眠。

然而，他又感覺不完全一樣，甚至越來越感到完全不一樣。這一次，沒有無可壓抑的情慾勃動，有的只是內心血液深處的欣喜與激越。

第四天清晨是個周末，顧天衛還沒睜眼就意外地覺得胸悶。那感覺像自己正浸泡在泛濫的洪水中上下沉浮，他下意識伸出手來想抓住什麼救命，哪怕只是根稻草！可他抓到手裡的竟是一部冰涼的手機。

他睜開眼睛，發覺不是在做夢，他的確胸悶難抑。而當他鼓足勇氣準備撥打一個特殊的求救電話時，手機卻意外地收到了一條訊息。

顧天衛盯著那個陌生而又熟悉的號碼，顫動著雙手打開那條訊息。手機裡立即跳出一張色彩生動的照片：

蘇甜黑色長髮披肩，戴著雪白色的耳套，微微歪著腦袋盯著螢幕，眼神裡熠熠生輝，右手食指俏皮地指著自己的笑臉，在她身後是縣城花山公園大片大片初初綻放的迎春花。

光是看了這張照片，顧天衛就已經滿心歡喜渾身同泰，在看照片下面還有行字，不禁更加臉紅心跳飄飄欲仙。

我失眠三天了。大英雄，你呢？說好的，來教我打拳！

這句話竟比任何靈丹妙藥都管用，顧天衛的胸悶立時就好了，他飛快地下床洗漱穿戴，然後朝著近在咫尺的花山奔去。

那個清晨，顧天衛見到了同樣因為失眠而睜著一副熊貓眼的蘇甜，而蘇甜見了顧天衛眼神一下子像被點亮了的燈芯，偌大個人快樂得像隻小松鼠。

她和他在樹林間追逐，在山頂上大笑，在花叢前拍照，比賽攀越長長的臺階，去梨樹下蕩高空秋千，最後還換上了冰鞋衝進一堆初中生中間滑起了旱冰。讓顧天衛尷尬的是，他身體壯協調性強，但第一次親身體驗滑旱冰卻怎麼也不得要領，而蘇甜恰恰是此中高手。顧天衛笨拙得像隻蹣跚學步的鴨子，頻頻「前仆後繼」摔得「天花亂墜」，而蘇甜輕盈得像一隻驕傲高貴的白天鵝，自由自在隨心所欲，更不時躍起在空中飛旋著身體然後穩穩落地，驚起孩子們的一片尖叫。

「來呀，大英雄！」

「……」

「怕了嗎？大狗熊？」

「……」

「快點來追我呀，唐老鴨！」

「……」

顧天衛屢戰屢敗醜態百出，雖然確實有股不服輸的勁頭兒，但到底承認冰凍三尺非一日之功。就在顧天衛摔得無奈地盯著蘇甜搖頭氣餒，準備一步步挪出場地當觀眾時，蘇甜倏忽一個轉身，修長的雙腿看似像魚尾似的輕擺幾下，整個人已倒滑著翩然而至，而且故意圍著顧天衛連轉幾圈，眼神裡透露著一絲柔軟的得意。

顧天衛舉手示意服輸，正要繼續往場地外挪動。可蘇甜卻向他遞過一隻手來。這隻手精巧白皙，因了蘇甜的呼吸還微微地抖著，顧天衛正猶豫間，腳下突然再次打滑，不得不緊急拉住了那隻手！

說來也怪，那隻若有若無的小手就像一個支點，很快就將一具沉重的身體支配得靈活起來。顧天衛竟沒費多少周折就學會了由挪到走，由走到滑，繼而實現了大步及長步速滑！

後來，蘇甜見顧天衛「孺子可教」就放開了手任其自由發揮，不料顧天衛急功近利立即去追蘇甜的步伐，結果一個步幅不穩霎時踉蹌著向前摔去，這一倒勢大力沉直將身前的蘇甜也拐倒重重地壓在身下，顧天衛大驚之餘反應極快在倒地前最後一刻，硬是來了個標準的前撲動作用兩手臂撐住了身體。

這時旱冰場內外立即響起了一片喝彩聲，仔細一聽還有起鬨聲。原來顧天衛雖有驚無險地撐住了身體，但是蘇甜還是整個人被他壓在下面。兩人近距離地臉對臉，身體接觸身體，動作模樣不但像愛情電視劇中的橋段，還直接引發了現場早熟孩子們的性愛聯想。

那是他們第一次拉手，第一次近在咫尺地凝視對方。

那是一段多麼珍貴的好時光。

那次下山，蘇甜要趕回臺裡做節目，顧天衛要去隊上加班。臨別前，蘇甜依依不捨地提了一個奇怪建議：彼此跟對方說一個自己的祕密。

顧天衛問什麼樣的祕密？蘇甜回答只要對方不知道，什麼樣的都可以。

顧天衛說：「那你先說，我參考。」

蘇甜說：「不許欺負人，是我先提出來的。」

顧天衛說：「我們有紀律，不能擅自洩露，何況祕密還分很多等級……」

蘇甜看時間不夠了，說：「好了，好了，我先說。」然後清清嗓子，上前幾步，距離顧天衛很近了，頭也低到他的胸膛處，低低地說：「我的……小名叫藍藍！」

說完抬起頭來，一臉羞澀。顧天衛驚訝地問：「沒了？這就是你說的祕密？」

蘇甜轉身要走：「嗯，小時候奶奶起的，長大後我果然喜歡藍色。你要不說我可走了。再見！」

顧天衛急忙制止說：「藍藍……別走！」

蘇甜一臉笑意轉過身來問：「嗯，腦子確實反應很快。說吧，大英雄？什麼都行，你的小名我也很好奇。」

顧天衛一臉正色地說：「蘇甜，我有過一段婚姻。你還小，最好還是離我遠點，再見！」

說完這句話，竟是顧天衛先轉身離開了，他一直向前走沒敢回頭。

……

米臣駕駛的SONATA警車駛進了短促的穿山隧道。顧天衛眼前一黑，忽然想起了《大話西遊》上的一句經典臺詞——「我猜中了故事的開始，卻沒有猜中故事的結局」，他很早就意識到自己與蘇甜的交往，是在甜蜜的期待中充滿了層層的矛盾和種種的忐忑。但他決沒想到，這種矛盾和忐忑將會在某一天擴散得無邊無沿。

米臣停好車，就這方向盤填寫好了訊問兀龍的提審證，顧天衛卻擰著眉頭說：「小米，我覺得咱們應該先去會會白毛或者岳亮。」

「為什麼？」米臣不解。

「就審訊來說，我不覺得咱們比熊志偉和二中隊的兄弟們強很多，他們問不出來的東西，這個時候咱們也夠嗆。」

「你是說再從別人身上開口子？可是隊長，兀龍都不吐的話，這時候能指望別人？」

「白毛和岳亮他們一旦知道兀龍落網了，說不定會把所有的事兒都拚命往兀龍身上推，這樣即使我們得到的是假線索，試一試總比沒有強！」

米臣覺得顧天衛的話很有道理，案子查到這個地步，他越來越驚訝於顧天衛的思路，而且覺得對顧天衛瞭解得還遠遠不夠。如果先前自己只是敬佩他的經驗，眼下，則更多為他層出不窮的預感和閃念感到震驚。

老實說，米臣的腦子裡正湧現出越來越多的迷惑，有生命、有感情、有案件，甚至還有人性。他很想對顧天衛的所有提議都提出質疑，但他總是缺乏足夠的、合理的證據。

這是否恰恰證明了自己的幼稚呢？米臣邊艱難地思考，邊手下不停，接連填好了訊問岳亮和白毛的提審證。

第二十章　波譎雲詭

事實與顧天衛預料的正好相反，他們首先提審岳亮，可整整半個小時過去，岳亮開口閉口交代的還是那些老東西。即使顧天衛提醒他，兀龍已經落網了，可岳亮除了眼睛裡倏地閃過一絲驚訝外，並沒有交代出任何新內容。甚至連顧天衛暗暗期待的他要往兀龍頭上潑髒水的情景也沒出現。

「岳亮，話已經說到這個份兒上，我最後一次問你。」顧天衛將煙頭在煙灰缸裡拈滅說，「兀龍罪大惡極，終究難逃一死！可你跟他不一樣，到底是巴結討好一個死人，還是爭取立功贖罪早點出來，你自己想清楚。」

岳亮似乎很平靜：「顧隊長，你說的道理我都懂。正因為我懂，所以在前幾次審訊時，我該說的都說了。」

「該說的，都說了？」米臣諷刺地問，「那什麼是不該說的？」

岳亮嘆了口氣：「不該說的就是廢話了。兩位領導，請你們相信我，我不傻，沒必要替兀龍頂罪，或故意有功不立。說實話，我入夥很晚，按資歷排一開始都在白毛下面。我也不知道究竟是啥原因，我一來龍哥就把白毛廢了，提拔我做他的親信，位置相當於二級主管，白毛反倒去了基層一線！我知道白毛平日裡有一萬個不服氣，但是沒辦法，不是我搶了他的位子，一定是他自己哪地方沒做好被龍哥發現了。可他就是再不服氣也得憋著，還得老老實實聽話，否則他癮那麼大，龍哥一給他斷貨，他還不如一條死狗……」

顧天衛聽了站起來，沒再說話。米臣以為訊問結束，也關上電腦站起身來。哪料顧天衛盯著岳亮看了一會兒，吱的一聲拉開手中的皮包，從裡面小心翼翼地捏出那塊白玉掛飾，舉到半空中問：「岳亮，認識這玩意嗎？」

米臣頓時恍然，原來顧天衛要來這塊掛飾，是想在兀龍犯罪集團成員中，挨個「有棗無棗打一杆」！

「顧隊長，有話請直說，我的專業就是專門跟這些玩意打交道的。」

「那依你的專業眼光看，這是個啥？你認識它嗎？」

「這啥都不是，但我認識它。我說實話，請顧隊長別生氣。這東西我只看一眼就知道，是廢品一塊。既不是玉，也不是石頭，更不是玻璃，是那種遍地都是的工業垃圾。」

「就這眼光還算專業？」米臣對此不屑一顧，「一般人不看，上手一摸也知道。」

岳亮贊同地點點頭。

顧天衛接著問：「你剛才說，你認識它？以前你見誰戴過它？」

岳亮說：「這倒沒有，我說認識是說我的眼光識貨，知道這東西不值錢。至於誰戴過它，這神仙也看不出來！」

「你那麼專業的眼光看不出來？岳亮，給你機會你要把握住，別不識好歹。」顧天衛緊追不放。

「顧隊長，我進來前，跟我混的大部分手下，吃的就是搶奪飯，他們從婦女老人身上搶了那些東西先得交給我，我篩選一遍再把值錢的好東西交給龍哥，這都是嚴格的程序。像你說的這件東西，我們一般根本就不搶！至於誰戴，我琢磨著男人肯定是不會，因為『男戴觀音女戴佛』，這是個佛；而女人也不會，因為但凡識貨的女人就不會戴這種東西丟份兒。所以要我說，這很可能是哄哪個小女孩兒戴的小玩意。我身邊沒有這種小孩兒，所以也就不可能見過誰戴過它。」

顧天衛冷哼一聲說：「推理得還很有道理，可讓你說這些了嗎？你現在只需要回答一個問題，那就是你有沒有見過它？」

「沒有，真沒有。」岳亮再次申明。

米臣轉頭望望顧天衛，發現他眼睛裡流露出深深地失望。

押走岳亮，兩人馬不停蹄地提審白毛。

白毛哈欠連天，估計這幾天癮犯了正無比難受。見了顧天衛和米臣，第一件事就是要煙抽。

顧天衛抽出一支煙來，自己點上，眼睛直盯鐵欄裡的白毛問：「據說吸粉兒的人，抽普通煙解決不了問題。」

白毛紅腫著雙眼，淚流不止地說：「別提那狗日的東西，領導求求你們……給我支煙也行，你們問啥……我都說！」

「還有什麼沒交代的嗎？最後給你一次機會！」

「真……沒有了，殺人償命，欠債還錢，該怎麼判我就怎麼判，我……都認罪！」

「白毛我問你，為什麼不跟你哥黑毛回老家去？兀龍就那麼值得你留戀？據我們掌握的情況，他對你一般般啊！」

「我不是……因為龍哥留下，我是等……楚紅，要不是那個臭娘們，我早就回東北了，也不會吸上那玩意沒完！」

「楚紅是誰？你把詳細情況說清楚！」

「我對象。媽的，跟人跑了，藏起來了。臭娘們我對她那麼好，她竟然一聲不吭地就跑了。我在這苟且偷生活得不如一條狗，就……就是為了找到她！」

「白毛，你要搞清楚現在的狀況，落網的人交代的內容都比你多，比你全，這說明一個什麼問題？一是你態度有問題，還想隱瞞罪行；二是他們都明白，現在只有檢舉立功才是爭取輕判的唯一出路，而你傻到家了，想和一幫社會垃圾講義氣？」

「我能說的……真的，都交代了。別人的事情，我知道的也交代過……現在真沒有了。」白毛眉歪嘴斜，一臉可憐樣地回答。

「那我告訴你，兀龍被抓住了，交代了不少以前你們一起做過的事情，你到現在還想抵賴？」顧天衛加重了語氣。

可白毛還是那副熊包樣，死乞白賴地說：「領導，給支煙……抽吧！我實在是……都交代完了。」

「都交代完了？好，夠義氣，那只能說明你瞎了眼、護錯了主子，在兀龍眼裡你還不如一條狗！到現在你還在為他隱瞞罪惡是嗎？」

白毛眼淚鼻涕口水齊流，嘴唇哆嗦著說不出話來。但是還在一個勁地搖頭。

顧天衛憤怒地站起來，拉開皮包，再次將那個白玉掛飾拿出來質問：「抬起頭來，你看這東西你認識嗎？」

哪料白毛一見之下渾身抖地更加劇烈，沙啞的嗓子裡下意識擠出一句問話：「領導，你是從哪裡撿到的這東西？」

「廢話少說！」顧天衛晃晃掛件，「有話快講！」

白毛顫抖著嘴唇開口，話卻不再像之前那麼結巴：「這是我對象的東西，這是楚紅走之前，我親手買給她的禮物！」

「禮物？你這等搶財不要命的江湖老手，就拿這種成色的假貨來騙你媳婦？」顧天衛表示不解。

「不，那時候楚紅一直跟我感情很好！有一次，她逛街回來跟我說她也被搶了，脖子裡掛的那個祖傳的羊脂玉佛被兩個騎摩托車的人搶走了。我一聽大怒，查來查去發現原來搶楚紅的是另一幫兄弟，我跟他們要東西，他們說玉佛已經交給龍哥了，我又去找龍哥要，龍哥好幾次都推託找找看，但一直沒給……我怕楚紅怪我，想再搶點好貨給她戴，誰知她堅決不要，非要要她原來的那塊祖傳的羊脂玉佛，可龍哥一時沒給，有一次我陪楚紅逛街，她就叫我給她臨時買一塊掛飾先戴。我對她向來出手大方，誰知道她不要好的，提出只買一件不值錢的假貨，只要是我親自花錢買的就行。我知道，她這麼做是想讓我始終別忘了向龍哥要回那件祖傳寶貝來……」

說到這裡，白毛雙手攥拳晃得手銬嘩嘩作響，再次問道：「兩位領導，我求求你們，你們知道楚紅躲到哪裡去了嗎？我真想現在就出去親口問問她，為什麼不辭而別跟別人跑了？」

顧天衛問：「是誰告訴你她跟別人跑了？」

白毛回答：「龍哥說的。楚紅走的第一天，我到處找不到她，龍哥那天正巧找我吃飯，我就問他見過楚紅沒有，龍哥對我說傻啊別找了！楚紅幾個小時前剛和一個男的親自去找過他，兩個人很親密，男人像是本地人，他們好說歹說要回了那件羊脂玉佛，然後一起走了，估計是新交了男人跑了。」

「所以，你就信了？過了沒多久，他又把你廢了！你不覺得可疑？」顧天衛感覺終於抓到了兀龍的把柄。

「可疑，非常可疑！以我對楚紅的瞭解，她不可能突然不明不白地跑了躲起來，眼看就一年整了，一點消息都沒有！」

「你真想知道楚紅現在在哪兒？」顧天衛覺得時機已經成熟，不禁用不急不緩的語調，把刑警隊發現勘察無名屍骨的過程向白毛做了一下簡單描述。

突然，白毛渾身劇烈顫慄不止，像突然想明白了什麼似地大聲吼叫道：「兀龍……這一定是兀龍幹的！這個畜生……我早就懷疑他了……只是我沒有證據……一定，一定就是他害死了紅紅！我的紅紅……紅紅啊，你死得太冤了！兩位領導，我交代，我什麼都願意交代，兀龍的確是頭不折不扣的畜生！我早該看透就是他做的！我交代，他還奸殺過你們一個警察的老婆……」

最後一句，不啻一聲驚雷在顧天衛和米臣耳邊轟然炸響！顧天衛迫不及待地點燃一支煙，隔著鐵欄遞過去。

白毛吃力地回憶著過去的點點滴滴，斷斷續續最新交代出的作案過程，充滿了卑鄙、無恥、下流、淫穢、凶殘和血腥。

原來，他正是半年前「六・二六」案的親歷者之一！而白毛和兀龍等四人的出現，竟然完全符合了顧天衛近來被稱作異想天開的推理。

據白毛交代，半年前的六月二十六日晚，兀龍就在縣城，那天他還記得兀龍心情不好，晚上喊了幾個人吃飯，除了他白毛，還有兩個跟他形影不離的馬仔分別叫壩子（抓捕兀龍時一同落網）和虎子（目前在逃），其中那倆「大水沖了龍王廟」搶奪了楚紅玉佛的人就是壩子的手下。兀龍心情不好話就少，而白毛因為找不到楚紅，加之又見了壩子，心情也不好。白毛心情不好話就多，他先是問兀龍見過楚紅沒有，兀龍隨口向他說了那番楚紅下午要回玉佛和一個男人私奔了的話，而壩子又乘機挑唆說，老婆漂亮了不一定是好事，而且女人向來都是紅顏禍水，早知道楚紅這樣，還不如以前讓大家都上了她。白毛本就在心裡給壩子記著一筆帳，聽了這話當即火冒三丈，不便對兀龍發作，突然拿起一個啤酒瓶子砸向壩子。壩子腦門被砸得鮮血直流，隨即站起來進行瘋狂反擊。兀龍一直坐著沒動，只剩下虎子擠進兩人中間勸架，但兩人正在氣頭上，乒乒乓乓一頓亂砸，把小飯店裡的客人都嚇跑了，吧臺裡有個夥計想打電話報警，不料兀龍手腕一抖，一個酒瓶子直飛過來砸在他的頭上。夥計慘叫一聲就勢倒在地上，再也不敢露頭。

白毛和壩子仍打得難分難解，虎子夾在中間已經挨了無數拳腳，那陣勢不分出個你死我活來決不肯罷休。這時，兀龍慢慢走過來，忽然手臂一抬，只用一個動作就制止住了這場凶猛的毆鬥。

兀龍抬起的手裡有把烏黑黝亮的仿五四手槍，手槍槍管不偏不倚正頂在壩子的額頭中央。

「你們不想活了，找個僻靜的地方死去！想讓老子也陪著送葬?!」兀龍盯著壩子，話卻是說給所有人聽的。

壩子和白毛兩人怒目而視，各自收起了隨身攜帶的匕首。兀龍接著發話：「願意死，找個地方再打，打不死我用子彈成全他。願意跟我出去遛遛，握個手馬上走！」

兀龍的話還是有分量的，不只話有分量，他手上的槍管也很有分量。所以，壩子先撤了架子伸出手來。剛才兀龍用槍指的是壩子而不是白毛，白毛知道這裡面的情理，所以雖然很不情願，但還是和壩子握了手。然後一起跟著兀龍走出了小酒店。

一路上，他們走得很快。一是因為沒結帳擔心酒店報警，二是四個人普遍火氣不減，心情急躁。白毛記得他們完全是漫無目地地走進新建不久的長途汽車站裡去的。

那時候天色已黑，整個長途汽車站靜悄悄的，再也沒有一輛進出的車輛。夜風有點涼，四個人走進空曠的候車大廳，一人點上一支煙，話題正討論最近天氣很好該去哪兒玩玩，忽然他們聽到了一對男女的吵架聲，他們轉過頭去，發現聲音很近，就來自大廳東南角落的那個出口外。放在平時可能他們不會去管這種閒事，但那天他們的脾氣都很火爆，加上看不見的那個女人一直在喊在叫「救命」，兀龍乾脆揚手一揮，四個人一起朝那個門口奔過去。

他們一跑過去就以為，是對小夫妻在吵架。那女的很漂亮，頭髮盤得很高，臉上化了彩妝，嘴上塗著唇膏，夜風裡上身只穿了一件袒胸露肩的白婚紗，下身是一雙肉色連褲襪；那男的穿戴得很板正，一身筆挺的黑西裝黑皮鞋，個子不矮有些瘦。

兩個人一看就像對準備結婚的小夫妻，可是他們爭吵時說的話卻出賣了他們。兀龍聽著聽著笑了，壩子也笑了，虎子也笑了，就連白毛也笑了。他們笑是因為他們聽出來，那個男的與女的根本就不是一對。女的明天就要和別人結婚了，而男的卻想提前上了她。

那對男女很快就發現了他們四個人，女的更加大力呼救，男的則慌手慌腳不知所措。不過很快，他們倆就安靜了，女的不喊了，男的不動了。

因為他們面對的不止是四個壯漢，還有三把雪亮的匕首、一頂黑洞洞的槍口。他們顯然不是警察。後來的一切也證明了，他們都是一群沒有人性的畜生。

接下來的事情，白毛交代得簡略潦草，即使顧天衛強忍憤怒連問幾次，白毛似乎再也沒有力氣說下去，或者是根本不願意再多說一句。

據白毛交代，接下來，兀龍和他們三人沒有像突然出現的救世主一樣救助那女的，反而瞬間變成了殘暴的色狼，撲向無意間撞到嘴邊的美食。首先，兀龍讓他們三個看著那個男的，逼著那個男的站在一邊，眼睜睜看著兀龍強奸了那個女的！其次，兀龍站起來讓虎子接著強奸那女的。然後，虎子下來，又讓壩子上去強奸。

壩子強奸完，三個人正洋洋得意，沒想到一邊被監視的那男的忽然從地上抓起一個瓶子衝過來，嘴裡喊著「我跟你們拚了」之類的話，兀龍反應很快突然飛起一腳，踢中了那男的手中的瓶子。瓶子飛起來落在地上，正巧流出來的液體濺到了那女的臉上，結果那女的發出一陣刺耳的慘叫，臉上哧哧地響著還冒出一股白煙，空氣裡到處都是燒焦了肉的糊味，白毛一夥人這才知道那瓶子裡裝的是硫酸！這時候，那男的藉機逃跑了，兀龍一不做二不休上前掐死了那個女的。最後，他們收拾了一下現場，迅速逃走了。

說到這裡，顧天衛咬牙切齒地問白毛：「你呢？這時候，想別把自己撇得一乾二淨?!」

白毛既無賴又委屈：「如果我做了，我一定承認，可我確實沒做……當天，我找不到楚紅，心裡難受，沒心情……可是，也想發洩……但是，兀龍沒讓我上。」

「沒、讓、你、上？」

「嗯，兀龍輪著給每個人發一個保險套。他是第一個上的那女的，時間不長，也就一兩分鐘左右；之後是虎子，虎子時間很長，但是還沒完，就讓兀龍一腳給踢下來了；然後是壩子，他可能也因為緊張，幾下就完事了；輪到我時，兀龍忽然對我說沒保險套了，我說沒事，我不用也行，誰知道他上來就揍了我一巴掌，說你想給警察留線索？我當時又氣又急，憑什麼我排在虎子和壩子後？我女人沒了，應該是我先上才對，算我倒楣……」說到這裡，白毛發現顧天衛臉色不對，又慌忙補充說，

「不過現在來看，決不是倒楣，是占了天大的便宜，後來我們才知道，原來那個女的是個警察的老婆……」

顧天衛竭力抑制住情緒問：「你敢撒一句謊，我就親手剝了你的皮！我再問你，你親眼看見兀龍掐死了……那女的？」

白毛回答：「我……親眼看到的，現在想……他那天是先殺了我的紅紅啊！他喜歡紅紅很久了，紅紅一定是不答應，所以他就強奸了紅紅，然後殺死了她！他……他一定是殺紅眼了……不在乎再殺一個……兩位領導，我懇求你們一件事情，請你們調查兀龍後無論如何一定告訴我，紅紅是不是他殺的？她是怎麼死的……我求求你們了！否則我死不瞑目……」

白毛被押回監室很長一段時間，顧天衛還雙手抱胸仰靠著木椅，閉著眼睛整理思路。而米臣的目光則久久盯著筆記本電腦螢幕上的筆錄，十指在鍵盤上不由自主地劇烈顫抖。

良久，顧天衛長長吐出一口氣來，對米臣說：「小米，我們提兀龍。」

誰知米臣啪的一聲合上電腦，說：「隊長，不行！」

顧天衛轉過頭來，一臉驚訝。「為什麼？」

米臣卻是一臉堅持。「隊長，我想你我現在，都不適合提審他！我恨不得現在就槍斃了他！而你需要迴避！」

「迴避？」顧天衛喃喃自語。

「對！」米臣一臉痛苦地說，「如果先前你調查楊易金的案件可以不迴避，但是現在你想過沒有，兀龍的案件已經涉及到了『六・二六』案！這個案子第一個需要迴避的人就是你！」

顧天衛滿臉焦急：「是，按規定我是該迴避。但是現在我們是這個案件的專案組成員！」

「那是領導安排的問題！」米臣固守己見。「隊長，我也是為你好，要麼你申請迴避，要麼案子……到此為止，我不想幹了！」

顧天衛簡直不敢相信，這話是出自米臣之口。

「胡說！我迴避？查到這個節骨眼上我要申請迴避？難道你到現在還不信任我？怕我會提前殺了兀龍?!還是會放棄追查?!還有，你說你不想幹了？為什麼？我看你是瘋了！」

米臣語氣生硬，卻越說越激動：「隊長，不是我不信任你，事實就擺在面前，我只是想提醒你！「第一，你應該迴避；第二，因為劉永平犧牲，縣局最近忙得沒來得及收槍。眼下，上次我們抓捕兀龍時領的槍還都在身上！我都怕見了兀龍會拔出槍來射他個滿身窟窿！

「還有，如果這案子你迴避了，還會有別人去查！隊長，我跟著你出生入死，情同手足，不想再看到你為這案子殫精竭慮了，你這些天操了多少心、老了多少歲？只有我知道！再這樣下去，你整個人都將崩潰！你，不能再查了……」

顧天衛狠狠地盯著米臣，眼睛裡全是粗紅的血絲。才幾天沒一起出差，他非常驚訝於米臣的改變！他能敏感地察覺到米臣變了，至少米臣的話少了，但語氣硬了，而且想法多了，比以前更固執了。這些改變來得是如此突然，但他又不得不承認，米臣說的每一句話很有道理。

「不，小米你記住，我是這個小組的組長，縣局黨委在撤掉我之前，我是你的領導，我不接受你的請辭。所以我們接下來要繼續提審！」即使辯駁不倒米臣，此時顧天衛仍自信地能掌控全局。

米臣聽了，咬著嘴唇說：「隊長，現在要提也不能提兀龍！不妨提提其他落網的嫌疑人。」

顧天衛忽然意識到一個問題，伸手探向腰間，將六四式手槍及槍套從腰帶上解下來，子彈嘩嘩地退到桌面上，然後將槍和槍套轉身擲在身後角落裡。

「我是想連那個傢伙的骨頭都敲爛了餵狗，可現在我還不至於那麼衝動，因為白毛的話未必就是真的，他就不會把自己推託得一乾二淨，然後使勁往兀龍身上潑屎灑尿？還有，你就沒注意到他話裡的漏洞？如果真是那樣，諸葛超根本就沒有強奸蘇甜！那麼諸葛超的精子是從天上落下來的？現在，我們至少從白毛的交代裡搞清楚了一件事，那就是他們也到過犯罪現場，至於案情是不是那樣，只能進一步核實才知道！」

「那現在我們就更應該先提審癟子之類的其他人，而不是兀龍！」米臣再次質疑。

「不，時間緊迫！我們有了掛飾，有了『六‧二六』案他到過現場的把柄，足夠和他不繞彎子針鋒相對了。至於癟子之類的其他人，我們肯定還要問，但那就容易得多了。小米，當初我們一起提審諸葛超時，你對我的行事也有過懷疑和顧慮，但我能感覺到你是瞭解我、支持我的，可現在我發現你仍然還有那種懷疑和顧慮，而且越來越深了。等你和我啃完這塊硬骨頭，咱們倆好好談談交交心！」

米臣聽了搖頭嘆氣，也只好跟著顧天衛做了和他剛才一模一樣的解槍退彈動作。

相比而言，兀龍的神情要比其他人放鬆得多。隨著一陣腳鐐碎響，兀龍走進提審室內，臉上還帶著一絲輕笑。

顧天衛右手把玩著一顆子彈，將子彈從小拇指指背挨個往上翻轉運送到大拇指及食指間，再返回去，這是一種小小的手技，米臣此時盯住的就是這隻骨節寬大的手。

「兀龍，看資料你交代的很全面，態度也很好。比你手下那些瞻前顧後的馬仔可強多了。」顧天衛開門見山：「但別忘了，再好的記性也有遺忘的時候，今天我們來提醒你一下，也是給你最後一次機會，希望你能一如既往地配合。」

兀龍不說話，眼睛望向別處。

顧天衛再次掏出那塊掛飾，直截了當地問：「看看！你認識這個東西嗎？」

兀龍慢慢轉過頭來，眼睛看似隨意睹了一眼，眼神卻有些發愣，看來他決沒想到顧天衛會拿出這樣一件東西。

「不認識。」兀龍回答。

「真不認識？還是真健忘？」顧天衛厲聲提醒。

哪料，兀龍不答卻問起了顧天衛：「領導，我想知道被我開槍打中的警察現在什麼情況了？你能實話告訴我嗎？」

顧天衛心中一動，說：「兀龍，這樣吧，你如實告訴我這塊掛飾的事情，我就如實回答你的問題。話說回來，其實你知道不知道你有沒有開槍打死人都沒什麼用處，因為你身上的人命已經太多了，據我瞭解，這塊掛飾的主人就是你親手殺害的！」

兀龍臉色大變：「她不是我殺的，那是意外！」

顧天衛轉頭望望米臣，點上一支煙，米臣點點頭，撐開電腦開始敲字。

「給我也來一支……」兀龍語氣明顯軟下來。

顧天衛將煙狠狠抽了兩口，遞進去，說：「說吧，這是你最後的機會，楚紅是怎麼死的？其實我們早就掌握了，現在只是看你的態度，補充一下筆錄，僅此而已。」

兀龍顫抖地小心翼翼地抽著煙，開始邊回憶邊交代。事後的一切證明，關於楚紅死亡的交代，他沒有撒謊。

原來，正如白毛所說，兀龍覬覦垂涎楚紅的美貌多時，只是沒有合適的下手機會。偏偏𡑒子的人有一次搶錯了人，把白毛對象楚紅的祖傳羊脂玉佛搶來了。依兀龍的貪性，進了他腰包的財物他決不會還，當他知道那是楚紅的東西後更不想還，所以一次次拒絕白毛的請求，不但如此還動腦子打起了靠近楚紅的主意。

機會終於在六月二十六日（這次交代日期不詳，事後證明就是這一天）那天下午來臨，楚紅鼓足勇氣給兀龍打電話，親口索要自己的玉佛，兀龍心想機會來了，便隨口答應要還給她，讓她一個人來找他。楚紅到了兀龍住處，兀龍又說他把東西埋在一個地方了，楚紅如果真想拿就打車和他去取。就這樣，兀龍一個手下沒帶，和楚紅打車到了城東郊的一片蘋果園，這片蘋果園有十幾畝地枝葉非常茂密，兀龍以前就曾在這強奸過婦女。

下了車，楚紅不知是計，跟著兀龍往蘋果園裡走，走到深處，兀龍突然回過頭來抱住楚紅就親，楚紅不從兀龍掏出槍來想威脅她，不料楚紅隨手一撥把兀龍的槍打掉了，兀龍彎腰撿槍時楚紅轉回頭往蘋果園外飛奔，兀龍反應過來在後面急追，眼看楚紅就要跑出玉米地，兀龍追趕不及跳起來朝著楚紅猛踹一腳，想把楚紅踹倒後再拖進果園深處，沒想到楚紅身子極輕，被猛地一踹飛出了蘋果園。隨後，兀龍聽到一聲悶響和一聲尖銳的剎車聲，就看到楚紅的身子幾乎又原路飛了回來！只不過這時的楚紅已經披頭散髮鮮血四濺面目全非，兀龍這才明白他剛才那一腳把楚紅踹在了一輛急速行駛的車頭上。那輛車只是略作停頓接著就開走了，兀龍見楚紅已死，怕有人懷疑自己，只好想辦法去附近農戶家偷了件鋤頭將楚紅草草埋了。

埋楚紅前，兀龍還交代，他曾翻過楚紅的全身。除掏走了楚紅的手機和錢包，他還看見過她脖子上掛的那件仿白玉掛飾。當時他很好奇楚紅怎麼願意戴那種一錢不值的東西，也就沒往下搜。

誰知道這東西，日後會出現在審訊他的警察手裡。

聽完兀龍關於那塊掛飾的交代，顧天衛沒有食言，他將劉永平已經中彈犧牲的消息告訴了兀龍。兀龍一開始不相信，等顧天衛從皮包裡拿出一堆幾天前的報紙來，在兀龍面前徐徐展開，兀龍才終於相信自己真的開槍打死了一名警察。

報紙上，是縣局宣傳科老紀他們對劉永平英雄事跡長篇累牘的報導，不僅黑色標題醒目，而且附帶的很多張黑白圖片都是劉永平身披國旗躺在殯儀館裡的情景。

兀龍神色頓時萎靡下去。

第二十一章 雪貝含珠

劉永平的死訊是顧天衛手上最後的一張底牌。他明白，這張底牌是高山河和熊志偉他們留給自己的一件利器，目的就是要他直捅兀龍心臟，挖出他真正想要得到而兀龍卻打算永遠爛在肚子裡的東西。

兀龍久久低著頭不語，像是一塊腐爛透心的木頭。

顧天衛再次點燃一支煙，抽了兩口，語氣悲愴地開口：「你還是男人就抬起頭來，把你埋了楚紅以後，晚上再次強奸殺人過程一五一十地講清楚！」

兀龍身體輕微地動了動，僅此證明他還活著，但是頭仍低著，一言不發。這種狀態，就像他剛進來時一模一樣。

「其實，現在是你輕鬆了、解脫了，你可以睡覺打呼嚕了。」顧天衛深深地吸著煙說，「反倒是我像一個殺人凶手，每天每夜過著壓抑羞恥的日子，想掉在黑暗的地獄裡深受折磨！」

顧天衛聲似咆哮：「你知道你那天強奸殺害的人是誰嗎？她是我老婆！我們剛登了記，準備第二天結婚……你這個喪盡天良的畜生……」

顧天衛再也說不下去，嗓子被哽住，眼淚也隨之奔湧而下。米臣一邊為顧天衛竟在提審犯罪嫌疑人時痛哭流涕感到意外，一邊又被眼前的情景所深深感染，也在不知不覺中潮濕了雙眼。

這時，兀龍突然抬起頭來，抖顫著伸出手去要顧天衛手裡的煙，顧天衛包裡的煙已經抽沒了，那是最後一個煙頭。

兀龍接過去，猛地將煙頭塞進嘴裡，像個在沙漠中焦渴的人得到了水，貪婪地吞吸，直到剩下一截焦黃的過濾嘴，煙捲徹底熄滅。然後，手指一鬆，過濾嘴滑落在地，兀龍才開始重新交代。

「後來，我們都聽說死的那女的老公是個警察，原來就是你？……

「那個女的，是……是你老婆？

「領導，你說我殺死了……你老婆？」

……

顧天衛死死盯著兀龍的眼睛，始終不發一言。此刻他的神態心智也許更像一個輸紅了眼的賭徒，又彷彿兩人的角色不知何時已進行了微妙的轉換，一連串發問的居然成了兀龍，而一直閉口不答的卻是他。

兀龍似乎也被顧天衛的神情唬住，說話不但變得語無倫次而且簡直成了歇斯底里的怪叫：「不管她……是不是誰，我沒殺你……我也不認識她！……」

這種駭人的怪叫，直讓坐在一邊記錄口供的米臣起了一身雞皮疙瘩。

米臣忍不住質問道：「兀龍，你少在這裡裝瘋賣傻！你做過什麼你心裡最清楚！有些人直到最後想說都沒有機會說，想贖罪都沒有機會贖罪!!」

兀龍的怪叫轉而又變作了哭腔，嘴裡吼著他很清楚殺人償命的後果，吼著他在開槍打死劉永平之前保證決沒殺過人，——楚紅的死與他有關，但他一口咬定她是讓別人開車撞死的；而那個女的——蘇甜，他堅稱決不是他殺的。

顧天衛在兀龍語無倫次地狡辯中，忽然一拍桌子喝問道：「兀龍，我以為你是個男人，結果我發現，你連個屁都不如！你不說，有人證物證，你以為你手下那些人比你傻?!」

兀龍低頭舉起戴著手銬的雙手做投降狀，「這位領導，我兀龍是豬狗不如，但到這時候了，我手上都有一條警察的命了，你說我還能保留什麼？我真得沒殺你……沒殺那個女的！他們想立功，純粹是落井下石！」

「那就請你把六月二十六日那晚的事情，從頭到尾一滴不漏地說一遍！」顧天衛聲若洪鐘，一字一句說道。

也許是知道自己時日無多在所難逃，兀龍徹底卸掉了包袱，往下的交代簡直行雲流水。

兀龍那幾天是因為「收租」特地潛回縣城的，令他意想不到的是那次收穫頗豐。有的手下交上不少金銀首飾，其中就有那件珍貴的祖傳羊脂玉佛，那東西兀龍從一開始就認出是件寶貝，只是沒想到那是壩子的人從楚紅脖子裡搶來的。後來白毛向他要過幾次，他都推託說忘記放哪了得再找找，其實他壓根就沒打算給；有的手下交了不少錢。這些錢，都是通過巧妙變賣兀龍囑咐過到手不能留的贓物——譬如手機、電腦之類的東西得來的。兀龍很高興，作為回報特意給手下馬仔帶了不少大力丸（甲基苯丙胺冰毒）和搖頭丸（亞甲二氧基甲基苯丙胺片劑）。

往下的交代，除了兀龍和楚紅遭遇的過程已經有了，從口供記錄者米臣的角度來看，彷彿同樣慘烈的情景再次發生了一遍——兀龍草草掩埋了楚紅以後，心情極度緊張和煩躁，於是約了虎子、壩子、白毛三個人躲在縣城一條胡同的路邊店裡吃火鍋雞。也就是在這吃飯期間，白毛和壩子因為幾句女人的玩笑話打了起來，兀龍為了制止兩個人毆鬥，一怒之下還冒險在路邊店裡掏出了槍。

接下來，他們就是怎麼各懷鬼胎、漫無目的地走到了長途汽車站，然後聽到有對男女在大廳東南角的門外激烈爭吵、對罵，於是跑過去想看熱鬧管閒事，結果發現了那對男女身份非常可疑，特別是兀龍發現那個女的穿著一身婚紗，人長得漂亮，打扮得也很性感，頓時冒出了一股邪念——當日下午兀龍企圖強奸楚紅不成，結果卻使楚紅意外喪命，他體內的那股子淫火正四處衝撞無處發洩，頓時像被哧喇一聲點燃後獸性大發，他們決不是英雄救美，反而要趁火打劫！

接著，兀龍對三人輪奸蘇甜的過程交代也和白毛的如出一轍，但是他卻親口揭開了白毛「缺席」的原因。原來，兀龍身上一直裝著一盒保險套，強奸蘇甜時為了不留罪證就給每個手下一人發了一個，可輪到白毛時兀龍忽然記起了下午與楚紅之間發生的不愉快，頓時惱羞成怒假裝說自己沒套了不能再繼續了，心裡想的卻是「你的女人老子沒沾著，我吃剩下的東西憑什麼給你留」？兀龍向來斤斤計較睚眥必報，不但這次作案如此，往後還很快找了個理由責罵白毛辦事不力把他一腳踢開了。

兀龍交代至此，也就正式解開了三個謎題：一是他和白毛是因為「狗咬狗」誤搶玉佛之後，楚紅親自索要未果反遭猥褻，最後死於非命，兀龍就是這樣和白毛接下了樑子；二是被楊易金開車撞死的人原來就是楚紅，楚紅祖籍東北，當然在附近村莊找不到親戚，也不會有人前來報案，而且楚紅是在那樣一種情形下被撞死的，不得不說與兀龍有直接關係；三是為什麼這麼多人到過現場，甚至有人輪奸了蘇甜，而法醫卻並沒有在蘇甜陰道裡檢驗出他人的精子——因為他們在輪奸犯罪時都戴了保險套，而且事後還下了雨。

但是，兀龍對最後關鍵的毀容和殺人環節卻交代得面目全非，與白毛的口供完全驢唇不對馬嘴。

白毛供認是兀龍三人輪奸完蘇甜後，沒防備諸葛超突然攥著一個瓶子衝上來，兀龍反應很快一腳踢飛了瓶子，結果瓶子裡裝的竟是硫酸，硫酸潑濺到了蘇甜臉上，使她發出了痛極的慘叫。而兀龍的供述卻是，他們三人輪奸完後，他忽然看見地上有個瓶子，問起被監視的諸葛超回答說是硫酸，本來想拿來給蘇甜毀容的，兀龍忽然心血來潮想給那男的毀容，以此教訓和嚇唬他閉口，而諸葛超在拚命掙扎時踢飛了瓶子，硫酸正巧濺到了蘇甜臉上。

白毛供認是兀龍為殺人滅口親手掐死了蘇甜。而兀龍則供述他根本就沒有殺人，輪奸之後他們做賊心虛本就想儘快逃跑，沒想到又發生了意想不到的硫酸毀容事件，因此所有人都很緊張。他從一開始就沒想殺人，兀龍再三強調，如果他真要滅口，掏出槍來把兩個人都殺了才算乾淨安全，但他們逃跑時女的還在地上呻吟，男的也丟下了沒管。

兀龍交代完了，整個人像洩氣的皮球或塌陷的土堆，立時矮了下去，眼睛裡已是毫無生機的死灰。

顧天衛極度痛苦地思索著兀龍交代的每一個細節，有一陣他的大腦幾乎一片空白，完全拒絕再次進入那個慘絕人寰的黑夜。可空白畢竟只是暫時的，空白過後就將是變本加厲的過程影像。

「兀龍，你說的都是實話嗎？」顧天衛面無表情地問道。

「是。」兀龍有氣無力地垂頭答道。

「真的是實話？」顧天衛站起來，劈劈啪啪挨個拔著手指的關節。

米臣也連忙站起來，靠近顧天衛。

兀龍吃力地抬起頭來說：「我對不起你……但我身上已經背上人命了，還是警察的命……你說我還有騙你的必要嗎？」

顧天衛轉頭衝米臣說：「讓他簽字吧。」米臣點點頭摁了列印鍵，便攜式列印機往外一頁一頁吐著口供資料，米臣不看列印機，卻一直盯著冷若冰霜的顧天衛。

等待提審壩子的時間裡，米臣問顧天衛：「隊長，我覺得兀龍很可能在撒謊。」

顧天衛冷笑：「我倒覺得，他說的都是實話。」說完，反問米臣：「說來聽聽？」

米臣說：「第一，兀龍心狠手辣，能幹出輪奸這樣的事情來，殺人滅口理所當然！沒殺諸葛超，也許只是諸葛超在他們動手前逃走了；第二，如果兀龍說的是事實，那麼諸葛超根本就沒有強奸蘇甜，可……怎麼會檢驗出他的精子？第三，白毛現在不可能再袒護他，供述的過程非常流暢根本看不出破綻。隊長，你說呢？」

顧天衛沉吟道：「兀龍確實心狠手辣，可這樣的人通常有兩種，一種是亡命徒，做事不管不顧不計後果，也缺乏反偵查經驗。另一種是貪生怕死之輩，做任何事都小心謹慎，久而久之變得老奸巨猾，非常怕犯牽連人命的案子。我想兀龍應該屬於後一種人，壓根不想讓自己背上人命案；而白毛的交代很可能因為仇恨誇大其詞，或歪曲過程；至於諸葛超的精子，這個問題確實可疑又可怕，事到如今，也許也只有唯一的一種解釋了。」

米臣不可置信地說：「你的意思是，諸葛超在那些畜生逃跑之後……在蘇甜毀了容貌以後……」

「對，他是最後一個輪奸犯！」顧天衛臉色鐵青地說完，兩個人後背同時竄起一股涼意。

直到綽號叫壩子的犯罪嫌疑人被押進來時，兩個人似乎還沉浸在各自的思考中。

壩子身高體胖，賊眉鼠目，剃了光頭卻在下顎蓄著五公分左右的鬍鬚，握成拳頭的兩手骨節寬大手指粗實，手背上全是老繭，看來平時練過些拳腳。

正應了那句老話，人不可貌相，壩子一開口話音卻細得像個太監。而且越是外表粗壯的人，越是缺少心機，顧天衛只是隨口說了幾個時間、地點，以及兀龍落網的消息，壩子就開始滔滔不絕地急於立功了。

虎子仍然在逃，作為「六‧二六」案的最後一名重大犯罪嫌疑人，他的交代此刻至關重要。到底是白毛交代的屬實呢？還是兀龍供述的屬實？還是他們兩個都在撒謊？

又或者，白毛和兀龍的交代都不屬實，而壩子的交代才是真實的，或者也同樣是不真實的？

然而，壩子的交代讓顧天衛暗暗鬆了一口氣。他的供述與兀龍的大體一致。

這說明什麼呢？壩子一走，米臣立即目光炯炯地說道：「這不可能，很明顯他們串過供！知道有一天落網了該怎麼說！白毛也一定知道，只是他因為突然仇恨兀龍，說出了一個不一樣的結尾！這個結尾，恰恰是真實的，他們想刻意隱瞞的！由此可見，人，的確就是兀龍殺的！」

顧天衛點點頭，認為米臣分析得很有道理。但是，隨後又搖搖頭，質疑道：「如果他們確實串過供，那麼白毛不可能把毀容的細節也改掉，兀龍和壩子的交代都是兀龍要拿硫酸給諸葛超毀容，是諸葛超掙扎時踢飛了瓶子潑濺到了蘇甜——這樣說毀容的起因是兀龍，而白毛的交代則是諸葛超想用硫酸襲擊他們時，兀龍踢飛瓶子濺到了蘇甜臉上——這樣說起因是因為諸葛超。

「如果要串供，依照兀龍的畏罪心理，他很可能會連這個細節一起改掉，改成如白毛交代的那樣——安排諸葛超對他們四人發起攻擊，隨後他們被動還擊時，無意間踢飛了瓶子造成蘇甜毀容。而不會說兀龍主動想給諸葛超毀容，導致意外發生。——兀龍不會這樣主動往自己身上攬罪責，所以根本就不存在串供。

「再者，從白毛的心理角度分析，他對兀龍的無限仇恨突然間爆發，恨不能將兀龍碎屍萬段，這時候很可能將一切罪惡往兀龍身上推，所以他不僅想把凶手說成兀龍，而且想把毀容也安在他頭上。因此，他就編排出了諸葛超手持硫酸瓶衝上來，而兀龍被動踢飛瓶子——這看似直接造成了兀龍毀容了蘇甜的結果（正是白毛急於推在兀龍身上的罪責），實際上卻在一定程度上減輕了兀龍毀容他人的客觀故意，這樣編排符合白毛仇恨兀龍的思維邏輯，但與事實明顯不符。

「所以，白毛的後半部分都是在撒謊！」

米臣沒有輕易退讓，緊接著問道：「即使白毛在毀容這段細節上說不通，是他撒謊了，但也並不意味著他交代兀龍殺人的細節也是撒謊！」

顧天衛鎖著眉頭，繼續喃喃道：「首先，如果他們沒有串供，那孀子和兀龍為什麼交代的細節會基本一致？——他們沒有殺蘇甜，而是看到蘇甜被毀容後做賊心虛地逃跑了，甚至連一開始想給諸葛超毀容警告都忘了，扔下他再也沒管……這符合邏輯，也就說明，他們交代的是真實情況。其次，如果是兀龍親手殺了蘇甜，那只有一種動機就是滅口，那麼他和手下肯定也不會放過諸葛超，諸葛超那小子根本也就跑不了！何況，那時候諸葛超根本還沒有機會強奸蘇甜。難道，你認為他竟還有可能從兀龍的手底下拚命僥倖地逃走，然後又轉回頭來奸屍？這種推斷能成立嗎？……」

米臣聽到這裡，不得不閉上了嘴巴。他已經感到顧天衛的語氣異常嚴厲，甚至充滿了粗暴。雖然他是多麼不想因為顧天衛的語氣和情緒的影響而選擇盲從，但他又對這番分析和推理，暫時再也找不出反駁的理由和證據。

走出提審室，早已過了午飯時間，兩人一言不發，肚子卻都咕咕直叫。米臣正要往警車駕駛室方向走，顧天衛卻在背後開口說：「還是我來開吧！」

米臣一把拉開車門，說：「隊長，你太累了！還是我來吧。」

顧天衛固執地用拇指衝副駕駛擺擺：「我動的是腦子，你是既動腦子又動手，還是我來開！」

米臣還想猶豫，顧天衛已經走過來二話不說鑽進了駕駛座。

「快點吧，我發現你最近脾氣衝得很，腦子還淨喜歡開小差，這種狀態不適合開車！」

米臣剛一坐進來，顧天衛腳下猛踩油門，警車如箭飛竄出去。二十分鐘後，顧天衛將車停在了回城方向的一家路邊小店門前。

「咱吃點羊肉補補？」這是家專門賣大鍋全羊就燒餅的特色小店，顧天衛徵求米臣意見。

米臣一樂：「吃啥補啥，隊長你來點腰子，我來點腦子！」

顧天衛拔出鑰匙下了車說：「我就想來碗熱騰騰的羊湯吃倆燒餅，其他部位還是留給你們小青年吧！」

因為過了飯點，又在鄉下路邊，店裡很清閒，就他們一桌。很快，一個五十歲上下、胖墩墩的老闆將燉了豆腐的一斤半羊肉和十個燒餅端上來，老闆娘則在廚房裡的砧板上梆梆地切碎了芫荽，直接拿刀和手捧著走過來給他們撒進羊肉湯裡，然後殷勤地遞上大蒜、鹹菜和米醋，又沏了壺大葉茶放下才轉身離開，臉上自始至終蕩漾著淳樸的笑容。

兩人是真餓了，各自喝下一粗瓷茶碗大葉茶，手抓燒餅就著羊肉羊湯開始狼吞虎嚥。沒十分鐘，已風捲殘雲似的吃出了飽嗝。細算之下，顧天衛吃了仨燒餅，米臣吃了七個，而羊肉豆腐也被席捲一空。

人一吃飽，疲乏也跟著湧了上來。兩人乾脆繼續坐著喝茶，望著門外荒涼的群山默默無語。一壺喝完，米臣看顧天衛還沒有要走的意思，去廚房結了帳回來，見顧天衛又提起暖瓶來續了一壺開水。

米臣不禁感嘆：「隊長好肚量啊，我如果像你喝那麼多湯，茶水是再也喝不進去了。」

顧天衛倒著茶說：「豈止是肚量，這表明腎好。無論喝多少，不帶去洗手間的。」

米臣搖頭質疑：「恐怕這沒有科學道理，我倒是聽說喝多尿少，容易加重腎的負擔。」

顧天衛故意很響地吸一口氣說：「咦，你小子還真上癮了？連這也得找證據反駁我？」說著，忽然話題一轉：「對了，最近兩天沒怎麼見你，去哪兒了？」

「我可天天都在隊上上班，不信你問高曉。」

「要是高曉知道你時時刻刻都在幹啥，那倒也好了。」

「隊長，你什麼意思？」米臣不解地問，「再怎麼樣，我上廁所總不能也跟她彙報吧！」

顧天衛說：「我沒問你上班時間，我說的是下了班，八小時外。」

米臣頭低下來：「咱們這行還論八小時外呢，不天天都在加班？再者說，那是隱私。」

顧天衛張開嘴，活動著下巴問：「我要問的，就是隱私。」

米臣驚訝地不知如何回答。

顧天衛將眼光從門外收回來，落到米臣臉上：「這幾天，你去見蘇珊了？」

米臣知道無法掩飾，索性立即回答：「是，見了。」

「天天都見面？」

「一共就三天！」米臣解釋說，隨即聲音又弱下來。「是，天天都見面……」

「到什麼程度了？」

米臣不知該不該繼續回答，猶豫著問：「隊長？……」

「我問你們到什麼程度了？」顧天衛不管，語氣生硬起來，「擁抱了？接吻了？」

「隊長，我們才剛交往……」

「回答問題！還是已經上床了？」

米臣回視著顧天衛凶巴巴的眼神，語氣也硬起來。

「對不起，我無可奉告！」

顧天衛將茶杯往桌子上重重一放，站起來迅速走出去發動車子，米臣無奈地跟上去，坐進車裡。

顧天衛一直手握空檔，但油門卻在腳下發出一陣陣咆哮似的轟鳴。在米臣聽來，顧天衛的每一次出腳，都像是踩在他怦怦亂跳的心臟上。

終於，米臣受不了了，轉頭盯著顧天衛喊道：

「隊長，我知道她是你的什麼人！可……我是真心喜歡她！我從小到大，就喜歡過這麼一個女人！她也是你的親人，你要是真想關心她，就應該親自去看看她！她又病了……」

轟鳴聲小下去，消失了。只剩下微弱的怠速聲。

「小米，她又怎麼了？」顧天衛望著車前方，情緒漸漸平靜下來。

「隊長，我們當刑警的也是人，也是最普通的人！是人就有七情六欲！」米臣沒有回答顧天衛的問話，卻咬著牙關，字字句句說得情真意切。「隊長，案子是永遠也破不完的！你就去看看她吧……」

顧天衛換檔起步，在崎嶇的柏油路上飛舞著方向盤，直到開進縣城，徑直來到蘇珊樓下，眉頭再也沒有舒展過。

米臣敲開房門，顧天衛從蘇珊母親的第一個眼神判斷，米臣已經不知不覺成了這個家的熟客。

一陣簡短寒暄，蘇母走進廚房沏茶，他們就在客廳坐下，而朝東的臥室裡一陣窸窣碎響過後，蘇珊穿著厚厚的深紅色棉絨睡袍和拖鞋出現在門前。

米臣刷地一聲站起來，眼中立時充滿了關切。「蘇珊，好點了嗎？頭還暈嗎？我和隊長來看看，你不舒服不用起來……」

蘇珊艱難地衝米臣淺淺一笑：「怎麼，今天你沒給我買花？」

米臣搓著手，訕訕地回答：「我們剛從看守所回來，這時候……田野裡只有雪花。」

蘇珊動作很慢地做出一個鬼臉。鬼臉明明是做給米臣看的，可她憂鬱的眼神卻一早望向了旁邊低頭端坐的顧天衛。

顧天衛或許也感受到了這束異樣的目光。抬起頭來，眼神正與蘇珊相對。就是這極短的一瞬，米臣注意到蘇珊的眸子裡迅速氤氳出了霧氣，霧氣即刻聚斂成水氣，水氣飛快地凝集成淚滴，淚滴剎那間碎裂成珠玉……這一切的發生都如電光石火稍縱即逝，可恰恰全被米臣捕捉在眼睛裡。

這時，蘇母端著盛放茶壺茶杯的紅瓷托盤走過來，打破了客廳裡暫時的沉默。顧天衛忙接過托盤來，同時開口問道：「珊，怎麼了？還是血糖低、沒力氣、頭暈？」

蘇珊沒有回答，而是用眼神望向母親。蘇母眉頭緊鎖，憂心忡忡地看著女兒，什麼話也沒說回到了南面自己的臥室。然後，蘇珊轉過頭來望著米臣，米臣連忙用焦急的眼光回應，蘇珊卻開口說道：「米臣，你先到我臥室裡坐坐好嗎？我有話要跟姐夫說。」

米臣點點頭，似乎這時能進臥室迴避，也是蘇珊對他親密和信任的表示。

米臣快步走進向東的臥室，立時感到有一種輕輕暖暖的香粉氣息包裹了全身，情不自禁用眼神掃描著室內的每一處物件和擺設。尤其是在留意到床上枕頭裡側的衣物時，米臣的眼神火燙起來，他感到不可思議，僅僅是幾件普通的胸罩、絲襪等女士內衣而已，可他總是忍不住要多看幾眼，心跳速度也越來越快。他不敢挪動腳步，甚至竭力克制著呼吸，他既不想打擾室外的談話，更有意無意地想聽到點什麼。接著，他就看到了書桌上的那個大貝殼。大貝殼有書本大小，純白顏色，是真是假？用什麼做的？做什麼用的？他的目光立即被吸引過去，完全忽略了再去探聽屋外的談話。

其實客廳裡，顧天衛和蘇珊一直默默地坐著。顧天衛一杯杯喝茶。蘇珊不說話，一杯杯地為他添著水。顧天衛直喝得尿意鼓脹，但因為蘇珊始終沒開口不便起身離開，硬是憋尿憋得坐立不安又痛苦不堪。

最終，還是顧天衛忍不住主動悄聲地問道：「珊，你……沒事吧？有需要幫忙的地方，你儘管吱聲……」

蘇珊又給他續了一次水，放下茶壺說道：「姐夫，這個家……暫時一切都好，你放心吧。」

顧天衛鄭重地緩緩地點頭。可沒想到接下來蘇珊若有若無的一句話，卻猛然將他釘在沙發上。

「姐夫，你是真的愛我嗎？」

顧天衛聽了，剎那間愣住，眼神中充滿了痛苦和絕望，再也不敢直視蘇珊，而且連頭一起低垂了下來。

突然，「嘩啦」一聲巨響，從東邊臥室裡傳出來。蘇珊聽了連忙站起身來衝向臥室，可一不小心腳下踉蹌，眼看就要跌倒在門口，顧天衛眼疾手快用雙手從身後抱住了蘇珊。

也許是情急之下，顧天衛摸到的部位過於敏感，蘇珊站穩身體，猛力甩掉顧天衛的雙手，然後徑直跪倒在臥室地板上快速撿拾著碎物。

米臣連聲道歉，稱自己在觀賞書桌上的那件大貝殼時，一不小心失手掉在了地上，沒想到貝殼沒摔爛——竟是橡膠仿做的，可裡面放著的各種首飾和化妝品灑落了一地。

蘇珊蹲在地上臉色慍怒，淚水長流，一雙忙碌的小手更是不停地發抖。米臣想幫忙，蘇珊卻步步緊逼沒給他任何彎腰的機會，不知所措中他看到顧天衛同樣正杵在臥室門口，連驚帶嚇像個傻子一樣張大了嘴巴。

蘇珊撿著散落的碎物，突然回過頭來盯著顧天衛，嗓子裡夾著哭腔狠狠甩出一句話來：「你，出去！」

顧天衛聞言，久久未動。蘇珊再次吼道：「滾！」

顧天衛這才呆呆地轉過身去，儼然像個提線木偶，失魂落魄地向虛空裡邁著步子。直到打開屋門，輕輕飄了出去。

接著，蘇珊不再抬頭，淚雨滂沱地繼續對米臣說：「你也出去！」米臣再後退幾步，靠在床沿上，見蘇珊已經把散落的碎物重新裝回到了大貝殼裡，非但不走反而彎腰去攙扶蘇珊。

「蘇珊，你血糖低，還犯著頭暈，來，慢慢站起來……」蘇珊本想掙扎，但是米臣的手已經小心翼翼地扶住了手臂，索性借助他的力氣緩緩站起來。

就在這時，蘇珊的頭痛和暈眩又發作了，臉蒼白得像紙，嘴唇顏色卻泛著深紫，身體眼看就要失去平衡，米臣只覺手中一沉，一個溫熱的身體傾斜過來。他迅速挺起胸來接住，雙手環繞緊緊地擁抱住了蘇珊。

這是米臣第一次和蘇珊如此親密地接觸。兩天前，他們僅僅才短暫地拉過一次手。因為接連給蘇珊送花，那次分手時蘇珊主動伸出手來和米臣俏皮地握手告別。米臣只是輕輕一握，回去卻連晚上做夢都在久久回味著那種輕柔和溫婉……

眼下，米臣竟然緊緊地擁抱著他日思夜想的異性，而且此刻蘇珊因為暈眩和疲倦，緊閉著流過淚的雙眼，他只需要微微一低頭，就能吻到那張近在咫尺的傾吐著幽蘭清香的唇。

可米臣沒有做任何動作。

蘇珊也很快就睜開了眼睛，她有氣無力地說：「扶我到床上躺躺。你走吧，你快走……」

米臣深情地望著蘇珊，欲言又止，直到把她扶到床上躺好，才終於說出那句話來：「蘇珊，我還是那句話：我愛你，請你相信我！我一定會用下半輩子永遠守在你身邊，好好地保護你、對待你……」

蘇珊眼睛裡再次湧出止不住的淚水，喉嚨裡哽咽著低吼：「我讓你走，你怎麼還不走？我現在……也讓你滾出去，你給我滾出去……」

第二十二章　石破天驚

正像顧天衛猜測的那樣，米臣一連幾天下班後，總是簡單吃過晚飯，先去新華書店旁的花店裡買上一大把玫瑰，然後徑直去敲蘇珊的家門。這已經成為了米臣每天必做的事情，也是唯一感興趣的事情。

蘇珊母親已經對米臣的到來習以為常，而且格外表示出一種好感。蘇母發現，米臣這小夥子不但人長得精神，而且細心熱情，性格溫順。換句話說，女兒陰晴不定的狀態實在令人擔憂，做母親的想不出任何好辦法，正急需一個能打開女兒心扉、帶她走出陰霾的人出現，米臣的到來以及他對蘇珊的一番心思，蘇母點點滴滴都看在眼裡喜在心上。

可米臣無論對蘇珊多麼細心周到，多麼殷勤討巧，多麼貧嘴地開玩笑，蘇珊卻一直對米臣不冷不熱。

米臣知道，自己需要的是時間，而蘇珊也需要時間。

如果一切只是時間問題，他願意一直等下去。

米臣和蘇珊在一起的每一分鐘，都感覺特別幸福。蘇母還是老樣子，為他打開房門之後就回到了臥室，而蘇珊漸漸已不再當米臣是客，有時候依舊躺在床上看書，米臣悄聲進來，輕輕地坐在床頭的椅子上，將玫瑰插進書桌上的瓶子裡。

有時候，蘇珊會躺著不動，絲毫不以為有人進來，自顧自地翻書，直到米臣盯著她看得太久了，才忍不住將書往身側一拍，裝作很驚訝的樣子說：「剛看了一篇嚇死人的文章，主人公每天醒來都會看見一個吸血鬼坐在床頭盯著她，原來那不是虛構的……」米臣笑笑，竟突然兩手拉著耳朵將舌頭伸出來，一邊笑問：「吸血鬼？你看我的舌頭上有吸盤嗎？」蘇珊說：「討厭！噁心，你那是豬口條……」兩人不知不覺一驚一乍的對話，隱隱約約地傳進蘇母的臥室裡。

有時候，蘇珊見米臣進來插花，情緒低沉地問道：「昨天的還開得正好，幹嘛都把工資都買成花？」米臣背對著蘇珊回答：「工資事小，心情事大，能博你一笑，太值了！」蘇珊哼一聲問：「我什麼時候笑了？」米臣轉過身說：「我能感覺到，你心裡在笑。退一步講，即使你不笑，能讓你對這些花發表幾句感慨也值了。」蘇珊認真了，說：「花就像人，命運無常。其實這些花送給我並不值得，應該送給更懂更愛它們的人去。它們花開花落，我經常連看都不看一眼。」米臣說：「只要它們來到你的屋子裡花開花落，那就是有緣。你不看它們一眼，難道還聞不到它們的芳香？你能聞到花香，也許對它們來說就足夠了。」蘇珊冷冷地說：「看不出來你還能讀懂花心，說得就跟真事似的，將來一定是個花心大蘿蔔！」米臣急得撓頭，只好低聲下氣地走近了坐下來說：「蘇珊，別上火啊，都說吃蘿蔔消氣。你要是吃了我能消氣，你就吃了我？」蘇珊杏眼圓睜：「呸，你以為自己是唐僧……」這時候，蘇母會偶爾進來，遞給米臣一把衝滿了紅茶的紫砂壺、兩盞精緻小巧的茶盅後，再次長時間地消失。

就在昨晚，那個安靜得幾乎只能聽到彼此呼吸的傍晚，米臣在床頭坐了很久，蘇珊卻一直沒有開口說話。即使不說話，米臣也願意那麼一直靜靜地坐著，距離蘇珊如此之近，鼻腔裡聞著蘇珊頭髮上和毛衫上的淡淡清香，眼睛裡是蘇珊恬靜凝思的模樣，窗子關掉了外界所有的紛擾，只要蘇珊沒意見，米臣也很享受這種時刻。

讓他想不到的是，蘇珊忽然開口提起了剛剛犧牲的劉永平。

「你跟劉永平很熟嗎？」蘇珊問道。

「不熟。雖然都是同事，但只見過幾次。」米臣答道。

「再不熟悉，好端端的一個人就那麼死了……」

「蘇珊，別再想那些過去的事了。有些人死得其所，有些人活著還不如死了……死，其實沒有什麼可怕的，人人都會有那一天……只是時間不同而已，重要的是我們活著的人，要珍惜生命，好好活下去。網上不是流行這樣一句話嗎——要麼好好活著，要麼就趕緊去死！我們得往前看……」

蘇珊別過頭去，痛苦的聲音再次響起：「姐姐在的時候，我真的一點都不在乎！我還常常嫉妒她、欺負她，故意惹她生氣。可是她突然不在了，我卻像丟了魂一樣無依無靠，這個家也像個抽空了血的病人奄奄一息……我想姐姐，我對不起姐姐，如果早知道那晚會出事，我一定會頂替她死！我寧願死的人是我！是我！是我……」

蘇珊邊說邊搖頭，臉被黑髮埋住看不到眼淚，一雙手卻在身側緊緊地抓攏被單。米臣想伸手抓住蘇珊的手腕安慰她，可轉念覺得不能趁人之危，再三克制後，只能不停地用說過無數次的話語繼續開導她。

顯然，蘇珊已經那些話有了很強的免疫力，不但聽不進去反而流露出無比的厭倦。就在這時，米臣第一次向蘇珊敞開心扉，做了深情表白。

「蘇珊，我喜歡你！我愛你……不管今後有多難，讓我和你在一起行嗎？請你相信我！我一定會用下半輩子，永遠守在你身邊，好好地保護你、對待你……」

蘇珊轉過臉來，濕漉漉的頭髮黏在眼前，可米臣還是看到了那兩束眸光：飽滿、深邃，又時時充滿了讓人怦然心動的柔情。只不過，這一刻的眸光裡，多出了一種冰冷和決絕。

回視著米臣的目光，蘇珊冷冷地說道：「可我，不喜歡你、不愛你！」

米臣的心被瞬間刺痛，目光也變得悲切：「我知道，我需要時間……你也需要時間，可我一定會用時間證明我對你的愛，讓你愛上我！請你相信我！給我也給你自己一次機會好嗎？」

有幾顆淚滴回流進鼻孔裡，蘇珊的回答因此充滿了濃重的鼻音：「不是時間……米臣，請你以後不要再來了。謝謝你，我配不上你，我們永遠都不可能……」

聽到此處，米臣表情的痛苦已近乎撕心裂肺：「蘇珊，我從見到你的第一眼起就愛上你了！我這輩子非你不娶！不是你配不上我，一定是你哪裡還看不上我！相信我，只要你不喜歡的，我一定改！不是我一定要厚著臉皮來，問題是我現在一天看不到你，就像是你說的那種感覺——像渾身的血被抽空了，成了失魂落魄的行屍走肉！蘇珊，不要拒絕我，我願意慢慢來……我願意等……我一定，我一定要你身體好好的時候，你的心只屬於我的時候，跟你結婚！」

蘇珊淚流不止，頭搖的幅度更加頻繁：「我的身體永遠也好不了了，我的心也永遠不是你的！米臣，你走吧……以後不要來了！你走吧……」

米臣不依不撓：「告訴我，你告訴我理由！你的身體一定能好起來，你的心暫時不屬於我，以後也一定會屬於我！」

蘇珊再次下了逐客令：「我要你走！你走！你聽到了沒有？我讓你永遠在這裡消失……」

米臣的聲音陡然高了起來：「蘇珊，你不說我也能猜到這是為什麼、是因為誰！我不走，我今天一定要親耳聽到你說出口，說出那個名字！說你非他不嫁！否則，我決不放手！」

「你是個無賴！」蘇珊支撐著身體坐起來，一邊低頭用手撩開眼前的長髮，一邊說出石破天驚的一句話來——

「聽著，我懷孕了……」

米臣當場驚愣！

等到反應過來，卻發現蘇母不知何時正站在臥室門口往裡張望。也許是剛才的爭吵驚動了老人，米臣手足無措，驚痛交加，慌忙站起來向蘇母尷尬地苦笑和點頭。然而離開前，他還是深情地盯著蘇珊的眼睛，直到眼裡盯出兩行淚水，一字一句地說道：「蘇珊，告訴你，我不在乎！我發誓，我是真心愛你！這輩子，我一定要娶你為妻！」

說完，米臣轉身大步離去。

臨走出大門時，身後傳來了兩個女人抱頭失聲地痛哭。

米臣從蘇珊樓上下來，發現顧天衛和警車都不在。米臣咬著著嘴唇，迅速掏出手機來給顧天衛打電話。

「隊長，你在哪兒？」

顧天衛的話音裡充滿疲倦：「我有點事先走了，你自己打車回去吧。」

「可我想現在跟你談談。你在哪兒？」

「可我現在不想跟你談！」

「隊長，你別忘了，咱倆是搭檔！咱們是一條繩上的螞蚱……」

「說得對，你想談什麼？談你和蘇珊的進展？如果是想談這個，我想沒必要了，我尊重你的選擇！」

「不！」米臣幾乎半是吼叫道，「我一定要和你面談，這些日子我有太多的迷惑解不開，我有太多的話想向你求證，我有太多的問題只有你才能給我答案！」

「別跟我扯這些，我當刑警中隊長的，沒有義務給你上戀愛課！」

「隊長，我想和你談的不只是蘇珊，也不只是我和蘇珊交往的這一件事！還有別的人，還有第三者，還有更重要的事情！我要見你！」

顧天衛在電話那端沉默了一會兒，才又開口說道：「好吧，該來的終究會來，需要面對的誰也逃避不了！讓我在『紅雙喜』痛痛快快沖個澡，半個小時後我去超市那接你！」

外面很冷。掛了電話，米臣徑直拐進超市。超市裡暖氣很足，人來人往。米臣覺得口渴，便去食品區買了一袋酸奶往結帳處走。沒走幾步，米臣發覺像是有人跟踪，他特意繞了幾個圈子，發現跟在身後的是一個超市裡的工作人員。

米臣終於來到交款處，收銀員接過酸奶衝著感應器刷條碼後，喊了一句：「一元六角！」接著，也像跟在米臣身後不遠的工作人員一樣盯著他看。

米臣順著收銀員小姑娘的視線一看才恍然，她們都把自己當成賊了——他的腰間此刻微微鼓脹，那是因為他繫了寬厚的警用皮帶，而且皮帶上戴著槍套、掛著「六四」式手槍。米臣知道這家超市最近被盜過幾次，還有人去中隊上報過案，工作人員八成是把他當賊盯上了。

米臣這樣一想，本就難平的心緒再次激蕩起來。儘管付完款離開收銀處時呼叫器沒響，但他還是嘴叼奶袋故意擼起上衣，露出了腰間的手槍。那兩個目光緊隨的工作人員霎時間不約而同地用手捂住了嘴巴，驚訝地幾乎喊叫出來。

米臣坐在超市休息區的塑膠椅上喝完那袋奶，等待時再次掏出蘋果手機來玩網路遊戲。這次他隨手點開的一個小遊戲名叫「血腥殺戮」。這是一款穿越遊戲，玩家可以從現代打到古代，再從古代殺回現代，場景精美，武器精良，音樂刺激。由於時間緊迫，米臣點開的是倒數第一關「最後攻防」，上手幾分鐘便和對手從小巷打到廣場，從廣場打到峽谷，從峽谷打到山巔，兩人血庫中的血線都在飛速下降，就在米臣瞅準機會對對手展開致命一擊時，顧天衛的電話打進來了，米臣在螢幕上看到最後一個鏡頭——自己被對手一板斧砍成了血紅色的肉醬在空中飛散……

坐上車，米臣發現顧天衛的頭髮還沒乾，取代身上那股子煙味的，是股淡淡的洗髮水味道。但顧天衛的語氣卻硬梆梆地：「你想去哪兒談？」

米臣說：「隨便。」說完，又補充了一句：「最好找個偏僻的地方。」

顧天衛邊打火邊說：「正好我有個地方很久沒去了，咱們去那裡放鬆放鬆！」

警車很快就駛出了城區，向著北面的馬頭山開去。等拐上狹窄的山路，沿著崎嶇的彎路上下坡時，不但右後輪軸承連續發出吃力的啰啰聲，就連踩剎車時車頭下方也接連發出尖利的怪叫。

終於，車子停在一塊傾斜的空地上。

再往上，就是陡峭的山體，必須得沿著窄徑徒步攀登。

兩人下了車，似乎都並不急於說話，而是一前一後向山上爬去。雖然山坡裡風大，但沒爬多久，汗水就濕透了後背。

米臣沒有多少心思爬山，但是見顧天衛始終在斜上方執著地向上爬著，只得使出渾身力氣盡力跟上。

爬著爬著，米臣忽然意識到，這似乎也是一種交談！

四十分鐘過後，兩人都登上了馬頭山頂。彼此之間，仍然無語，並先後站在了馬頭崖上憑空遠眺。

遠天陰霾，寒風凜冽，山下的丘陵林地一片荒涼。偶爾在梯田上看見幾個農民，像是黑螞蟻一樣緩慢地蠕動，放眼城中的樓宇民房，則像極了弱不禁風的塑膠積木。

顧天衛在寒風中回過頭來，滿臉蒼茫地問：「小米，這地方怎麼樣？記得我剛進城工作時，最喜歡來的就是這裡。這是縣城四周最高的位置，也是最空曠最僻靜的地方。一個人爬上來，高聲吼兩嗓子，什麼煩心事都能煙消雲散！你想說什麼，就放開了儘管說吧！在這裡，別把我當隊長，甚至別把我當你的搭檔。當成熟人也好、陌生人也行，有些話說完了，也就被大風吹走了。」

米臣的頭髮比顧天衛長出許多，儘管打了髮膠，此刻仍被強烈的西北風吹得根根直立。而且米臣說話的方向正好逆風，似乎要格外費一番力氣才能讓顧天衛聽清。

所以，米臣的聲音近乎於吼：「不！你永遠都是我的隊長！」

顧天衛的順風話不費力氣，卻十分清晰：「想談你就談，不要有顧忌！」

米臣頓了頓，再次開口吼道：「好！隊長，案子我不想再查了！我愛蘇珊，我想和蘇珊結婚！」

顧天衛一臉嚴峻：「案子查不查你說了不算，和誰結婚你倒可以隨便！」

「不！隊長，你答應我！這案子沒法查了！我也真的不想再查了！我要你成全我和蘇珊，行嗎？算我求你！」

「為什麼沒法查了？這些日子我們不一直都查得好好的嗎？你不查了？你想臨陣脫逃？除非——你是個孬種！」

「隊長，你怎麼罵我都行！我說了，就算我求你，我再也不想查了！我求你成全我和蘇珊！我想和她結婚！我想過最平凡安穩的日子！我想要一個像顧陳那樣乖巧的女兒……」

說到顧陳，顧天衛突然痛苦地咬牙切齒：「小米，你真他媽的是個孬種！因為兒女情長你就可以把案子拋下不管？你就可以拋下死去的受害者不管？你還是人嗎？」

「隊長！」米臣眼圈通紅，「就算我不是人！我是孬種！我不是人行了吧?!我只要你答應我，案子咱們不查了！你就成全了我和蘇珊吧!!如果你答應，我現在就可以給你跪下磕頭！」說著，米臣竟然噗通一聲跪在一塊石板上，衝著顧天衛的方向砰砰地磕頭，只消幾下額頭上已經紫紅一片。

顧天衛衝過來一把拽起米臣，然後用力一推，徑直將他推倒在幾米外的乾草叢中。

「你真他媽瘋了！沒出息的孬種！我最後一次警告你，你們可以背著我來往，你也可以愛她愛得發瘋發狂，但你想現在讓我成全你們？沒門兒！我就是死也決不答應！」

米臣從草叢裡爬起來，冷冷地盯著顧天衛，突然歇斯底里地仰天吼道：「好！顧天衛！這話是你親口說的！你死了也決不答應成全我們?!好！那我今天就讓你死！」

說完，米臣忽然從腰間拔出槍來，用槍口對準了毫無防備的顧天衛。原來，就在剛才倒地的那一刻，米臣已經悄然做好了拔槍準備。

顧天衛難以置信地望著米臣，眼睛裡的驚詫瞬間即被憤怒所代替：「你瘋了?!你混蛋！……你敢拿槍對著我？有種你去抓殺人兇手！米臣，你小子給我醒醒！我不是跟你開玩笑！你知不知道你現在在幹麼？你拿槍指著你的師傅、你的搭檔?!」

米臣因為激動持槍的右手開始顫抖，他迅速把左手也抬起來穩住右手，痛苦地搖頭：「對不起，我沒瘋！剛才是你親口說過的，現在我們之間只是最普通的熟人！不，我們連熟人都不是！你只是一個我一點都不瞭解的陌生人！」

顧天衛怒不可遏朝米臣走近，米臣站著沒動卻用拇指拉開了手槍保險。

顧天衛頓時愣住，禁不住渾身打了一串冷顫。

「好……至少我是你的大哥，我還是個警察！局裡發槍是讓你拿著去破案，對付殺人凶手！不是用它逼著你的同行！我再說一遍，放下槍，這不是鬧著玩的！」

顧天衛邊說話，邊試探繼續靠近，米臣看穿了立即晃晃槍口，狠狠說說：「我也第一次也是最後一次警告你，你再敢上前一步，我就開槍打死你！」

「你敢！我不是被人嚇大的，有膽就向我開槍！」說著，邁開步子就要衝過來。

「砰！」槍聲響起，顧天衛身子迅速一矮，再抬頭時發現米臣手中的槍管朝天冒出一股青煙，然後迅速下垂再次指向自己！

米臣劇烈地喘息著，眼睛裡流著淚，頭髮被風吹起倒立，嘴裡激動的喊話已經變成了徹底的嘶吼：「你再敢走一步……我一定開槍打死你！」

顧天衛緩緩站起身來，匪夷所思地問：「你知道打死一個警察的後果嗎？打死我，你以為就能得到你想要的？」

米臣搖頭：「我不知道打死一個警察的後果，可我知道打死一個殺人犯的後果！顧天衛，這都是你逼我的！我說案子不查了！要你成全我和蘇珊，可你堅決不肯！一切都是你逼我這麼做的！『六・二六』案件的真凶其實就是你！就是你——殺死了蘇甜！是你親手殺死了她……今天，我倆就來個最後的了斷！」

顧天衛突然大聲冷笑起來：「看來你不但瘋了，而且還是個天大的傻瓜！我是凶手？如果我是凶手，我會冒著被槍斃的危險，一步步地親手調查這起案子？」

「告訴我，如果你不是凶手，那麼誰是最後的凶手?!」米臣的雙眼似乎要冒出火來。

「我不知道，我們不是正在調查？開始都以為是諸葛超，可後來以為是兀龍。現在來看，又很有可能就是諸葛超！」

「諸葛超？你騙小孩子去吧！」米臣緊握槍管，厲聲喝問，「他根本就沒有作案時間！這是你親自查出來的，難道你都忘了？這時候了，又想親手推翻它?!」

顧天衛眉頭緊鎖，沉重地回答：「其實，諸葛超不一定沒有作案時間！當時，我和劉永平去楊易金家裡去取那塊手錶時，我發現手錶根本就不在楊易金交代的那樣，藏在堂屋毛主席像的畫框後面，那裡沒有東西。錶是我從他家兒子的玩具箱裡找到的，找到時我敢肯定時針已經被人動過！因為上面的鐘點是零點整——不可能是原始時間！那時候，諸葛超已經自首了，根本不可能再與楊易金邂逅並發生毆鬥！」

「那，就是你篡改了它?!」米臣質問。

「是我篡改了它！」顧天衛不否認。

「是你從零點整，一個根本沒用的時刻，改成了二十一點二十分那個致命鐘點?!」

「是我改成了那個鐘點。」

「為什麼？你為什麼要這麼做?!」

「原因就是我一直懷疑在諸葛超背後，作案者另有其人！只是我一直都沒有證據，當我發現楊易金案有可能證明諸葛超沒有作案時間的可能時，我就冒險對時間做了手腳，想方設法讓別人相信我的推斷！」

說到這裡，顧天衛似乎覺得很難說服米臣，表情中充滿了矛盾和痛苦：「可現在來看，我很可能錯了，我犯了一個致命錯誤！諸葛超他有作案時間！如果兀龍他們三個人只是強奸了蘇甜，沒有殺人。那麼仍可以推斷，諸葛超是在兀龍他們逃走了以後，先是強奸了蘇甜，然後又親手殺死了她滅口……」

米臣聽到這裡，再也忍不住爆發出一陣大笑，笑聲中竟帶出了更多的淚珠。

「真是厲害到極致的推斷！厲害到極致的前後眼！那我問你，如果諸葛超是凶手，他為什麼還要自殺前留下遺書？他的供詞為什麼還會出現那麼多漏洞！」

「我也一直在想為什麼！也許他留下遺書就是為了玩我！因為他始終把我看做是他的情敵，是我毀了他的一切！至於供詞有不對應的問題，那是因為當時他太緊張，交代回憶時記憶出現了偏差……」

「這樣說你自己能信嗎?!我提醒你，諸葛超從一開始帶著硫酸去現場，就壓根沒有想過要殺死蘇甜！他如果要真想玩你、傷害你，他一定會留給你一個被人多次輪奸並且容貌嚴重被毀的蘇甜！而不是一具冷冰冰的屍體！他是懷著衝動、帶著坐牢的打算去的，可他沒打算被警察槍斃，提前把他老爸的下半輩子也埋進土裡……」

「所以說，我們還要查！我們還要繼續查下去……」

「別裝了，顧天衛！案子查到這種時候，難道你自己還不懂，『六・二六』的案發現場一定還出現過別人？也就是說凶手除了諸葛超、兀龍他們，還有更加隱祕的第三者！」

「這我也想過，但這不可能……」說到這裡，顧天衛的表情彷彿痛極而扭曲。「這說不通！這不可能……」

米臣握槍的手已漸漸不再發抖。「你覺得說不通、不可能，那是因為這個第三者就是你！你就是那個殺人凶手！」

顧天衛抬起頭來：「那你說，我為什麼要殺死蘇甜？如果是我殺她，我為什麼還要不要命地查下去？我看你……的確是瘋了！」

「不是我瘋了，真正瘋的人是你！真要我把你的狼皮一點一點扒下來嗎？」

「小米，你把槍放下！查案說話需要真憑實據，而不是威逼利誘！」

米臣倒像被此話提醒了一樣，衝著顧天衛槍口一抖，「請你給我蹲下！雙手抱膝，聽我慢慢講給你聽！」

顧天衛無奈地原地蹲下，雙手抱膝。

米臣也就勢緩緩蹲下，一來躲避山頂上強烈的寒風，二來好保持漸漸不支的體力。

「顧天衛你聽好了！我先問你幾個問題：

第一，你為什麼擅自修改楊易金手錶上的時間？

第二，蘇甜死亡的當晚她手指上丟失了一枚鑲嵌藍寶石的金戒指，可你為什麼沒向任何人提及？

第三，在猜測諸葛超的遺書謎底時，你為什麼會通過畫中的人物和動作，猜測到有人可能在諸葛超之前作案，而不是之後？難道就單憑那個小人雙手上舉的動作？

第四，關於『龍哥』的那個謎題未必也太詭異了，全世界能有幾個人由那幅畫聯想到是『龍個』，進而猜出謎底是『龍哥』兀龍——恐怕你是唯一的一個！」

顧天衛憂慮地望著米臣，回答顯得更加沉重。

「這些問題很好回答，但你可能不信。

第一，我修改楊易金手錶上的時間，理由已經說過了，其實是想證實我的判斷，揪出其他的共犯和真正的凶手！

第二，那枚戒指意義非凡，市場價值也有四萬多塊，如果我當時說出來，很可能會誤導辦案的判斷方向，因為我覺得當時諸葛超決不會因為貪財而殺死蘇甜，或者他除了奸殺蘇甜之外還是個貪財之輩——那樣的罪名實在太便宜了他！對我來說太不公平！——他實際上就是個十足的變態奸殺人犯！我必須要把他以這樣的罪名牢牢釘死在十字架上！至於後來諸葛超果然在口供中始終沒有提及那枚戒指，而我出於一時私心，也沒有提出質疑，主要是擔心事後再提出來會引發多方面的不良後果——首先案子有結果後進行過對外報道，不容再擅自提出反對意見，其次我對諸葛超的仇恨當時還處在一種極端狀態——直到很長時間以後，這種仇恨才慢慢被越來越大的懷疑消解了，我才越來越意識到這件案子的可怕，心裡一直為沒有及早提出證據質疑而忐忑不安。

第三和第四有關諸葛超遺言謎題的破解，則純粹是機緣巧合了。那段時間，我整日揣摩那張畫，時間一長見到任何東西、任何場景都會立即串聯想像，所以做出那樣的推斷只能是天意或者巧合……」

米臣眼神裡充滿了惱怒和不屑，蹲下身子後地面的風勢弱下來，但他說話的音量卻絲毫未減：

「天意或巧合？我看是天大的笑話還差不多！其實這案子一路查下來，是有幾個地方存在天然的巧合，但是巧合太多就會讓人產生致命的懷疑！懷疑這一切都是有人在故意導演！讓我來揭穿你，這一切巧合都是怎麼發生的！

「假設沒有抓到做賊心虛的楊易金，楊易金又湊巧與諸葛超有過遭遇和打鬥——這姑且算是兩種天然巧合，就像楊易金的被抓一樣，是自己送上門來、撞到槍口上的——我們或許將永遠也不知道兀龍和他手下還曾出現在『六・二六』奸殺案現場，不可能知道他們也曾經對蘇甜做出過喪盡天良的獸行！即使兀龍他們早晚要落網，可要想從這些人嘴裡挖出我們毫不知情的輪奸大案，恐怕可能性微乎其微！

「而你之所以推遲楊易金手錶上的鐘點，目的只有一個，那就是你估計諸葛超在獄中已經飽受折磨後，趁機排除掉他的殺人嫌疑，由此揭出幕後隱藏的行凶者。事實上，諸葛超很配合，他意識到你將通過他查出他身後的人來時，已經做好了極度愧疚和羞辱中自殺的準備，留下了那份像是天書一樣的遺言。這份遺言對我們來說，猜中結果簡直難如登天，可是你不一樣，你猜得很對、很順利，也很完美！

「然而當兀龍等人的殺人嫌疑也被排除之後，你又開始重新懷疑諸葛超，這也就等於全盤否定了你自己！你不知不覺陷入了一個自己為自己設置的陷阱！

「這一切都是為什麼呢？答案只有一個——因為你從一開始就知道，凶手既不是諸葛超，也不是兀龍他們，但是你卻要把他們一個一個像挖土豆一樣地挖出來！因為你知道他們都曾經對蘇甜幹過什麼！因為他們的所作所為你早都已經親眼見識過！

「也就是說，六月二十六日那天晚上，你就在凶案現場！而你，也正是最終殺死蘇甜的那個凶手！」

米臣說到這裡，端槍的雙手再次劇烈抖動，兩隻充血的眼珠像要撐出眼眶來，而眼神早已沒有了焦點，看似既像被自己的話語驚呆了，又像仍沉浸在向遠山和荒野的控訴裡無法自拔。

顧天衛面無表情，冷冷發問：「你的話連半點邏輯都沒有！你說我是凶手？那我問你，如果我是凶手，我為什麼會主動申辦楊易金的案子，並且一路查下來，誓要揪出真凶？我完全可以不管不問，因為諸葛超自始至終都沒翻過供！案子早就了結了！難道我傻?!」

米臣眼光收回來，再次和顧天衛的視線對視，也再次找到了燃燒的焦點。

「你不傻，相反，你太聰明了！你也太愧疚了。所以，你根本不會滿足諸葛超的自首落網，更憤恨兀龍他們的逍遙法外！你之所以主動申辦楊易金案，那是因為你想有機會當面羞辱諸葛超，也好給自己一種親身參與審判的感覺！那種感覺和你曾經躲在車站一角，親眼目睹慘案發生卻沒有衝出去阻止的痛苦相比，簡直就是一種莫大的享受和最好的彌補！而且，通過楊易金案你正巧能人為地排除掉諸葛超的殺人嫌疑，從而把兀龍他們一夥巧妙地拉進來，送他們上本就屬於他們的『六‧二六』審判臺！即使最後查明了他們不是殺人凶手，你仍有回旋的餘地，因為你只要說一句曾經改過楊易金手錶上的鐘點，就可以把殺人罪名重新推回到已經自殺的諸葛超身上！這一切，你做得絲毫不露痕跡，但其實步步都在你的掌控之下……」

顧天衛臉色鐵青，目光如錐，繼續追問道：「你不但瘋了，而且想像力過剩走火入魔。這是我當了這麼多年刑警，親耳聽到的最差的推斷！我簡直懷疑你是怎麼想出來的！就算這一切都能說得通，可那天晚上，我一刻不停地四處尋找蘇甜下落，怎麼可能出現在案發現場？況且，即使我到了案發現場，我只可能立即報警或跟他們拚命，又怎麼可能冷眼旁觀？你別這樣瞪著我！我是你……至少我還是個警察！好……就算這些你也不相信……那我只問你最後一個問題！我——為什麼要殺蘇甜?!」

米臣胸脯劇烈地上下起伏，似乎只有大口喘氣才能吼出下面的話來：

「因為另一個女人。她的名字叫蘇珊！」

「蘇珊？」顧天衛愈加露出一副不可置信的表情。

一提到這個名字，米臣的情緒似乎轟然失控，歇斯底里地怒吼著：「因為你在愛蘇甜的同時又愛上了她的妹妹蘇珊！因為你趕到現場的時候，發現兀龍不但手裡有槍，而且已經玷污了蘇甜！因為你此時心中仍懷著見不得人的祕密，所以在那一刻，你膽怯了！你猶豫了！你沉默了！緊接著，蘇甜又被踢飛的瓶子毀了容貌，這時的你更加覺得痛苦！矛盾！愧疚！你更加無法像一個男人一樣衝出來！接下來，你眼睜睜看著兀龍他們逃跑了，而諸葛超那個畜生，竟然又在蘇甜容貌被毀、受盡凌辱之後，卑鄙無恥到了極點，最後一個褪下褲子，爬上了蘇甜的身體，成為了第四個輪奸犯！這也就是為什麼蘇甜的陰道裡檢驗出了他的精子！」

說到此處，米臣的臉上已被憤怒的淚水糊滿。

「而你！你才是最後一個出現的凶手！……等所有人逃之夭夭，你才敢戰戰兢兢地出現，你才敢來到千瘡百孔的蘇甜面前！當時，她還以為又出現了一個十惡不赦的惡魔，準備繼續朝她的肉體發起再一次的罪惡！可是她判斷錯了，這個人不是惡魔，卻是她只差一天就要結為夫妻的男人！他比惡魔更惡！他不是來強奸她的，更不是來拯救她的，而是來向她索命的！那種情況下，你——顧天衛！你殺死她根本神不知鬼不覺，沒有任何人會懷疑到你頭上！而殺死了蘇甜，以後你卻可以正大光明的公開那個祕密！」

顧天衛的聲音也有了劇烈地顫抖：「什麼祕密？」

米臣咬牙切齒地回答：「還會是什麼祕密？——我也是直到現在才明白，你為什麼決不成全我和蘇珊！現在我全明白了！我警告你，你再也沒有機會靠近她了！即使蘇珊現在有了你的孩子……我也一定會娶她！」

「什麼？……不！你胡說！」顧天衛雙手抱頭，發出野獸一樣的低吼。

「自己做的好事難道還想抵賴?!」米臣順手從口袋裡掏出一張紙來，迅速捏成一團扔在顧天衛腳下：「我推斷得一點都沒錯，你就是那個離婚棄妻不負責任的丈夫！你就是那個連女兒都照顧不了讓她慘死在車輪下的愚蠢父親！你就是那個心懷鬼胎親眼目睹一群禽獸糟蹋了未婚妻然後又親手殺死了她的無恥懦夫！」

「你給我閉嘴……就算蘇甜是我殺的！我也要殺了你！」顧天衛瞪著血紅的眼睛，手中抖擻著展開那團紙，發現是一張蘇珊的尿檢化驗單，頓時渾身亂顫不止。「你……你沒有任何證據！這一切都是胡說八道！……」

米臣冷笑：「都到這時候了，還想抵賴？」

顧天衛愣愣地盯著化驗單，忽然將它撕得粉碎，揚進風裡，然後哆嗦著嘴唇像個吸毒的病人，瞪著米臣說：「不……我不抵賴！我是說這一切都是你自己的推斷……沒有人會相信你！除非這些話……還能有別人聽見——好，我承認，就是我殺死了蘇甜行了吧?!……我的確就是那個殺人凶手！我不是人……是我鬼迷心竅、罪該萬死！」

這時，看似已經激動失常的米臣，卻從口袋裡掏出他那部蘋果手機，擎在手裡朝顧天衛晃晃，然後單手摁了幾個鍵碼。

手機裡頓時傳出幾句石破天驚的話來：「……除非這些話……還能有別人聽見……好，我承認，就是我殺死了蘇甜行了吧?!……我的確就是那個殺人凶手！我不是人……是我鬼迷心竅、罪該萬死！……」

顧天衛臉色大變，忽然身子一拔，站起來轉身就跑！米臣也跟著站起來，眼前突然一黑，顧天衛已經竄出五六米遠。米臣只得大吼一聲：「站住，我開槍了！」

顧天衛迅速變作迂迴跑動，同時作勢伸手向腰間摸去，米臣暗叫一聲不好，急忙原地抬起槍口向著顧天衛的後背扣動了扳機。

「砰」！

子彈打偏在一邊突立的岩石上，而前方顧天衛卻身形一矮，不見了蹤影。

米臣端著手槍同樣迅速迂迴上去，躲在岩石後大聲喘氣，久久不敢貿然出擊。等他終於調勻呼吸突然衝出去，發現岩石背後根本就沒有顧天衛的影子，而腳下卻是令他頭暈目眩的百丈懸崖。

米臣持槍四下環顧，渾身極度緊張，在確認沒有發現顧天衛後，警惕地倒退著向懸崖方向邁著步子。因為怕顧天衛隨時會出現將他推落懸崖，頭上冒出了騰騰熱汗。

米臣向崖底飛快地睹了一眼。馬頭崖懸空高聳，深不可測，顧天衛沒有出現，倒是打旋的狂風險些將他推搡下去。

儘管只是匆匆一睹，但他還是膽顫心驚地發現了已經墜落到崖底的顧天衛！

第二十三章　長河落日

這是一場極其特殊的喪事。沒有哀樂，一切從簡，更談不上儀式，甚至連哭聲都是壓抑的。

由於米臣提供了至關重要的視聽資料，「六・二六」案的偵破終於落下帷幕。但是凶殺案的涉案者居然是一名民警，而且是個一向表現優異的刑警中隊長，所有人都為這起案情撲朔迷離的案件感到格外沉重。

此時，殯儀室一側的休息室內，圍坐了十幾個人——除了顧天衛從鄉下趕來的父母和親戚，穿制服的竟是縣公安局和檢察院的幾位主要領導，而兩名穿西裝的是縣政法委的分管領導。

局長徐千山的面色一直陰沉無比，此刻他內心矛盾重重，但他清楚地知道無論氣氛有多尷尬，沉默還得由他親自打破。於是，他第一個面向顧天衛父母問道：

「兩位老人，說實話，在顧天衛身上發生這樣的事情，我們都很痛心。俗話說，人總是要為自己的錯誤付出沉重的代價。況且，人死不能複生，你們還要多保重身體。今天，縣政法委、縣檢察院和局裡的領導同志都過來了，你們對顧天衛的事情……還有什麼意見嗎？」

顧天衛父親低頭不語，沉默了一會兒自顧自地搖了搖頭。而顧天衛母親則實在壓抑不住悲痛，邊抽泣邊用手帕抹著眼淚，嘴裡囁嚅著：「我還有個兒子，今年準備報考警校……希望領導能……」話未說完，卻被丈夫打斷：「算了，咱不能難為領導！讓『小二子』報別的轉業吧……」顧天衛母親想待爭辯，可見一干領導沒有表態的意思，嘴裡的話生生吞下去，變成眼中的淚水，更加泛濫地湧出來。

——根據規定，家中有人犯罪，其直系親屬在報考公安院校時政審將無法過關，因此也將不可能被錄取。

顧天衛父親站起來，先是給眾人鞠了一躬，然後轉向徐千山問道：「徐局長，對不起，我們沒教好兒子，也沒臉提任何要求……但他活著的時候，因為到處出差很少穿警服，這回走之前……能不能讓他穿上警服走？」

徐千山迴避了顧天衛父親飽含期待的眼神，知道屋子裡所有人都在盯著自己，也明知道這個問題他根本就無法回答，於是只乾咳一聲，分別向兩邊領導徵詢一句「還有沒有事」，看到眾人紛紛搖頭後，他站起來答非所問地說：「兩位老人，多多保重身體……以後你們如果在生活上有什麼問題，隨時可以到局裡來找我們，組織上肯定會想方設法地幫助解決。……如果沒有別的事情，我們就先回去了。」

徐千山說完，縣檢察院的領導也都站起身來，圍繞顧天衛的父母小聲詢問了幾句，意思是問他們對顧天衛的死亡和處理意見有無異議。顧天衛父母聽了之後，艱難地搖搖頭，然後在一個年輕人遞上來的一份資料上簽了字。

領導走出會議室後隨即乘車離開，高山河卻神色凝重地折返回來，面對呆若泥塑的兩位老人說：「大叔、大嬸，天衛的事情很意外，你們也不要太難過！他的警服我根本就沒讓人收，領導不好表態，他們走了，您二老就看著辦吧……」

顧天衛母親剛要表示感謝，顧天衛父親卻搖搖頭說：「不，高大隊，你也是隊上的領導，我就想要你的一句話，讓天衛穿著警服走，行嗎？」

高山河滿臉悲憫：「我哪算什麼領導？我只是天衛的……大哥罷了，這時候真要讓我說一句話，好，我說行！一失足，成千古恨。可天衛平時的表現，配得上這身警服！……」

顧天衛父親鄭重地點點頭，說：「有高大隊的這句話，我們感激不盡，天衛在天之靈也能安息了……」

說完，夫妻倆相互攙扶著走向靈堂。

高山河遠遠跟著他們，看著他們緩緩步入靈堂，有幾個親戚陸續上來給躺在靈柩裡的顧天衛換上了警服、戴上警帽、穿上了白襪子和黑皮鞋，然後又看到他們圍繞著死者依依淚別，最後靈柩被工作人員迅速推向了火化室。

哭聲再次響起。高山河正要悲痛地轉身離去，卻不小心被四處飄搖的紙灰迷住了眼睛。

轉眼過了年關，刑偵大隊內部調整了部分分工。其中原二中隊中隊長熊志偉調任一中隊擔任中隊長。

熊志偉來一中隊報到的第一天，米臣就要向他請假三天。

熊志偉聽完米臣的理由，爽快地答應了，一邊勸米臣要徹底休息好，儘快走出以前的陰影。同時，還不忘笑著提醒米臣說：「過年期間隊上不怎麼忙，你還得趁熱打鐵啊，爭取下次請回長假！」

米臣欣然點頭：「謝謝熊隊，我一定聽從命令，儘快拿下！可熊隊到時候一定要說話算話！」

熊志偉聽了說：「別說的跟破案似的，這種事光有決心還不夠！既得需要體力，還要講究技巧。你小子懂嗎？悠著點！」

米臣扮個鬼臉：「就像你審訊一樣？需要細心、狠心、耐心、恒心……」

熊志偉說：「一聽你就不懂，不懂浪漫還想求婚？」

米臣這下認真了，一本正經地問道：「熊隊是過來人，快傳授點寶貴經驗，我雖然年齡小，可追的是大女人，她喜歡的浪漫我還真不懂，你教教我，如果我順利過關，一定請你吃大餐！」

熊志偉走近了，拍拍米臣的肩膀：「那你可聽好了，有句話我們上初中時老一輩經常教我們，就七個字——『膽大心細不要臉』！」

米臣不屑一顧地搖頭說：「這好像是多年前你們糊弄嫂子們上床的祕訣吧？」

熊志偉裝作好奇地問：「最近流行穿越劇，這麼說，你早已經『穿越』了？」

米臣一臉神祕地回答：「對不起，熊隊，非誠勿擾，無可奉告！咱們警隊不是有紀律嗎？不該打聽的祕密決不打聽，何況這是絕密！」

熊志偉見米臣轉身要走，站在背後正兒八經地叮囑了一句話：「小米，很多人都說刑警不浪漫，其實要我說，幹刑警就是這天底下最浪漫的活兒！所以我建議，你去了閒言碎語不要講，直接挖乾、奔主題，用你們「九十」後的話來說，那才有幹刑警的樣子！」

米臣驚喜地回過頭來，沒說話卻向熊志偉高高豎起了大拇指。

由中隊開車去花店的路上，米臣一直在揣摩自己求婚時蘇珊的態度。自從顧天衛出事以後，他本以為蘇珊會徹底垮掉，再一次病倒臥床不起，可出乎意料的是，蘇珊雖然悲慟欲絕，但表面上居然挺了過來，甚至對自己有了更進一步的依賴。

然而，米臣對一切都缺少把握。他似乎一直就沒有真正搞懂蘇珊的感情，害怕在蘇珊看似蒼白平淡或莫名堅強的背後，隱藏著更深更重的傷痛和絕望。這是米臣最揪心的疑惑。既然他深深愛著蘇珊，就不想讓她再承受任何悲傷，不想她今後對自己的感情裡摻雜著任何別的想像。

所以，米臣這些日子裡堅持天天去看蘇珊。自始至終，蘇珊的母親都很歡迎他，開門時眼神裡的憂慮越來越少，驚喜越來越多。

可開始時蘇珊總把自己關在臥室裡閉門不出、不聲不響。每當這時，米臣默坐一會兒，然後悄然放下花束離開。第二天照舊這樣再來。時間一長，客廳裡已經積攢了遍地盛開的玫瑰花，屋子裡到處都是清洌濃郁的芳香。

但米臣也有忙到深夜的時候，這時他會託花店裡的小姑代他送花，然後忙完了獨自去蘇珊樓下默默地站立一會兒，如果他發現蘇珊向東的臥室裡窗燈還亮著，就會給她發條問候的簡訊，告訴她他就在樓下，要一直看到她關燈睡下後才走。

第一次發簡訊，米臣就等了半宿……

然而久而久之，後來的幾次彷彿他們已經有了默契。一旦米臣遲到，不方便上樓時，米臣的簡訊發出去，蘇珊的燈光接著就熄滅了。

站在獵獵的夜風中，米臣盯著樓上的那盞燈火，心中竟暖暖的有著巨大的滿足。

直到很久後的一天，蘇珊母親開門時眼裡全是帶有鼓勵的笑意，米臣走進去才發現，蘇珊正在用噴壺給地上的玫瑰花噴水。

米臣興奮地打招呼，嗓子也亮亮的：「蘇珊……」

蘇珊背對著他說：「只聽說過水漫金山，沒見過這麼摧殘鮮花的，還打算送多久？我直接讓我媽開店吧……」

蘇母聽了一邊微笑，一邊背對著蘇珊朝米臣搖頭。聽蘇珊居然開起了玩笑，米臣也俏皮地說：

「蘇珊，知道古龍的小說裡有個叫『花滿樓』的俠客嗎？有首詩是這樣寫他的——『淡然釋懷笑萬物，唯聞花香滿樓窗。鮮花滿月水長留，花滿心時亦滿樓』。」米臣背誦詩句時用的是標準的普通話，而且抑揚頓挫，語氣疏朗，幾句詩句誦完屋子裡的花香也似乎更濃烈了。

蘇珊聽了輕輕地轉過身來，臉上無笑，眼睛卻亮亮地盯著米臣：「可花滿樓是個瞎子，而且聽名字就知道是個採花大盜。」

米臣立即辯解說：「看來你讀過小說，不過後半句我猜你是亂說的，花滿樓的確是個瞎子，可他的用情專一卻是陸小鳳永遠無法比的。」

蘇珊聽了冷嘲道：「既然想當花滿樓，就別自己打扮成陸小鳳！」

米臣的心被刺痛，以為自己的話惹蘇珊生氣了，其實他並不是有意將自己和顧天衛比喻成花滿樓與陸小鳳，這是一個尷尬的巧合。

正當米臣急得不知所措時，還是蘇珊的玩笑解放了他：「不想當陸小鳳，回去就把鬍子刮刮，現在你也有四條眉毛啦！」

米臣一下子樂了，簡直有點心花怒放。蘇珊不愧是那個聰明絕頂的蘇珊，不但讀過古龍的武俠小說，而且還能活學活用，尤其是眼下顧天衛的意外剛發生不久，這番話顯現出的不正是她格外的幽默和堅強嗎？蘇珊居然關心他刮鬍子的問題，米臣覺得這既是她心情和身體都有好轉的隱祕信號，也是她對他的關心和愛意一直持冷漠態度的冰雪消融。

就是從一刻起，米臣獲得了更大的鼓舞和動力，也更加堅定了娶蘇珊為妻的強大決心。

米臣停好車一走進花店，店老闆立即站起來衝他微笑，而一邊的小姑娘早已將裝飾好的花束遞上來。如果事先接不到米臣的電話，這套程序他們已經很熟悉了。

不過他們還是驚訝米臣為什麼會白天進店，而且更是衝那束專門為他準備好的玫瑰搖了搖頭。米臣走進花店的最深處，回過頭來對店老闆說：「給我包九十九朵！」

店裡人不多，但聽了米臣的話紛紛向這邊看過來。店裡的小姑娘更是自作聰明地猜測：「今天她過生日？」米臣本想笑而不答，可轉瞬覺得很想回答，於是三個字脫口而出——「我求婚」！

小姑娘驚訝地叫起來，周圍的人一邊欷歔，一邊紛紛祝福米臣。

米臣捧著九十九朵火紅的玫瑰大步走出花店，再也不怕被熟人看見，迅速駕車向蘇珊家趕去。一路上，米臣按捺不住激動的心情想，這一大束花正好能放滿客廳地板上最後的空間，他要在玫瑰海中像熊志偉建議他的那樣直接說出求婚誓言。

蘇珊沒料到米臣會白天來，親自打開門的一瞬間，眼睛一花驚訝地張大了嘴巴。米臣借助地板上唯一一片縫隙，邁步走進蘇珊的房間。蘇珊緊跟進來，懷裡抱著那束鮮花。

「我得一直抱著它，不然你走的時候沒地方下腳。」蘇珊悠悠地望著米臣，米臣意識到自己運氣很好，難得再一次趕上蘇珊的輕鬆幽默。

米臣牢記熊志偉的建議，也忽然感覺氣氛足夠了，回望蘇珊斬釘截鐵地說道：「不用下腳，我要下手……蘇珊，嫁給我好嗎？」

蘇珊一愣，米臣已經迅速單膝跪地，抬起頭脈脈含情地望著自己。

蘇珊的表情變得僵硬：「你快起來……」

「不，你不答應，我就不起來。」

「別耍無賴……」

「蘇珊，我是真心的。如果你不信，我現在就可以把心挖出來給你看！我想娶你為妻，下半輩子我們永遠在一起！」

蘇珊閉上眼睛，臉上寫滿悲傷：「我早就知道，慢慢的我會不習慣沒有你，是你陪著行屍走肉的我，可我早就告訴過你，我不喜歡你、不愛你！你難道還不明白嗎？真難為你堅持了那麼久……謝謝你，米臣，以後不要再來了。」

「不！」米臣痛苦地說，「我不但要讓你活下去，還要讓你有質量地快快樂樂地活下去！我一定要娶你，這是我的誓言！我要我們在一起！」

「我沒有資格……讓你娶我！我不需要同情、不需要可憐！」蘇珊強忍著淚水在眼眶裡打轉，「你還是走吧！」

「你不答應，我就永遠跪著！」

蘇珊低下頭，一滴眼淚正巧「啪嗒」一聲，砸落進米臣的右眼眶。米臣滿臉的乞求和渴望立時充滿了悲壯，而這種悲壯也瞬時擊碎了蘇珊的心。

「可是……」蘇珊用一隻手背捂住泥濘的鼻子，哽咽著說：「你需要時間……我需要的也是時間……」

說完，蘇珊嗚嗚地哭出聲來，手中沉重的玫瑰花束也隨之掉落，米臣迅速站起來，一把將蘇珊緊緊抱住！

「蘇珊，這話多麼耳熟！是我曾對你說過的！我不在乎時間，我只在乎你！只要能和你在一起，讓我死我都願意！」

蘇珊的哭聲完全被米臣的懷抱遮住，起初她的雙臂都擋在胸前，漸漸，她伸開兩臂回抱住米臣，用力在米臣後背上抓緊。

米臣也眼中含淚，越發箍緊蘇珊，生怕稍一鬆手她就會決絕離去。等蘇珊哭聲停了，讓他意外的是她並沒有急於掙脫他。

「你能等我多久？」蘇珊在米臣耳邊輕問。

「永遠！」米臣回答乾脆。

蘇珊說：「你騙我！」

米臣說：「如果你說我騙，那我就永遠騙下去！」

蘇珊頓了一下，又問：「你是真想娶我？」

米臣不說話，狠狠地點頭。

蘇珊說：「你不嫌棄我？」

米臣狠狠搖頭。

蘇珊問：「你真的不嫌棄我……帶著孩子？如果，我想生下他……」

米臣說：「傻瓜，我求之不得！名字我都想好了，叫顧蘇怎麼樣？很好聽……」

蘇珊搖搖頭：「不，如果你真願意，應該叫他米蘇……」

米臣激動地淚濕臉頰：「提拉米蘇，多棒的組合！蘇珊，你這樣說我好幸福！」

蘇珊的手在背後變成了輕撫，臉緩緩側過來，米臣意識到緩緩轉過臉來吻住了蘇珊的唇。這個吻是濕潤的、急迫的、痛苦的、纏綿的、幸福的、漫長的，直到疲憊而不捨地結束，有些不得不說的話兩人仍會邊繼續親吻邊說。

蘇珊：「真的準備娶我嗎？」

兩個人對視一眼，又是一陣熱吻。

米臣：「時刻準備，什麼時候我都願意等……」

蘇珊：「情人節好嗎？」

米臣忘情地吻著，忽然覺得意外：「你答應了！情人節？今年的情人節？……」

蘇珊主動像小鳥一樣啄了米臣的唇一下，說：「你才是傻瓜，明年的情人節，米蘇都會叫爸爸了……」

米臣清醒過來，興奮地一把抱起蘇珊原地旋轉！

蘇珊嚇得花容失色，米臣卻興奮地問道：「蘇珊，今天是幾號，告訴我還有幾天幾夜幾小時是情人節！」

蘇珊在驚叫中回答：「還差近一周！啊……還有六天……」

米臣將喜訊第一時間告訴了父母，當父母也沉浸在興奮中難以自拔時，米臣猶豫著是否也該把蘇珊懷孕的事情如實相告，可這樣一來父母一定會堅決反對。

米臣腦海裡閃過一種兩全其美的方案：告訴父母孩子是自己和蘇珊不小心有的，所以結婚才會如此急迫，父母也一定會欣然同意。

可米臣最終還是放棄了這個念頭。他覺得這是他人生中最重要的事情，不想再馬馬虎虎留下任何遺憾。

當然，一聽到如駭人聽聞的消息，父母堅決反對。但米臣也只用了一天時間就說服了父母。父母的所有意見，都在他這個九十後特有的堅定強硬又自信滿足的眼神裡保留下來。

新房是現成的，處在縣城最好的小區，幾年前就裝飾一新。米臣帶著蘇珊去了一趟省城，不但拍完了婚紗照，而且只用一輛大貨車就拉回了所有的家居用品。

然後是訂酒店，找婚車，聘司儀。

忙完這一切，來到新房裡，打開五十二吋的3D網路彩電，聽著HIVI環繞式立體聲音響，兩個人既疲憊又愜意地躺進鬆軟的布藝沙發上。米臣情不自禁環抱著蘇珊的腰腹，在她耳側輕聲細語：「明天我請的三天假就到期了，怎麼樣，我的辦事效率高不高？」

蘇珊懶懶地說：「可還剩三天時間呢，你讓我怎麼辦？」

米臣笑笑：「乖乖等著做新娘唄。」

蘇珊溫柔地盯著米臣，再次鄭重其事地問：「你呢？真的準備好了嗎？」

米臣點點頭：「不就還有三天嗎？還有三天，我們就能永遠在一起了。」

米臣說完，卻望見蘇珊眼睛裡迅速蒙上一層霧水。

「米臣，你有沒有聽過一個叫《三天》的故事？」

「沒有，很好聽嗎？」

蘇珊眼睛望向別處，自顧自地講起來：「一對熱戀中的男女，還有三天就要舉行婚禮，可新娘突然像人間蒸發似的消失了。新郎發瘋地找遍全城，卻始終沒有新娘的任何消息。」

「一天、兩天、三天，三天過去了，正當所有人都一籌莫展，婚禮即將被迫取消時，新娘回來了。新娘的出現，讓所有知情人都長舒一口氣：她人安全無事，婚禮又能如約舉行。」

「然而令所有人吃驚的是，新郎竟然毫不猶豫地選擇了分手。原因是——新娘無論如何也不肯說出她消失的三天，究竟去了哪裡，做了什麼。」

蘇珊憂鬱著講完這個故事，正悵然若失地發愣，米臣卻無聲地笑了，並用嘴唇頻頻啄著她的額頭低語：「珊，你以為我和故事裡那個男的一樣傻？愛一個人，我覺得就要給她想要的自由，還要無條件地信任！只有自由和信任才是愛最堅固的根基。你盡可放心，我保證今後讓你有足夠的自由，有屬於自己的祕密！」

蘇珊這幾天已很少流淚，此刻眼圈迅速泛紅，深情地望著米臣。米臣以為蘇珊不相信自己的保證還想繼續說下去，嘴唇卻被另一張滾燙的唇堵住。

良久，蘇珊在米臣懷裡喃喃道：「給我三天安靜的時間，三天後，讓我做你最美的新娘！」米臣將蘇珊抱得更緊，用鼻頭上下輕輕地蹭著她的耳朵和脖子，以如此親昵的方式回答了蘇珊的問題……

三天後的清晨，米臣整裝一新，懷揣巨大的幸福迫不及待地給蘇珊打電話，可奇怪的是蘇珊電話裡傳來竟是「您撥打的電話暫時無法接通」的留言。

米臣萬分不解，繼而心中湧起一種不詳的預感。這種預感，隨著時間一點一滴的流逝，越來越逼近，也越來越強烈。

預定的婚車車隊已到新房樓下，領頭的是一輛扎滿了鮮花的紅色敞篷寶馬Z4跑車。車隊一到，米臣立即換下寶馬車司機，親自開車帶隊向蘇珊家的方向駛去。

令米臣更加迷惑的是，他手捧鮮花敲了很長時間的門，門內毫無動靜。米臣撥打家中的電話，電話在屋內一直響，卻始終沒有人接。

駕車同來的朋友也十分焦急，慫恿米臣強行進去看個究竟，米臣無奈只好同意。幸虧這是座老樓，屋門外只有一扇木頭門，米臣手腳慌亂地掏出身份證，對準門縫抖索地插進去上下划動很快就打開了木門。

米臣迅速衝進蘇珊的房間裡，竟發現蘇珊不在家！接著，他又跑進蘇母的房間，發現人同樣不在。

米臣突然意識到，這會不會是蘇珊刻意布置好的，要一直等到婚禮開始，她才會翩然出現給所有人一個驚喜？

朋友們見家中無人，排除了出現意外的可能性，也都覺得這是蘇珊有意為之，於是紛紛簇擁著米臣往酒店趕。他們提前開了一個雅間，吆喝著打起撲克來。

米臣沒心思打撲克，而是在朋友的笑鬧聲中穿梭進出，眼看嘉賓已經陸續來了，可蘇珊人影未見，電話也打不通。

兩個小時過後，酒店餐廳裡座無虛席人滿為患，司儀站在米臣面前也顯得焦躁不安，眼看開餐的時間都過了，可女主角仍然沒有出現。

百般無奈中，司儀徵詢了米臣的同意，只好向宣布婚禮儀式統統省略，大傢伙直接開懷暢飲。

就在這時，酒店裡身穿大紅色旗袍的女領班匆匆向米臣站立的角落走來，像是心情忐忑地遞上了一個白色的信封。

米臣迅速接過那封信，顫顫巍巍地抽出信紙徐徐展開，臉色轉眼間變得煞白。

米臣：

對不起，讓你失望了。

我不原諒自己對你的失信，可我也實在無法繼續欺騙自己。當你看到這封信時，我已經不在人世，不要找我。感謝你這些日子對我的陪伴和呵護，你的愛讓我感到了溫暖和幸福。可這種溫暖和幸福，注定不屬於我，應該到此結束了！

還記得那個叫《三天》的故事嗎？其實，故事還沒有講完，真正的結尾——那個男孩兒選擇分手以後，女孩兒立即向他坦白了那三天裡發生的事情：她是被他的前女友叫走了，前女友不甘失敗，約她到一個偏遠的僻靜處，向她說出了許多過去只屬於他們倆的秘密，包括很多隻屬於男孩自己的秘密。女孩兒靜靜地聽完，靜靜地呆了三天。她想用這三天的時間消化掉那些不屬於她的秘密，看看自己是否依然愛著他然後回去參加婚禮，當然也想讓男孩兒趁她消失的時間裡徹底將自己的那些秘密坦白或遺忘。遺憾的是，女孩兒做到了，而男孩兒卻沒有如她所願……

這三天裡，我一直在痛苦地回憶我愛上顧天衛的日子，一點一滴撕開和拋棄那些只屬於我和他的秘密、我和他之間的恩怨情仇。從我看到他的第一眼開始，到我日思夜想地夢到他，再到偷偷仿製他給姐姐定做的藍寶石鑽戒，想像那一天我會和姐姐一起嫁給他，再到姐姐死後他痛苦中把我當成她發生關係，懷上他的孩子……現在我才發現，自己從一開始就錯了，一步步錯，大錯特錯！你曾經說過，愛就是給對方足夠的自由和信任。這話說得有多好啊！

可如果對方是一個魔鬼，壓根就沒有任何自由和信任可以給！

米臣，這三天，你過得好嗎？

永別了……

米臣擎著信紙，彷彿時間凝固了一樣，呆呆地戳在角落裡。等終於醒悟過來，突然像扯開韁繩的馬一樣衝出大廳，追著那個女領班大聲吼問：「送信的人呢？是誰讓你送上來的？告訴我她在哪兒?!」

女領班既害怕又無辜地回答：「是個老頭兒，放下信就急匆匆地走了。哦，對了，我忘了他還你留了一個紅包……」說著女領班幾步走到吧臺前，捏起一個紅包來說，「我不是有意不給你的……是他走得急，裡面根本就沒放錢，是個空的，我是怕你誤會……所以就沒有拿給你……」

米臣一把接過紅包，紅包沒有封口，裡面果然空空如也。米臣舉起紅包再仔細一看，卻發現紅包裡面隱約有字！他立即將紅包撕開，果然看到了了一行大字：

「新郎官，到新房來。」

這行字與信中的字跡顯然不同，但卻像救命稻草一樣立即被米臣狠狠攥住，再也不想鬆手。

米臣拋開喧囂的婚禮大廳，迅速下樓開車返回新房。就在剛進門坐下不久，呼吸仍很急促的時候，突然聽到了樓下空曠的腳步聲。

米臣迅速站起來，聽出腳步聲不像是蘇珊一貫輕便的高跟鞋響，相反是一種沉重的緩慢的悶響，像有人抬了重物一步步吃力地上樓。

等腳步聲終於在門口處停了，米臣才發現走進來的人竟是拄著拐棍兒的董全卓。

「董老爺子……」米臣大吃一驚。

「想不到吧？我還活著。」

「董老爺子說的什麼話？見您康復出院我很高興。」

「高興？」董全卓冷笑，「那破了那麼大的案子，為什麼不來和我這個老頭子說道說道？」

「發生了那麼多意外，不想打擾……」

「意外?!」董全卓忽然憤怒地打斷米臣：「呵呵，是意外，是一切都出乎我們的意外！顧天衛死得太不值了，居然會讓你這麼個毛孩子逼死！」

米臣硬了口氣對峙：「老爺子的話什麼意思？」

「什麼意思？你！就是你……」董全卓似乎使出渾身力氣才說出這句話來，「你才是『六・二六』案的殺人凶手！」

「董老您是不是老糊塗了？」米臣驚詫地反問。

「不，就是你親手殺死了蘇甜！難道你真的這麼快就忘了？想通過和蘇珊結婚就能漂白自己，沒那麼容易……」

米臣壓抑的情緒終於噴發出來：「你說我殺死了蘇甜？證據呢？你的證據呢！」

董全卓望著激動的米臣，悲情地搖搖頭，然後甩掉拐杖，用兩隻手掀起身上的衣服。

「我沒有證據，我也沒有錄音設備。但我知道凶手一定是你！要不讓我一點一點地講給你聽……」

「我不想聽，知道今天是什麼日子嗎？我今天結婚！我要去找蘇珊，我是真的愛她，你……你這個土埋了半截的老頭子，永遠都不懂愛！」

「你錯了，愛不是從十九九〇年以後才有的！你們九十後或許只知道做愛！很少人能配得上說懂愛！好，我就把你逼死顧天衛時的話統統還給你！——讓我把你的狼皮一點一點扒下來！

「去年六月二十六日案發那天傍晚，你去顧天衛的婚房幫過忙，然後你們一起出去吃飯，飯後回來在婚房裡打撲克，直到接到蘇甜家人的電話說蘇珊不見了，你們才立刻分頭出去尋找。當時，你是單獨出去的，並且是碰巧第一個找到新長途汽車站去的，到那裡後正像你逼顧天衛時說的那樣，你發現兀龍正用槍逼著諸葛超，而手下正在蹂躪蘇甜……

「因為是第一次面臨這種場面，在那一刻，你的大腦突然『斷片兒』，一片空白，心中充滿了巨大的恐懼。也就是說你突然膽怯了！猶豫了！沉默了！接著，蘇甜被踢飛的瓶子毀了容，你更覺得痛苦！矛盾！煎熬！即使是兀龍和手下逃跑後，你又眼睜睜看著諸葛超強奸了蘇甜……

「最後，等現場一片寂靜了，你才最後一個出現，而你的出現讓奄奄一息的蘇甜意識到你和他們不是同一夥的，於是她向你發出微弱的可憐至極的求救……這時候，強烈的愧疚和恐懼讓你渾身發抖，讓你突然產生了前所未有的罪惡念頭，於是你向蘇甜伸出了雙手，像用力掐滅你的膽怯、恥辱和恐怖一樣掐死了蘇甜！並且偷走了她的藍寶石戒指……」

「哈哈！」米臣發出一陣淒厲的怪笑，「你的推斷像個漏洞百出的破鍋，沒有一處能說得過去！這都是顧天衛的所作所為，難道你老糊塗了扯到的我頭上來?!」

董全卓沒有理會米臣，而是沿著自己的思路繼續往下說：「正是因為這塊藍寶石戒指，我才對你真正產生了懷疑！那次你單獨去醫院看我，口袋裡掉出來的東西不止是個保險套——那東西我在工會就負責分發，沒什麼見不得人的，可我還親眼看見了那枚鑲了藍寶石的金戒指！我不明白你哪來的這東西？當時又為什麼那麼慌亂？直到後來顧天衛說起案發以後蘇甜右手手套下戴著的藍寶石戒指沒了，我才恍然大悟！

「如果顧天衛知道戒指在你手上，他一定會追查到底，可偏偏就在我對你產生懷疑的時候，你在蘇珊房間裡無意中又發現了一枚和你手上的一模一樣的戒指，只不過蘇珊那枚是複製品！後來我才瞭解到，這是蘇珊暗戀顧天衛時找同一家金店仿製的，但你興奮之餘沒發現它們有任何區別。接著，你又意外得知了蘇珊懷孕，於是就在你約顧天衛去看望蘇珊時悄悄將戒指進行了對換，然後藉機打翻蘇珊的首飾盒，故意讓顧天衛發現那枚屬於蘇甜的戒指！這樣一來，顧天衛誤以為是蘇珊在案發後到現場偷走了那枚戒指，然後為了感情私密而親手殺死了姐姐！

「顧天衛本就對蘇甜的死感到極度悲痛，又對在醫院裡一時間的情思恍惚和蘇珊發生了關係並導致其懷孕充滿愧疚，接著，他又在你步步緊逼下，為了庇護蘇珊，最終竟選擇了跳崖自殺！你就是這樣逼死了顧天衛！

「然後，你又在顧天衛跳崖後，想方設法將蘇甜和蘇珊的戒指對調回來，不料始終沒找到機會，而蘇珊經人指點——最終發現了戒指曾被對調過的祕密……你想，蘇珊那麼聰明的人，當她看到姐姐的那枚戒指時會做何感想？它是怎麼來的？是誰將戒指對調了？顯然不可能是顧天衛！因為顧天衛完全沒必要這樣做！這樣做的人只有你！只有你可以利用顧天衛與蘇珊之間特殊而又微妙的感情，只有你才能想出追求懷著孕的蘇珊的主意，以為這樣就能悄然結案和漂白你自己……」

董全卓說到這裡，突然被米臣爆發出的一聲怒吼打斷：「夠了！夠了！夠了……你說什麼都可以！就是不要懷疑我對蘇珊的感情！我是真的愛她！我從沒想用娶她這麼卑鄙的手段來漂白我自己！」

董全卓接過話說：「就算你對她的愛是真的，可你根本沒有資格向她說愛！我老了，不想在躺進棺材板兒以前，又多出那麼多冤屈的鬼魂來圍著我轉！小米，你去自首吧！」

「不！」米臣身子頓時一個踉蹌，大腦似乎在飛速運轉，眼睛卻愣愣地對著半空失去了焦點。

「不！你沒有證據……你的推斷根本說服不了任何人，你簡直就是在白日做夢！」

董全卓同樣疲憊地搖搖頭，彎腰摸起拐棍兒，滿臉都是絕望地說：「我是沒有證據，我老了，似乎也沒有翻案的能力了，但我還是希望你能去自首。小米，如果你對蘇珊的感情是真心的，你是真的愛蘇珊，不是想漂白你自己，你就應該去自首！」

米臣聽了，兩腿一軟蹲在地上，雙手用力撕住自己的頭髮發出痛苦地低吼。

「如果你去自首，我就告訴你蘇珊的下落。」董全卓此話一出，忽然像盆冷水澆醒了米臣。

「好！」米臣抬起頭來，淚眼汪汪地望著董全卓，「我答應你去自首！你推斷的一點都沒錯，是我殺了蘇甜。現在，請你告訴我蘇珊在哪兒，她還活著嗎？只要讓我見到她怎麼樣都行！」

董全卓正要開口，門外突然傳來一陣壓抑不住的哭聲，跌跌撞撞地跑進來一個纖細的身影。

米臣定睛一看，正是憔悴不堪的蘇珊！

「米臣，對不起！是我騙了你！」蘇珊幾步跑上前撲進米臣的懷裡。

這一舉動讓董全卓大吃一驚：「蘇珊，你別感情用事，他就是殺害你姐姐的凶手！」

哪料蘇珊聽了，緩緩轉回頭來，「噗通」一聲給董全卓跪下，聲音已近嘶啞：「對不起，董老，都是我不好！是我！是我……凶手是我！謝謝您來找我，告訴我您的懷疑和推斷。從那一刻起，我就知道我無法再參加婚禮了，我給米臣寫了道歉信，然後就想離開這個世界，我多想親耳再聽米臣說一遍他是真的愛我……可凶手不是他！」

米臣痛苦地蹲下來，扶住蘇珊的肩頭說：「珊珊，別傻了，你為什麼要這樣？讓我去自首！就是我幹的……」

「不！」蘇珊轟然哭倒在米臣懷裡。「董老，那天是我第一個到達的現場，根本就沒有姐夫和米臣的事，因為他們不可能會找到那裡去，只有我一個人可以……因為，那天我除了沒有穿婚紗外，總是姐姐到哪裡我就跟到哪裡。在我心裡，我想把自己和姐姐一起嫁給姐夫，所以我想知道姐姐的一舉一動，她做什麼我就做什麼……當我發現姐姐神祕外出的時候，我也好奇地跟著她打車來到了新長途汽車站。由於不敢跟得太緊，等我找到她時發現姐姐的同學諸葛超正在侮辱她，我正想衝過去可身邊突然多出了一群凶神惡煞還拿著手槍的混蛋……」

「就是他們毆打的諸葛超，還強奸了我姐姐……你們剛才說的膽怯、恥辱、愧疚、恐懼、沉默，都是實實在在發生在我身上的經歷！……你們永遠都無法想像我是怎麼在姐姐拚命地喊叫聲裡活下來的！我被嚇暈過好幾次，每一次醒來我都以為自己已經死了，永遠死在那個恥辱的角落裡了，可每當我稍微恢復意識，那種世界上最痛苦和最可恥的聲音依然在我耳邊回蕩著。

「我最後一次醒來時，四周一片寂靜，我竭力掙扎著站起來，膽戰心驚地朝著姐姐的方向走過去……姐姐一動不動，毫無生息，我以為她死了，猛地蹲在她身邊放聲大哭……可姐姐沒有死，她醒過來痛苦地呻吟著、呻吟著，我仔細一聽她叫的竟是我的名字，她聽出是我來了，我正想報警和撥打一二〇急救電話，可姐姐卻突然死死抓住了我的手，拚盡最後的力氣對我反覆說著一句話『殺了我』……『殺了我』……我不知道自己究竟怎麼了，手不知不覺伸出去，再也不敢看姐姐那露出骨頭、淌著膿血的臉……

「是我殺死了姐姐！我才是殺人凶手！是我對不起姐姐、姐夫，還有米臣……米臣是真的愛我，我想，我想珍惜卻已經來不及了……這三天裡我內心無論如何也忘記不了過去的罪惡和祕密，打算一死了之，董老卻找到我要揭發米臣，我只想在死前再聽一次米臣說愛我……說他是真的愛著我……我對不起你們！現在，我澄清了所有真相，要去自首的人是我！是我！是我！……」

米臣聽得淚水橫流。

董全卓也當場淚濕眼眶，看似所有謎團都被解開，可還是有一點讓他大惑不解：「那藍寶石戒指又是怎麼回事呢？」

蘇珊斷斷續續地做著最後的哭訴：「姐姐死後，我醒悟過來為時已晚，私心開始膨脹，於是我鬼使神差地把姐姐的戒指取下來，想換上自己仿製的那枚，意識裡想的是讓自己隨著姐姐的軀體永遠死掉，而讓姐姐的靈魂在我身體裡繼續活下去，從此活下來的我就是已經死去了的姐姐……可等我取下姐姐的戒指後，不知道是姐姐的手指變硬了，還是那枚仿製戒指型號的原因，怎麼也沒能套上去……於是，我帶著兩枚戒指離開了……後來，我感覺姐夫並不愛我，一切都只是我的一廂情願……我們之間的關係，只是那晚在醫院，他在極度痛苦中把我當成了姐姐……所以事後他一直都在躲著我……當我發覺米臣喜歡上我以後，我非常矛盾，因為我發過誓今後要做姐姐好好地愛姐夫！可米臣一開始就那麼強烈的愛卻似乎又讓那個沉睡在姐姐體內的我甦醒了過來……我開始了更大的矛盾，原來做姐姐也是那麼得痛苦。無奈中，我故意把那枚刻有「姍」字的戒指遺留在了米臣身邊，一是對他善意的回應，二是讓那個原來只屬於我的贗品遠離姐姐現在的軀體，而姐姐原先那枚戒指自始至終都在我的臥室裡，姐夫只不過是碰巧看見了它而已……」

「原來如此！」董全卓禁不住一聲長嘆，久久佇立在原地。

「我還要告訴你們一個祕密。其實，我和姐姐蘇甜是同父異母的姐妹，爸爸年輕時談過一次戀愛，當時女方瞞著他生下了姐姐，後來姐姐的媽媽因為和爸爸鬧分手而自殺了，於是爸爸只好把姐姐帶回家來。後來，爸爸其實是帶著姐姐和媽媽結的婚。這是我長大了父親去世以後才知道的祕密，是媽媽單獨告訴我的，姐姐甚至都不知道，我現在特別後悔從前那麼嫉妒姐姐……」

屋子裡靜得出奇，空氣緊繃得幾乎令人窒息。

良久，董全卓像是從惡夢中醒過神來，蹣跚走上前去，親手將蘇珊從地上拉起來，並且將蘇珊的手交到米臣手裡。然後重重地握了一把兩隻手，沉重地轉過身，向著門外走去。

米臣和蘇珊並肩站立，含淚望著董全卓蒼老的背影離去，黯然無語。

董全卓一邊艱難地下樓，一邊迎來的是一大群喝完了喜酒正向米臣新房湧來的客人們。客人們的驚呼歡鬧與董全卓的落寞悲痛形成強烈反差。

直到下了樓走出很遠，來到寬闊的河岸邊，他才突然停住腳步，迎著西天正要落山的夕陽抬起手來，默默地盯著手背剛被蘇珊的指甲劃出的一道長痕發愣。

那可是一雙白皙的嬌嫩的雙手，長長尖尖的手指甲上塗滿了鮮豔的豆蔻。

他突然想起，半年前案發現場屍體脖子上的印痕。

不，不是這樣。

那，那又會是怎樣呢？

他在心底久久地思索著，眼前爆閃著蘇甜被害時的現場及屍體照片，並不停晃動著出現在罪案現場的人。

突然，他被自己的推測嚇了一跳：為什麼多年前那麼重要的祕密會只讓蘇珊知道？蘇珊之後，或者是同時，一定還有其他人在現場出現過！

想到後一種情形，董全卓心頭忽地漫過更大的陰霾和沉痛。

……

十個月後，又是冬至。

一場小雪沿著市區第一監獄的高牆紛紛揚揚飄然而落。

牆外走過來三個人。一老兩少，兩男一女。男的都穿著警服。

年老的警察提著保溫桶。年輕的警察抱著一個襁褓，年輕的女人緊隨其後。

監獄內負責提押犯人的民警一見到他們，大老遠就熟絡地打招呼：「來啦？」

年老的警察咳嗽一聲，抬高了保溫桶回答：「來啦！小倆口孝順，專門包的白菜豬肉餡餃子……」

獄警又問：「閨女叫啥來著？多大了？」

年輕的警察笑笑，側臉望望身邊落寞的女人，又低頭看看懷裡的襁褓，這才抬起頭來回答：「大名叫米蘇，小名叫蘇米。今天正好滿一百天了！」

要推理09　PG1091

罪愛

——犯罪長篇小說

作　　者　紀富強
責任編輯　黃姣潔
圖文排版　詹凱倫
封面設計　秦禎翊

出版策劃　要有光
製作發行　秀威資訊科技股份有限公司
114 台北市內湖區瑞光路76巷65號1樓
電話：+886-2-2796-3638　傳真：+886-2-2796-1377
服務信箱：service@showwe.com.tw
http://www.showwe.com.tw
郵政劃撥　19563868　戶名：秀威資訊科技股份有限公司
展售門市　國家書店【松江門市】
104 台北市中山區松江路209號1樓
電話：+886-2-2518-0207　傳真：+886-2-2518-0778
網路訂購　秀威網路書店：http://www.bodbooks.com.tw
國家網路書店：http://www.govbooks.com.tw
法律顧問　毛國樑　律師
總 經 銷　易可數位行銷股份有限公司
地址：231新北市新店區寶橋路235巷6弄3號5樓
電話：+886-2-8911-0825　傳真：+886-2-8911-0801
e-mail：book-info@ecorebooks.com
易可部落格：http://ecorebooks.pixnet.net/blog

出版日期　2014年1月　BOD一版
定　　價　400元

Printed in Taiwan

國家圖書館出版品預行編目

罪愛 : 犯罪長篇小說 / 紀富強著. -- 一版. -- 臺北
市 : 要有光, 2014. 01
面 ; 公分. -- (要推理 ; 9) (語言文學類 ; PG1091)
BOD版
ISBN 978-986-99057-6-3 (平裝)

857.81 102026445

讀者回函卡

感謝您購買本書，為提升服務品質，請填妥以下資料，將讀者回函卡直接寄回或傳真本公司，收到您的寶貴意見後，我們會收藏記錄及檢討，謝謝！
如您需要了解本公司最新出版書目、購書優惠或企劃活動，歡迎您上網查詢或下載相關資料：http:// www.showwe.com.tw

您購買的書名：____________________

出生日期：________年________月________日

學歷：□高中（含）以下　□大專　□研究所（含）以上

職業：□製造業　□金融業　□資訊業　□軍警　□傳播業　□自由業
□服務業　□公務員　□教職　□學生　□家管　□其它_____

購書地點：□網路書店　□實體書店　□書展　□郵購　□贈閱　□其他

您從何得知本書的消息？
□網路書店　□實體書店　□網路搜尋　□電子報　□書訊　□雜誌
□傳播媒體　□親友推薦　□網站推薦　□部落格　□其他__________

您對本書的評價：（請填代號　1.非常滿意　2.滿意　3.尚可　4.再改進）
封面設計____　版面編排____　內容____　文／譯筆____　價格____

讀完書後您覺得：
□很有收穫　□有收穫　□收穫不多　□沒收穫

對我們的建議：____________________

____

____

____

請貼
郵票

11466
台北市內湖區瑞光路 76 巷 65 號 1 樓
秀威資訊科技股份有限公司 收
BOD 數位出版事業部

（請沿線對折寄回，謝謝！）

姓　　名：＿＿＿＿＿＿＿　年齡：＿＿＿＿　性別：□女　□男

郵遞區號：□□□□□

地　　址：＿＿＿＿＿＿＿＿＿＿＿＿＿＿＿＿

聯絡電話：(日)＿＿＿＿＿＿＿＿(夜)＿＿＿＿＿＿＿＿

E-mail：＿＿＿＿＿＿＿＿＿＿＿＿＿＿＿＿